驚悚小說天王

SEBASTIAN 費策克

FITZEK

禮物

Das Geschenk

當一無所知是一種禮物，
你選擇「知」或「不知」

奇幻驚悚作家 D I
資深媒體人 范立
屏息推薦——推理講書人 黃

Sebastian Fitzek
瑟巴斯提昂·費策克——著　方子恆——譯

專文導讀——推理評論人 冬

【總導讀】

最高明的懷疑與最膽顫的驚愕——概談費策克中譯十二作

文／冬陽（推理評論人）

「看一眼就上癮，讀完它才能解脫」，這段寫在瑟巴斯提昂．費策克第一部中譯小說、也是他一鳴驚人出道作書腰上的宣傳文案，直到今日依然鏗鏘有力，道盡讀者掩卷之餘發自內心的滿足讚嘆——我可不是僅僅單指那本《治療》，而是泛用於他寫的每一本懸疑驚悚推理。在費策克邁入知天命年歲、投身寫作十五載、台灣商周出版經營其作品十三個年頭的此刻來做個爬梳彙整，應該算得上是個好時機。

且讓我們將時間往更早挪移，在推理類型正式宣告誕生之前，西方就已有稱作「哥德小說」（Gothic fiction）的書寫與閱讀傳統，和現今的懸疑驚悚一脈相連。神祕、疾病、死亡、詛咒、厄運、瘋狂、超自然等元素，是哥德文化常見的符碼，與人類意識到的恐懼與不可解交互疊合，於虛構的故事中恣意想像、撩撥情緒。擅長此道的美國作家艾德格．愛倫．坡，在哥德小說日漸式微之際加入邏輯推論的「解法」，如同人們開始廣泛運用科學方法解釋大自然的奧祕、破除歸咎神鬼之力的迷信，從可以反覆論證的寫實經驗消弭沒必要的恐慌盲從，得到雲開霧散的歡喜滿足——彼時最成功承接這種精神的，就是那位長下巴鷹勾鼻、口銜菸斗頭戴獵鹿帽的永恆神探夏洛克・福爾摩斯。

然而，這股偵探推理浪潮並沒有全然掩蓋取代哥德懸疑，甚至在交融之後展現更強大迷人的敘事風采，尤其在近半個世紀大展鋒芒，能嫻熟地調合兩者的作家所在多有，費策克則是頂尖的大師級人物之一。

疾病這個元素就出現在費策克二〇〇六年發表的《治療》，不明的生理疾病（主角女兒的遭遇）與異常的心理狀態（主角的職業與身處的環境）為故事揭開序幕。或許是念過半學期獸醫系的經驗，費策克屢屢在作品中植入醫學素材，對傷病感受的入裡刻畫、相關機構空間環境的準確描繪、醫護人員言談心境的細膩勾勒云云，於讀者腦海中深深地扎根蔓延。厄運也是費策克敘事裡角色無可避免的遭遇，就算花99%的篇幅書寫也不足為奇，只要剩下的1%便足以徹底翻盤、反敗為勝——這一點，在以廣播錄音間為舞台、挾持多名人質與警方對峙的《遊戲》發揮得淋漓盡致。

緊接著是家庭親子之情，深刻反映在二〇〇八年的《孩子》。此前二作費策克分別描述過父子、母女情，這回他加重力道，讓十歲男童在一次催眠治療後指證歷歷地陳述自己不可能參與的冷血謀殺，教人懷疑孩子是不是存有轉世前的記憶。在此顯現了作家成長蛻變的兩項嘗試：一是解決乍看違反常理的超自然體驗，一是讓讀者扮演起不可靠的偵探。這是對前述「偵探推理」的回應，充分展露費策克不只能寫陰森詭譎的「哥德懸疑」氣氛，亦懂得經營謎團的設計和破解，不過他並未借重一顆天才腦袋解碼闖關，而是教讀者心生疑竇，自願加入這場迷霧繚繞的戰局。

那麼，為何說是「不可靠的偵探」？因為費策克佈下的線索往往無法明確且直接地通往真相，反倒令讀者腦補出種種陰謀，播下這顆（甚或是一把）種子在心底無節制地生長，稱得上是「最高明的懷疑」，也就教讀者成了屢遭誤導（卻也樂在其中？）的不可靠偵探。但這種疑神疑鬼還不是最折磨人的，創作逐漸步入成熟期的費策克展開多方嘗試：在《摧魂者》中引領讀者探查能感知外界一切卻無法言語行動、崩潰的靈魂禁錮其中的行屍走肉；在《記憶碎片》裡操弄大腦，分不清是活在記憶被剝奪的實驗研究之中，還是遵循指定發生的記憶而活；進入《集眼者》與《獵眼者》那黑暗狂暴的犯罪者內心，同時體會眼瞼遭割去的肉體痛楚；《解剖》的情節同書名一般赤裸直白，紙條塞在被肢解的女屍頭顱裡、照片埋在舌頭被剪斷的男性咽喉深處……心理與生理兩層面營造的殘酷暴力，呈現「最膽顫的驚愕」。

如此這般，你以為費策克墮落地走向腥羶色的獵奇偏鋒路線了嗎？我曾在閱讀《解剖》前半冊時為此感到不安，直到最後才鬆了一口氣，原來他試圖從具強烈對比的犯罪行動，去探索一樁值得思辨乃至憤怒控訴的法律議題。嚴格說來，現代懸疑驚悚推理作家寫進書裡的題材橋段，早就不比瑪莉·雪萊的《科學怪人》、羅伯·路易斯·史蒂文生的《變身怪醫》那般充滿奇想，幾乎都能自現實生活找到對號入座的駭人實案，只是不能免俗地提供驚喜意外的結局和大快人心的平反——這聽起來似乎膚淺了些是不？所幸費策克的作品沒那麼無腦爆米花，每一部總有其獨到的主題好讓精采緊湊的故事線圍繞著轉。

特別是近十年來，費策克於創作中加重了對社會的關注與批判力道，雖然這在他寫作前期便已隱約存在：《包裹》中收取郵件的生活化情境與《治療》裡的求診經歷如出一轍，不過近作更深入地探討被害與加害的複雜關係；《病人》中主角說詞的可信度同《遊戲》一樣大有問題，可是新作在人物的信任與互動上觸及更多傷痛和療癒。一件事的正反議論不再處在絕對的兩端，正常與異常不過是程度差異而已，就連殘忍與悲憫、天賦與咒詛，年歲漸長的費策克處理起來都多了一點悠遊豁達——噢，別擔心，原本讓死忠讀者如我所喜愛的特色全都不曾丟失，那些聰明的、娛樂的、刺激的一樣沒少，但那教人多花片刻咀嚼思索的，在最新作《禮物》中你可以清楚讀到。

「德國驚悚小說天王」、「德國的史蒂芬．金」，這些名銜或許能在不清楚瑟巴斯提昂．費策克有何能耐的情況下好奇翻讀作品，但希望將這篇文字閱讀到底的你，願意準備好一口氣蒐羅他全部的小說，然後爽快地讀下去。

精神方面的疾病（……）也許有基因上的原因。
例如負責同情與衝動控制的特定大腦區塊，在這些病患出生時就發育不良。

——梵倪．希門倪斯，〈這樣認識精神病患〉，世界報，二〇一四年八月十四日報導

所有真正的邪惡都始於純真。

——海明威

人性本惡。人類做好事不是出於同情，而是出於好感和榮譽。

——康德，《人類學的反思》

精神方面的疾病是一種人格上的障礙。
根據統計顯示，每一百個人中就有一個人有這種障礙。
男性受影響的比例比女性要高出四倍之多。
根據雙胞胎研究顯示，遺傳扮演了很關鍵的角色。

——希爾德加特．高倫，〈同理心的開關〉，
法蘭克福廣訊報，二〇一八年三月十六日報導

明日的世界將會如何，
有很大的程度上取決於那些正在學習閱讀的人的想像力。

——阿斯特麗德．林格倫

1 今天

他全身赤裸，感覺自己被撕成了兩半。這不只是種感覺，而是此時此地確實正在發生的事。就在這老舊的監獄洗衣間裡，在磁磚地板上，在工業烘衣機旁。

米蘭只聽見自己痛苦的呻吟聲，要不是嘴裡塞著襪子的話，他的叫聲可能會響遍整個監獄。這其實也不是什麼差別待遇，不過是有人收買了警衛，好讓他們可以整夜和這個新來的傢伙獨處。

當時有五個人。兩個人用膝蓋壓著米蘭的肩膀，兩個人緊緊抓住他的雙腿，而第五個人活像裝了一百二十公斤生肉香腸的布袋，往他的直腸裡塞了一個像帶刺流星錘的物體，但那可能只是用來強暴他的拳頭而已。

突然間，所有人鬆開了他，米蘭抽搐著全身顫抖。疼痛的感覺還未消散，有一個比桑拿房還要灼熱的東西在他心裡燃燒著。但至少他現在得以再次活動雙臂，把身體翻回正面了。

第六張新面孔浮現在他的面前。他們在蓮蓬頭下將他撂倒在地，把他拖走的時候，這位髮型旁分、戴著大太陽眼鏡，有著加勒比海藍色雙眸、年紀稍長的男子還不在場。

就像孩童拿著放大鏡燃燒昆蟲那樣，那名男子好奇地打量著他。「所以，你是警察？」米蘭搖頭，那名男子同時拿掉塞在他口中的襪子。

「我是宙斯。你知道我是誰吧？」

宙斯，監獄中的神。米蘭再次搖頭。只有那些腦死或是昏迷不醒的人會不知道這個被濫用的希臘神之名，不過在柏林泰格爾監獄確實是他說了算。

「給我聽好了。像你這樣的傢伙在這裡就是食物鏈的最底層，你有的權利比熨斗仔的肚臍毛還要少。」

宙斯對著正把褲子拉高的胖布袋笑著說。米蘭此時寧願去死，能一頭撞死最好。因為如果剛剛塞在嘴裡的東西是那傢伙的陰莖的話，那他的陰莖大概跟滅火器一樣大了吧。

「你只有一次機會——除非你想知道熨斗仔的厲害。你知道我們為什麼叫他熨斗仔嗎？」

因為他能把所有東西燙平？

「因為他很喜歡熨燙東西，他熱愛熨斗，像是這個。」宙斯讓他其中一位滿是刺青的手下把一個老舊的熨斗遞給他。

「熨斗仔馬上就會把它加熱到兩百度。在它達到這個溫度的期間，你還有告訴我一切的機會，告訴我一切的事實與真相，不摻雜半句謊言。你給我發誓。」

宙斯蹲了下來，用手掌確認他的髮型是不是還維持旁分，同時說道：「你和吸血仔住在同一間房裡。這矮子人還不錯，你也很幸運。他作證說你在睡覺的時候會哭，搞不好你真的是喜馬拉雅山上傳說中的雪人。」

「一個什麼？」

「一個無罪的人。不管在監獄裡還是監獄外，常常有人說自己看到喜馬拉雅山的雪人。」

宙斯的手下們對這個他們早已聽過一百次的笑話哈哈大笑。

「跟我說說你的故事吧！」這個帶頭的男子再要求了一次。

「什麼？」

「我說的是文言文嗎？」宙斯賞了米蘭一記耳光。「我想知道為什麼你在這裡，**警察先生**。不過請小心一點。」這名年長的男子拿下眼鏡，用手指向自己的雙眼。「你知道這是什麼嗎？」

米蘭忽略了這個空泛的問題，因為他正努力讓自己不要吐出來，此時疼痛如火焰般再次竄起。

「這是我的測謊機。如果他們跳動了，熨斗仔就會看到。我只需要一個眨眼，他就會把發燙的熨斗往你的十二指腸招呼過去。清楚了嗎？」

熨斗仔笑著點頭。米蘭眼裡泛著淚光，他的嘴裡滿是口水。直到他做好準備前，他又吞了兩次口水。

是時候了，他準備向宙斯說出一切，好好把握住他最後一次的機會。說出這個令人難以置信又可怕的故事，這個讓他從地獄走了一回之後，然後到這裡入監服刑的故事。

為了爭取時間，為了至少能多活一小時，他從頭開始講起。

2

兩年前

「只有你一個人嗎？」

「對。」

「廚房裡的員工呢？」

「他們都走了，只剩我在記帳。這裡除了我以外，沒有其他人了。」

「好，就算這樣你也不用害怕。」米蘭說。

電話那頭的女士突然歇斯底里地大笑了起來。「不用害怕？你們警察是傻了嗎？你們打來跟我說有個神經病從你們手中逃跑，而且現在他要來綁架我當人質，然後我—不—需—要—害—怕？」

這位年輕的女服務生跟米蘭說她叫安德拉．詩圖爾姆，她的聲音聽起來彷彿可以單手從餐廳櫃檯扯下木棍來抵抗歹徒似的。但米蘭知道，電話那頭沙啞、有力的聲音並非一直都像他一樣表裡如一。也許安德拉是位嬌小的天使，而她倔強的聲音只是因為面臨死亡而產生的恐懼所導致。不管如何，她的對答如流讓米蘭印象深刻。雖然在這種情況下，這真的是非常不專業的想法，但安德拉給了米蘭一種感覺，這要是在平常的情況下，他可能會想要更進一步認識她。

「你有在仔細聽嗎？」

「不，我把耳朵摀住了。廢話，我**當然**還在仔細聽！」

米蘭從擋風玻璃往餐廳入口的方向看過去，深呼吸，冷靜下來，然後說：「首先，兇手並沒有從我們手中逃走。我們已經觀察他兩小時了，甚至追蹤了他的手機通聯紀錄。所以我們知道，在我打這通電話前不久，他跟你通過電話。我說的沒錯吧？」

「沒錯。」安德拉遲疑地說。也許，在她意識到米蘭在電話那頭聽見她的回答之前，自己先點了頭。

「他想知道這個時間是不是還有人待在餐廳裡。」

女務生竟然還走去接電話，這可以說是一個奇蹟。因為在下班前五分鐘打來的電話，只會讓人惱怒而已，尤其是單純的美式餐廳根本不需要訂位。那些只想吃漢堡、薯條、玉米片、帶骨牛排、奶昔與其他減肥殺手食物的客人，來這間羅森埃克小巷內的小餐廳才不會提前預約呢。

「而第二點，」米蘭繼續說，「這個男人不是要抓你當作人質，他只想要現金而已。」

安德拉突地大笑。「你怎麼知道的這麼清楚？你這個自以為什麼都知道的傢伙。」

米蘭也只能莞爾一笑。安德拉帶有一種柏林女性會有的直率與自信，而且她可能不只是在和這次事件一樣極端的特殊情況中會展露出這種態度。他猜她大約二十歲末、三十歲初，年紀大概跟他差不多大。

「兇手已經有一名人質了。」他回答她的問題。

「什麼？」

「一名女孩，他綁架了一名女孩。今天上午交付贖金的時候失敗了，我們仍一直監視著他。」

她停頓了一下。

很明顯地，安德拉需要消化一下剛剛聽到的內容，或許消化這些訊息，比消化餐廳用來餵肥早餐食客們的油膩鬆餅還更不容易。

米蘭再度試著從他現在的位置往室內看去，然而面對燈光昏暗街道的那扇窗戶，被不斷下著夾帶雪的雨遮蔽著，幾乎什麼也看不到。

去你媽的爛跟監位置。

一切就像從正在運轉的洗衣機透明觀視窗看出去一樣，設計成六十六號公路的老舊路標、放在入口處的點唱機仿造品、美國的星條旗，以及許多掛在牆上的貓王與山姆大叔海報，即便米蘭已經看過世界上其他一千間餐廳裡的老套裝飾品，他也認不出這間餐廳內的任何一個物件。

米蘭拿他尚未出世的孩子打賭，他很確定靠角落的雅座紅色襯墊是人工皮革做的，而且放在仿西洋棋盤的複合式地板上。

「為什麼你不在他一踏進這裡的時候就把他抓起來？」

「因為我們不知道他把被害人帶到什麼地方去了。」

「什麼？」安德拉再次問道，她的聲音聽起來非常錯愕。

「等兇手和你都在餐廳裡，我們會先準備一輛讓他逃亡用的車子，讓他即便不在我們的視線範圍內，也能將我們引導到他綁架的人質那裡。」

「他是個很危險的人物嗎？」

米蘭輕咳了一聲。他摸了摸自己深咖啡色、小睡片刻後定型的頭髮，他已經好幾個月沒有去理髮廳了。

「我不想騙你。沒錯，他很危險。他身高一百八十五公分、渾身肌肉而且攜有武器。」

「天啊！」她吞嚥的聲音大到米蘭都聽得見。

「拜託了，我知道這個要求很過份。但只要你不逞英雄就不會有危險。請把收銀機裡的錢，還有任何他想要的東西都給他，也許他也餓了，會需要食物。我們會負責確保你的安全。」

「怎麼確保啊？」她尖聲地說。米蘭從電話中聽到腳步聲，橡膠鞋底嘎吱嘎吱地響。也許她生正在吧檯後面找可以用來防禦的物品，希望是如此。門前就在危險區域內，他沒有辦法察覺任何動靜。

幸好。

他的無線電發出沙沙的雜訊聲。接著他拿起無線電，對無線電給了一個簡短的「待命」指令，接著又把無線電掛斷。

「現在有三個人待命瞄準了餐廳入口。」他試著讓安德拉冷靜下來。「只要有絲毫異常，我就會對我的手下下達出動的指令。」

「你所謂的異常是什麼？頭部中彈嗎？還是我的腦漿噴濺到吧檯上？」

米蘭現在降低了聲音，倒也不是因為必須低聲說話，而是他知道生氣的人會更專注傾聽。「兇手隨時都有可能走進餐廳。請你保持冷靜，麻煩你照著他所說的去做。而且，請不要緊張，他戴著一副黑色的滑雪面罩。」

「你不是認真的吧？」

「你現在最好把電話掛斷，你不應該讓他看見你在講電話。這個兇手是個疑心病很重的人。」

「好。」他聽見安德拉如此說道，但是聲音聽起並不是很有信心，可以理解她非常不願意切斷與警察的聯繫。

「請你就依照他所說的去做，然後等他一離開，就麻煩你等我的人跟你碰頭，一切都會沒事的。」米蘭跟她做了最後一次的保證，接著一陣喀嚓聲，通話就斷訊了。

他閉上雙眼。

一切都會沒事？

對此，米蘭有種奇怪的感覺，好像有什麼事情不太對勁。

不幹了嗎？

他看向手錶。深呼吸。決定忽略他內心的聲音。

米蘭．貝爾格邊嘆氣邊伸手去拿副駕駛座上的滑雪面罩，然後在下車前把它戴起來，往餐廳走去。

3

這個手法已經得逞了七次，所以他在街上被冠上了「警察」的暱稱。

米蘭會物色那些人煙稀少，而且盡可能有很多現金的商家。咖啡廳、餐酒館、餐廳，他也曾對一家加油站下手過。永遠都是挑快要關店之前，或是換班的時間下手。盡量是在路邊，遠離喧囂的地點。

讓人驚訝的是，電話另一頭的人們在接到那令人驚恐的低聲要求之後，是多麼配合地把當天營收乾脆地交給搶匪。明明每一部三流的犯罪影集，都會教它的觀眾要求警官出示證件，但這招顯然只有在警官上門前管用。在電話上通常只需要「**這裡是特殊指揮中心的巡邏警官施特雷索夫**」這樣的介紹，或是類似的哄騙就行了。有時候米蘭會讓他的玩具對講機發出沙沙聲，然後朝對講機說一些話。這種程度來說就夠逼真了。

比較困難的是等待正確的時機。好比現在，所有的店家都關門了，人們假日的購物也都結束，街道空無一人的時候。因為下午四點之後不久，大家都在家裡準備晚餐還有交換禮物，畢竟今晚是平安夜。

米蘭在網路上相中的三個目標當中，只有這家位於施馬根多夫區的餐廳仍在營業，而且跟他期望的一樣沒有什麼人。

走了幾步之後，滑雪面罩濕濕地黏在皮膚上很不舒服，使他不得不咳了起來。

在今天這種天氣之下，連路上遛狗的人都不見人影；即便有遛狗的人，他們也都低著頭，以免讓臉沾上泥巴。

好了，行動吧。

從這台偷來的贓車到掛著常見霓虹招牌的門口的三十公尺距離，沒有任何人看見米蘭走過去。

那就開始吧。

他走進這間餐廳。餐廳裡有點昏暗，除了塑麗板餐桌上的小燈外，就只有緊急照明燈還亮著。炸油、漢堡和血交織在一起的味道衝入他的鼻腔。

血？

一陣啪嚓聲過了一會才響徹他的腦袋，就像飛機的音爆聲一樣。然後一陣疼痛湧現，他發現自己並沒有搞錯，這間餐廳真的有棋盤格狀的地板。他跪在地板上，沒有辦法站起身來。

我應該相信我的直覺的。

踢在胃上的一腳讓他在原地打轉。他臉部朝上，往地上倒了下去，才看見一個凱迪拉克的散熱格柵在自己面前擺盪，這大概是某個室內設計師掛在天花板上的。接著他看見一個略帶鷹鉤鼻的女人，她的鼻子比他充滿血的鼻子還要漂亮太多了。

安德拉，米蘭這樣心想。**她看起來真的就像我會想認識的女人。**

「聖誕節快樂，你這個要飯的。」她說。

接著她用棒球棒打碎了他的頭。

4

兩年後

「兩位是怎麼認識的？」治療師問道。她大概以為坐在她面前的這對情侶，會笑著回想起某個浪漫的重要時刻。對這兩個不久前預約伴侶治療的人來說，這是一個成功的開始。**每次九十分鐘的諮商治療，共十次。每次的費用是兩百歐元。**事實上，要是赫恩莉耶特・羅森菲爾斯博士能成功幫他們建立起引導方向，讓他們能穿越充滿問題的關係叢林的話，那麼這還算便宜了。或者起碼她能給出一些建議，例如怎麼樣可以不用當頭「一棒」大發雷霆，吵架度過一天。

就這一點而言，他們的確是這樣開始的沒錯，米蘭這樣想，這也是安德拉微笑的原因。

「我用棒球棒打得他猝不及防。」她如此回答治療師的問題，而米蘭補了一句說：「那是一見鐘情的一擊。」

在莫阿比特老舊診所的入口前，米蘭在第一次握手的時候就覺得羅森菲爾斯博士應該是肉毒桿菌的微整大戶。因為就一位五十八歲的女性來說，這位滿頭白髮戴眼鏡的女性，皮膚可以說是異常緊繃（**他的第一個想法是，她好像把氣球往臉上套了**）。然而就在這個時候，羅森菲爾斯的額頭上出現了皺紋。

「我要怎麼理解這句話呢?」她皺起眉頭問道。

「安德拉是服務生,兩年前我想在平安夜洗劫她的餐廳,但她聰明地看穿了我的伎倆。」

「**你現在最好把電話掛斷?**」就在米蘭再次恢復意識時,安德拉嘲諷地重述了米蘭的話。「**老兄!我前夫可是幹警察的。雖然他不怎麼聰明,但就連他也會和受害人保持聯絡。**」

安德拉以「悲傷但真實」的嘆息,沉默地證實了米蘭的自白。治療師難以置信的眼神轉向了她。

「我想,我現在就可以說,兩位真的是對非常奇特的情侶。」羅森菲爾斯博士微笑道,米蘭也不得不贊同她的看法。光是從外表來看,安德拉和他就不搭了。他像是衣著保守而且不起眼的大學生,穿著運動鞋、牛仔褲與 Polo 衫。比他大三歲的她,走的是「遊樂園壞女孩風格」。黑色軍靴、長度及肩的黑髮、炫麗的緊身褲、有著骷髏圖案的百摺迷你裙,還有一件寫著「耶穌愛你,其他人都把你當作混蛋」的綠色連帽衫。

這是與她相遇那天,她所穿的那一件連帽衫。

然而所謂的「相遇」其實只是「打得半死,然後在失去意識的情況下被拖進後屋」的委婉說法而已。

根據 Google 醫生所說,當時安德拉**在不傷及大腦的情況下**,用球棒將他打成顱頂骨折，即便他覺得這更像是她從大腦打通到額頭向他打招呼那樣。甚至在幾個月過後，米蘭在做劇烈的運動時還是會不由自主地流下淚水。即便他只是因為在惡夢中劇烈地搖頭，醒來之後，後腦勺仍彷彿有挖土機一般讓他暈頭轉向。

然而，他畢竟還是在沒有醫生治療的情況下挺過了顱骨骨折活了下來。不過這和他童年時期的頭部損傷有所不同。米蘭是在呂根島長大的，十四歲的他從家中地下室的樓梯上摔下來之後，有好幾個星期得在醫院裡度過。他人生中第二次的顱骨骨折，卻只用了氟吡汀止痛藥和冰枕就治癒了。**這真是一個奇蹟**，就好像他作為研究案例在各式各樣的醫學論壇中，一再證明這是奇蹟一樣。不過這和他與安德拉的關係相比，也不是什麼太大的奇蹟。

米蘭在搶劫失敗的半小時後醒來，發現自己躺在餐廳經理辦公室的沙發上，腦中彷彿環繞著樂器調音失真的管弦樂團——他猜想，安德拉會把她做的事情做一個了結。就在一個星期前，媒體報導了一位深夜雜貨店老闆的新聞，他在普倫茨勞爾貝格區打死了一名商家竊賊，那名竊賊代替多年來從他手中逃走的其他惡棍，接受了他的制裁。然而這名帶有天使臉孔、身材意外嬌小的女性沒有動他半根汗毛，甚至連警察也沒有叫。安德拉做了米蘭一生中也沒料想到的事，她給了他一份工作。

「真是浪費啊。像你這樣俊俏、有創意的傢伙，為什麼不找一份正常的工作，反而要幹這種爛差事？」

他沒有一天不想起她所說的第一句話，也忘不了那個至今仍欠她的回答：**「因為我是文**

盲，我不會讀寫。我從來沒有學過這些，就像德國境內的其他幾百萬人一樣。」

「有時候我覺得米蘭有多重人格。」安德拉說道，對此她仍一無所知。米蘭只是因為他與其他人有所不同而感到羞愧而已。

「我的意思是，他有告訴我關於他父親的事情，他覺得照顧父親是他的責任。還有他的債務。這大概是米蘭想盡辦法要弄到錢的原因。」

「你為什麼變成罪犯了呢？」羅森菲爾斯博士繼續對他深入探究。

安德拉幫米蘭點了頭。他以騙子為業的真正原因是，文盲在德國並不算是一種障礙，因此他無法申請法定扶養金。然而他自己也只能賺取為數不多的生活費。身為一個笨手笨腳的人，純粹的體力活對他來說幾乎不可行。他高度聰穎的頭腦正好適合那種需要才智的工作，但社會也已經把他排除在外了。

不知從何時開始，米蘭不耐於申請不到長期失業救濟金，於是試圖運用他聰穎的能力為自己開創事業，一個不需要錄取測試，但還是要給付最低薪資的事業：犯罪。

「當然，他貧窮父親的故事和我的助人者症候群直接對上了。」安德拉說。「此外，我也對自己以如此粗魯的方式對他感到非常抱歉，我當時只是太不安、太害怕了。」

「這也是為什麼她後來會出於同情而和我上床。」

「你這個混蛋。」安德拉斥責他道。「這已經是半年後的事了，而且我曾經愛過你。」

曾經。

「你們兩位現在一起工作嗎？」治療師問道。

「對啊，在同一間餐廳裡一起工作，就是她試圖殺掉我的那間餐廳。」

「就是那間你試圖搶劫我的餐廳。」

米蘭看向羅森菲爾斯博士。「如果不是同情的話，為什麼她對我搶劫的事隻字未提，甚至還把我安插在綠巨人浩克那邊工作？」

「綠巨人浩克？」

「就是餐廳的負責人。事實上他叫哈拉德。我們都這麼叫他，因為他喜歡穿綠色的衣服。」

「是**你**都這樣叫他，因為你覺得叫一個才五十公斤的人浩克很有趣。」安德拉糾正他，並搖了搖頭。「我無法理解你有多聰明，米蘭。我的意思是，你是個心算天才，我從沒遇過不用作筆記就能記下超過二十個人的點餐，而且從來不會記錯的人。在藝術方面你更是超乎想像的天才。請你務必看一下他幫客人們畫的素描。他擁有照相機般的記憶，真的。然而他卻去做服務生？」

「等等，我有點搞混了。」羅森菲爾斯博士說。「是你**想**讓他和你一起在那間餐廳工作？」

「沒錯，短時間而已。」安德拉說。「當然不是一直做到退休。畢竟我好不容易才從職業預備學校畢業。然而米蘭則相反，他對任何事物都很開放，卻完全不想發揮自己的才華。

他沒有計畫也沒有目標，但是他才二十八歲！」**而且還有讀寫方面的殘疾**，米蘭心想。

就連安德拉十三歲的女兒露易莎在現實世界中也生活得很愉快，在現實社會中，要到四年級才會有所謂不識字的人出現。沒有中學畢業證書、沒有進行過任何職業訓練、沒有駕照。露易莎在一年級的時候就能讀懂交通號誌了，但對米蘭來說，簡單的週末採購行程可是會變成一趟恐怖之旅。

「親愛的，這是我的購物清單，你可以幫我買回來嗎？」

「當然可以啊，只是有個問題：口丁口口丁樂，這是什麼啊？是那個紅底白字的棕色曲線瓶嗎？」

在德國有超過六百萬人口的功能性文盲，這些人在學校所學的就只有那麼多的句子，這讓他們在往後的人生只能欺瞞過日子。

對米蘭而言，情況更為糟糕。毫無疑問的是，他上過學、學過字母，甚至還能一再認得某些個別的字彙和符號，但他從未寫過聽寫或是一篇文章。他總是在要開始寫聽寫或是寫文章之前，喧嘩搗亂、裝病或是把自己的手弄傷，好逃避這些事情。結果就是他能看懂電子錶、到櫃檯結帳以及認得自己的名字，但要是沒有人唸給他聽的話，他就沒辦法「解讀」任何兒童讀本的句子。

「所以，他缺乏野心是把你帶來這裡的原因嗎？」治療師看著時鐘問道。只過了二十分鐘而已，卻讓米蘭覺得像是永遠。

「不是。」

每當安德拉緊張的時候，她會不自覺地撥弄她迷你的鼻環。「他對我有所隱瞞。」她防禦性地舉起手來。

「這與其他女人無關，這大概也不會是我的問題，性與愛我可以分得清清楚楚。」羅森菲爾斯博士來對此似乎不像米蘭一樣驚訝，米蘭以前沒聽她這麼說過。

「別像看公車一樣看著我。你們男人就是為一夫一妻制而生的，就像布蘭登堡機場專為飛機而存在一樣。理論上是這樣，但實際上才不是這麼一回事。」

治療師清了清喉嚨。「這一定是個很有趣的話題，但能容許我把話題拉回偷偷摸摸的舉止上嗎？」

「我什麼也沒隱瞞啊！」米蘭說謊。

曾經有一次他幾乎就要對她說出口了。就在他們的紀念日那一天，他們坐在康德街的八九三料亭裡，安德拉請他從充滿異國情調的菜單上，為她點幾道菜。這次他不想再用他那一套情急之下慣用的眼鏡謊言來搪塞了。有時候，米蘭會戴著一副又醜又笨重的眼鏡，如此一來，每當可能有人要讓他判斷書寫的內容時，就可以一再「忘記」他不識字這件事情。「**抱歉，我的視力不好，可惜沒辦法看清楚這在寫什麼。**」

然而，就在那晚，他不想找藉口避開這件事情。他想要向她坦白。

就在米蘭還在勉強聚集足夠的勇氣時，安德拉跟他說起讓她感到不快的大男人主義。她在前一天得服務那樣大男人主義的客人，他同時還努力地想跟她調情。「**而且他表現得像個白痴。事實上這傢伙當時問我，我的香水是不是寶木各丽鹿的？」**

「那是什麼？」

「我當下也沒有意會過來。他想說的是寶格麗！這個蠢蛋竟然就只是把商標讀出來而已：寶格麗。」

這完全就是個白痴啊，米蘭心想，還不得不一起笑了起來。**活像是一個頭腦簡單的傢伙。但是就連頭腦簡單的人也比我更會閱讀。**

於是米蘭在這天既沒有露出馬腳，除了「情急下吃的藥」，他也沒有吃下任何東西。五百毫克的盤尼西林。米蘭對這種藥物高度過敏，在服用後不到兩分鐘，他就會幾乎無法呼吸。這也是為什麼他總是在褲子口袋裡隨時帶著一片藥片。他曾經聽一位女性文盲說過，她在一場婚禮上臨時被要求上台朗誦一段結婚誓詞。為了不在大批人群面前暴露自己是文盲的事實，她去了廁所一趟，把手放到門與門框間，然後用力地把門甩上。米蘭不必弄斷所有手指，那天的過敏性休克就足以讓他避免洩露出這個祕密了。

「他在精神上過著雙重生活。」安德拉看著治療師這樣說道。「我無法解釋。但不論是在公共場合或是與朋友在一塊，只要我和米蘭出門在外的時候就會出現這種跡象，因為他的聲音下一秒就會變成另一個聲音。接著他會顯得緊張兮兮、驚慌失措，這可能是在晴天，可能是在搭地鐵或是在電影院前排隊的時候。」

或者在進行伴侶治療的時候。

「然後他就會逃走，消失地無影無蹤。他會丟下我一個人，試圖獨自解決問題，不論那個問題是什麼。而我再也無法忍受這件事了。我愛他，上帝知道的，但如果他下次又起身離開的話，那我也會走。」

治療師意味深長地點了點頭，她接著問米蘭。

「那麼你是怎麼想的呢？」

她說得沒錯，他心想。我對她說了謊，從早到晚。

就像欺騙我周遭的每個人那樣。但我沒有辦法停止說謊，因為每當我對某個人吐露實情，那個人就會嘲笑我，要我辭去工作或是離開我。

「這是她自己沒頭沒腦地在胡思亂想。」他敷衍地反駁安德拉。

「那好。」治療師再次看向時鐘，接著分別遞給了他們一張白紙。米蘭接下那張白紙，感覺好像有什麼東西梗在喉嚨似的，即便一張白紙的威脅遠比寫了字的紙還要小。

在治療師寫下句子的同時，米蘭的情緒變得越來越激動。

「我希望你們利用接下來的十分鐘，幫我寫下對你們兩人的關係來說，絕對不能妥協的基礎是什麼。」

寫？

他的脈搏突然加速，開始冒出滿頭大汗。

「對你們而言，哪些價值觀很重要？你們會為另一半做什麼事？而你們在哪方面絕對不會讓步？」

米蘭變得很不舒服。他覺得自己快要吐了，或說得更精確一點是快要昏倒了。他幾乎是反射性地將手伸到口袋裡，去拿他情急之下才會派上用場的藥。

5

「應該就到此結束了。」

「大概吧。」

米蘭走入十一月的濃霧中，這片濃霧已經在早晨的柏林郊區造成了事故，而現在濃霧也瀰漫到了市中心。霜凍一直持續到深夜，縷縷白煙也自蘭德威爾運河飄到戈茨柯沃夫斯基大橋上。儘管能見度不到二十公尺，但這仍是米蘭人生中極少數看得如此清晰的時刻：他和安德拉的一切都結束了。這個為了生存而讓她感到混亂的謊言，終究還是將她推開了。

「我這樣理解對嗎？你就這樣站起來，然後快速地結束伴侶治療？」

「對啊，老爸。」

米蘭在戴耳機的同時，要庫爾特在電話上稍等一下。如此一來，他可以騰出雙手，用冰冷的手指解開他隨意鎖靠在橋上欄杆旁的腳踏車。安德拉的車本來在換輪胎，所以他曾提議搭計程車去進行伴侶治療，可以的話他也很推薦搭太空梭去。安德拉很討厭計程車，也很排斥搭乘計程車，因此他們兩人才會騎腳踏車去。她的新腳踏車用很多道鎖鎖了起來，反觀米蘭那輛在跳蚤市場上買的腳踏車，破舊到連偷腳踏車的小偷都不想偷，不如說清潔隊甚至可能不知道什麼時候會不小心收走。

「你也可以告訴安德拉你的祕密，這可能會有同樣的結果。」

「那個騙了媽媽的男人可是跟我說過，他根本不喜歡滾石樂團。」

他父親深深地嘆了口氣。因為菸咳而變啞的聲音更戲劇化了。「對，相信我，我因此付出了慘痛的代價。不管在家裡還是在車上，好幾個月都聽著同一首歌，我甚至不得不去看一場他們的演唱會。你那漂亮的老媽去世之後，麥可．傑格在柏林森林劇場中的嘶吼至今仍困擾著我，一直迴盪在我的夢魘中。」他笑道。「唯一讓我能忍受那個有橡皮艇般嘴唇的小丑的就是，同時尤塔拉開了我的拉鍊，然後……」

「老爸！」

「……然後讓我能夠舒服地穿上外套。你到底想到哪去了，小子？你的幻想還真變態。」他父親震耳欲聾的笑聲，就像以前傳遍整個醫院走廊那樣，迴盪在電話中。當其他管理員都因為故障的門鎖系統、病患不小心弄壞的櫃子門或是堵塞的馬桶而感到惱怒時，暱稱「庫特仔」的庫爾特．貝爾格總能在這些被要求解決的問題中，找到有趣的地方。當年在呂根島上的小島診所中是這樣，搬到柏林之後，他在馬察恩當地的意外事故醫院中的工作狀況亦是如此。開任何事情與任何人的玩笑是庫特仔的興趣，這讓米蘭的母親時常覺得非常尷尬。庫特仔在他岳父的葬禮上所引起的話題更是傳奇。他的岳父在心臟科工作了很久，希望他的葬禮上能有一個心型的骨灰罈，這讓庫特仔逮住機會開了個玩笑。他說，大家大概很慶幸他的岳父生前不是在婦產科工作。

米蘭騎著腳踏車穿梭於街道，然後在法蘭克林街與埃克—黑勒姆霍茨街的紅綠燈前的腳踏車道停了下來。

「你足足花了十二個月才對她說出真相。」

「事實上，是你媽發現我在主唱開始跟臘腸狗一樣怪聲大唱的時候，反射性地把廚房收音機關掉了。當時我以為她還在買東西。老天，在我清理桌子的時候她很生氣。對她來說，這就像我和她最好的朋友偷吃一樣。」

「說得也是，你應該在第一次約會的時候就跟媽媽老實說的……」

「……要是我沒騙過你媽就好了，尤塔也就永遠不會跟一個披頭四香菇頭樂迷約會了。但是米蘭，你的情況和披頭四或爭吵這類平庸的事情無關。而是和你自己有關啊，小子。這關乎你的生活，和那些構成你的事物息息相關，這世界上再也沒有什麼能讓你感到如此沉重了。」

「話是這樣說沒錯，而且這讓我最一開始的謊言變得更糟糕。」

如果一個正常人會因為某個人對自己欺瞞了個人音樂品味好幾個月，而感覺被背叛的話，那安德拉會對他隱瞞自己是文盲的基本狀況作何感想呢？尤其她是那麼善解人意，善良到米蘭絕對不會從她身上聽到任何尖酸刻薄的話語。然而，他錯失了開誠布公的時機，而且隨著時間的流逝，伴隨他一生如刺青般永遠依附在他情感上的羞恥，也在面對安德拉時變得越來越嚴重。

儘管熙來攘往的交通聲響嘈雜，他還是能隔著手機聽到他父親點燃香菸的聲音。

「室內禁菸。」

「你還真是個萬事通。我在陽台上，從這裡偷看下面新來女看護的衣內風光，這大概是你再也沒辦法從安德拉身上看到的景色。」

他的父親苦笑著，意識到這個笑話並不如預期成功。「抱歉。我只是想要鼓勵你而已。」

「這根本沒用，好嗎。」米蘭往雙手呼出一些溫暖的空氣。

「好吧，那這個怎麼樣。我在考慮刊登一則廣告。內文是這樣的：『我們正在緊急尋找想要三人行的人。**我們**是一個男人，要找**兩個**女人』。」

轉彎的燈號亮了，停在米蘭旁邊的汽車向左轉近了法蘭克林街。要直行的米蘭停在原地，說也奇怪，冷冽的風絲毫沒有吹散濃霧的跡象，反而吹進了他含淚的雙眼。

「很好笑，老爸。」

「我知道。聽著，你為什麼不乾脆來我這裡一趟，我們再來和一位難相處的金髮男打屁聊天。來我這，來安養院這裡……」

「那裡禁止喝酒，而且我現在必須要去工作了，抱歉。」

「只是提議一下而已啦。話說回來，今天白天有個男人來打聽你的消息。」

米蘭眨了眨眼。他的肚子緊張到感覺到一陣絞痛。「誰？」

雖然方向號誌已經變黃燈了，其他的車輛還是打了轉彎的方向燈。

「不知道。他不願意說出他的名字。我也沒有看見他本人，他是從櫃檯打電話給我的。我覺得那個聲音很耳熟，一個怪老頭，不知道怎麼搞的，就是覺得很奇怪，他……」

「他想做什麼？」因為緊張而產生的胃部絞痛又更加劇烈了。

「他想要你的手機號碼或是任何聯絡方式。我沒有把你的手機號碼給他，但是……」

就在此時，一輛車停在再度變成紅燈的轉彎號誌前，從這一刻起，他再也無暇繼續和父親的對話了，連胃不舒服的感覺也被拋諸腦後。米蘭身旁的車輛吸引了他所有的注意。

連他自己也不知道，是他不經意地往旁邊看了一眼，還是因為那不可避免的反射使然。那台綠色的富豪高級轎車朝他開了過來，而且兩顆輪胎停在他所在的腳踏車道上。米蘭的視線馬上就朝車內看了過去。而他所看見的車內的一切，將會永遠改變他的生活。

6

第一時間他還以為有個小小孩在後座玩，因為好玩而把廣告傳單壓在車窗上。

然而，在那張傳單被某人扯下來的短暫瞬間，能看到後方有一顆頭。米蘭意會過來坐在那裡的不是小小孩，而是一個在痛哭的女孩。

搞什麼鬼……？

她的臉孔因恐懼而扭曲，那雙大眼腫脹得非常厲害，就像米蘭花粉症發作或是睡眠不足時的眼睛一樣。**卡其色的**，他心想，但不確定她虹膜的特殊顏色是不是因為車窗顏色的關係。那個女孩在車窗後哭泣著，有著一頭綁著馬尾的小麥色金髮。閃閃發亮水鑽的粉紅色髮夾夾住她的瀏海，露出了額頭，就這樣年紀的孩童來說，她因擔憂而起的皺紋太多了。

這個女孩頂多只有十三歲，就在與她眼神交會的那一刻，他覺得她彷彿已經滲透了整個人生。米蘭在那雙眼睛中還看見了其他的東西。

就是他自己。

他曾在一部電視紀錄片中看過一個心理學理論，根據這個理論，如果人們在童年時期遭受過類似的心理傷害的話，那麼這類型的人會互相產生好感。

在看著那名女孩的同時，米蘭感受到了這種歸屬感，這種由心理遭受殘酷虐待所形成連結。讓他感到極度不安的是，他根本想不起任何年輕時，曾刻意對他造成的精神傷害。

女孩的嘴唇沒有動作，那是一個無聲的懇求。顯然她把焦慮地想要大聲說出口的內容，都寫在畫有隔線的字條上，她再度把那張字條牢牢地壓在車窗上。這張A４規格的字條，中間折了一半，像是匆忙從學生作業簿上撕下來的。

這是個求救信號嗎？

淚水湧出了米蘭的眼眶。

「我是個文盲啊。」米蘭對著那個女孩低聲說著他欠安德拉的話。如果他有看見那個女孩理解他的機會，他很可能會在這嘈雜交通中、車窗緊閉的情況下，大聲吶喊出那些字句。出於邏輯無法解釋的連結感，米蘭相信她。

這拉扯著他的心。她需要幫助，但米蘭幫不上忙。他了解她的困境，但無法理解她想傳達給他的訊息。

求攴求攴千十戈

辶言一个曰疋千十戈白勺八乂毋

米蘭眼前所見的紙上字母，再次發生了每當他注視字句時總會發生的事：這些字詞會變成無法解開的符號謎題，變成毫無意義的象形文字。

他往前看向駕駛與副駕駛，他早該這麼做了。因為現在那台富豪轎車起步並變換了車道，急速開進黑勒姆霍茨街，往城市的方向開去。

坐在駕駛座的是一位黑髮男子，坐在副駕駛座上的是一位金髮女子。

等米蘭想到要記下車牌號碼的時候，已經為時已晚，他沒能將它歸納到他那相機般記憶能力的相簿中。他反而想知道自己有沒有搞錯，他所看到的究竟是不是一位長髮的男性駕駛。甚至在他意識到自己可能是這起悲慘事件的目擊者之前，車尾燈已經漸漸消失在濃霧當中了。

後照鏡上掛有骰子。

這是他唯一記下來的。根據某種說法所稱，這是一種象徵，表示駕駛是個「賭徒」，喜歡參加比賽。

而且還喜歡綁架小孩嗎？

米蘭跨上他的腳踏車，踩動踏板；注意那名駕駛在下一個轉角時方向燈打向哪一邊。接著那輛富豪高級轎車開往左邊，在下一秒，大霧朦朧的首都吞噬了這輛笨重的綠色轎車，以及那名坐在後座的絕望女孩。

7

今天，泰格爾

「你老爸說得沒有錯。你就是一個懦夫，為什麼不跟你這個叫安德拉的馬子說呢？」

米蘭對這個問題的答案仍猶豫不決，全然陷入了過往的命運時刻。這股從老舊監獄洗衣房的瓷磚地板慢慢滲入他骨頭的冷冽，加深了他對一個濕冷的冬季中午，在戈茨柯沃夫斯基大橋上的記憶。那條宙斯出於意料之外的慷慨給他的溼冷床單也沒有什麼幫助，那條床單只剛好蓋住他的上半身而已，而且早就變成紅色的了。

「你什麼都不知道。」他嘀咕著。

一個不識字也不會寫字的成年人？

他的人生就用一個詞來定義：壓力。在交通票的售票機前面的壓力是，當有人在自己身後排隊，並發出不耐煩的嘖嘖咂嘴聲，但自己眼前的字母和數字正狂野舞動著。在公家機關的壓力是，為了好好填寫表格，而向辦事人員提出希望能將表格帶回家的這類要求。光是經過書店以及圖書館時，就會有股想盡可能避開這些東西的壓力，就像藥頭避免將目光投向警察局一樣。儘管米蘭曾經聽那些受此障礙困擾的人說過，當他們鼓起勇氣承認自己是文盲時，就不再因此被歧視、被貼上標籤了。但是他運氣不好，他在一場不需要動腦的工廠職務面試時，連正確的門都找不到，因此被當作是痲瘋病患者那樣對待。

「**你是笨蛋嗎，年輕人？你到底哪裡有問題啊？**」

為了不讓自己再暴露，他搖身一變成了欺騙大師。在學校裡，他為了避免在朗誦時露出馬腳，把德文讀本的有聲書背得滾瓜爛熟；在螺絲工廠裡，他和父親用一本類似電話簿的厚重商品型錄，記住了上千種產品的倉儲號碼；而在餐廳裡，他畫下每一桌顧客的素描來記住他們點餐的內容。但是無論他再怎麼努力，他的生活依舊陷入困境當中。自從他從呂根島搬到柏林後，他不得不拋下他所有的朋友，而且在這座匿名的大都市中，他幾乎無法與其他人建立起連結，他一直活在會被揭穿的長久恐懼當中。

「你為什麼從來沒有學過？」宙斯很想知道。在他的手下們把門帶上之前，他坐在那張他們帶來的椅子上，並且向後靠。他的手下大概在門後面等著他們的頭頭審問完那個新來囚犯後的下一個指令。

「那你為什麼不是歌劇歌手？我沒有選擇我的才能。」

米蘭的聲音在這個四面無窗、粉刷成白色的房間裡產生一種奇特的回音，整個空間臭得像洗衣粉和去污劑一樣。

還臭得像嘔吐物。

在一開始質詢的幾句問話後，他就忍不住吐了出來。而宙斯強迫他，在他可以繼續說話之前，用布把那些髒東西清乾淨。

「所以，你什麼都完全看不懂？就連我衣服上的字也看不懂？」宙斯從他那瘦弱的上半身拉起那件寫有白色字句的天藍色T恤。

米蘭搖了搖頭。

這一點讓米蘭有別於大部分的功能性文盲，他們至少還能理解個別字彙，甚至能夠理解整個句子的意思，即便他們解讀這些字符時需要很多時間。而米蘭恰恰相反，他所罹患的是失讀症，完全沒辦法閱讀，儘管他的視力可以毫無障礙地發揮作用。

「一個字都不懂？」

「對，一個字都看不懂。」

宙斯嘆了口氣，看向他的手錶。「嗯，好吧，很高興你沒有用感傷的通俗劇情來開始你的故事。讓我們回到主題，後來那輛富豪高級轎車怎麼了？」

米蘭眨了眨眼。只要講到汽車品牌，關於那個帶著神祕字條的受難少女的回憶就會再度湧現。

「我試圖說服自己什麼事也沒發生。我的意思是，我到底看到了什麼？一張字條和一個哭泣的女孩，這可能代表了一切也可能什麼事也沒有。」

「生活中很少有什麼東西是光靠雙眼就能洞悉的。」宙斯以一種奇特且深思熟慮的表情說道。米蘭好奇宙斯有沒有意識到這句話引用了小王子所說的話，我們只有用心才能看得清晰。這句話他媽媽以前曾從這本書中讀給他聽過。事實上，他的心從在橋上的那天起，就已經引導了他的行動，他跟隨著他的直覺，再度跨上腳踏車坐墊。

「我開始跟蹤那輛車。」米蘭說，此刻他覺得和當時同樣疲憊與凍寒。就在他試著從後方騎腳踏車追趕那輛車的時候，他簡直覺得風企圖阻止他。只要他騎得越快，刺骨且冰冷的風就會將他的頭髮越往後推，並且扯動他的衣服。他沒有留意紅綠燈以及其他用路人，就直接橫向快速越過馬路，穿過人行道，越過福斯汽車展售中心。他希望這個佔地涵蓋整個街區，而且出口連接古騰堡大街的偌大展售與維修綜合中心，是富豪高級轎車在轉角消失的地方。而確實，他走捷徑的勇氣也得到了回報。

米蘭的第二個機會要歸功於一輛亂停的搬家車輛。那輛高級轎車正好以冰川的速度，強行穿過為了讓貨車通過所預留的針孔般的縫隙，然後把路線改成進入薩爾茨河岸的方向，從那邊繼續前往六月十七大街。那輛車一次又一次地消失在公車與貨車之間、消失在紅綠燈後或是圓環中。然後車尾燈又在他眼前一次又一次地在濃霧中打向新的方向，對米蘭來說，柏林政府區域周圍每天混亂的交通狀況幫了大忙。這場腳踏車與汽車的追逐戰就在使館區附近告一段落，這個距離洲際飯店不遠的地方，是一個受歡迎的，而且有並排別墅、公寓住宅與郊遊的區域，普通人幾乎無法負擔這裡的房子。

米蘭抄了捷徑穿過蒂爾加藤公園，而在穿過公園的最後幾公尺，那輛富豪轎車又從他眼前消失了。

他漫無目的地騎在新湖湖畔咖啡廳周邊的街上。當他在勞赫街差點撞到一個家庭的時候，正打算放棄然後回餐廳去值下午的班。

「家庭？」聽了米蘭追逐戰簡短概況的宙斯問道。

「對啊。」

米蘭深深地嘆了一口氣。他仍然記得非常清楚，他看到爸爸、媽媽和女兒的時候，感覺有多荒謬和愚蠢。他精疲力竭且氣喘吁吁地帶著他的腳踏車躲在一棵路樹的後面，然後看見那三個人一起扛著在超市購買的東西走進小小的城市別墅時，他顯得像個傻瓜。

大霧籠罩的天氣讓米蘭覺得自己像是透過裝有柔焦濾鏡的相機在看著這個場景。

富豪轎車停在一棟紅磚建築的車道上。那棟房子俏皮的凸出式窗台與西翼上的一座小塔樓，讓它看起來像是格林童話裡的建築物。爸爸就是典型的黑髮老爸形象，身穿皺皺的西裝以及打著鬆鬆的領帶，扛著一箱檸檬水。他女兒費力地扛著一個大大的紙箱，反觀那位身材嬌小、滿頭金髮的妻子，米蘭只能看見她的背影，她拿著提袋已經走進家門入口走道大半了。

「我們有忘記什麼嗎？」米蘭聽見那位父親如此問道，緊接著聽見沒有轉過身的女孩略為惱火地說：**「如果再買更多的話，我們都能開西方百貨了。」**

「然後接下來怎麼樣了？」宙斯不耐煩地問。米蘭聳了聳肩。

接下來他們都走進房子裡看不到了。

「我很確定我搞錯了。我在後頭追逐的是一個幻影，而那個頑皮的女孩在對我惡作劇。」

「然後呢？」

米蘭看向他的雙手。他一次又一次地將手指收緊握成拳頭，希望手指裡的血液能維持循環。

「然後我就騎回餐廳值班，我已經遲到了。」

宙斯轉了轉他的雙眼，然後摘下眼鏡，用他的衣角擦拭那副眼鏡。

「這麼說吧，我覺得你在用一種非常奇怪的方式要求熨斗燙在你的屁股上。熨斗仔？」

宙斯往出口呼喊了接收命令對象的名字，門馬上就被打開了，然後那個胖布袋把那顆臃腫的頭往洗衣房裡伸。

米蘭防禦性地將頭抬高。「等等，請你等一下！拜託！我一定要再繼續講下去，這樣你就可以了解一切了，拜託！」

他本能地企圖從宙斯手上逃跑，但他已經背對著洗衣機坐著了。如果他能從這裡出去的話，他這輩子再也不會踏進洗衣房附近。他已經在那些有磁磚地板的房間裡忍受過他人生中最大的痛苦了。十一歲的時候，他有個絕佳的想法，他躲在他父母親房子中，連接一樓與洗衣地下洗衣房的衣物豎井裡面。他被卡在裡面，在絕望地嘗試逃出去的時候，不小心扭傷以至於他的肩膀脫臼了。

當他的父母發現他的時候，他正在磁磚地板上放聲大叫。他做夢也想不到，只要熟悉技巧的跟班將一個人固定好，然後動點手腳，脫臼肩膀所產生的疼痛很輕易地就加劇了。

「我向你發誓，我沒有浪費你的時間。」米蘭喘息著說道。

宙斯再度看向他的手錶，然後皺起眉毛。緊閉的雙唇顯得很嚴肅。

「希望如此。我替你祈禱。」他對熨斗仔點了頭示意一下，熨斗仔不發一語地再次回到緊閉的門後面。

「那接著加快故事的進度，**警察**」

宙斯聽見嘲諷地講到他的舊綽號時，米蘭嚇了一跳，無意識地抓了抓頭，正巧是安德拉的球棒打中的地方。

「不是我自負，但已經很久沒有人叫我警察了。」他低聲說道。

這已經是好幾年以前了。在另一個生活中，那一個比較不痛苦的生活。

宙斯笑著聳了聳肩。「真可惜，我覺得你的警察把戲真的很獨特。」下一刻他的眼神變得很冷漠，臉部表情變得兇狠，像是捉摸不定的面具，這個老人彎下腰對米蘭說：「我當然也可以叫你**女孩殺手**，除非你能用你的故事說服我相信其他說法。」宙斯再次看向手錶。

「你還有半小時。」

8 兩個星期前

當時米蘭對餐廳做了錯事。這間餐廳的裝潢佈置遠比他在搶劫之前所想的還有名也不老套。當時他只了解網路上找到的圖片，而這些照片都呈現出那些老套的裝潢擺設。他後來才知道，這些所有的桌子、椅子、招牌，就連音樂盒都真的是六〇年代的產物，而且是由綠巨人浩克，那位餐廳負責人，從洛杉磯一家破產餐廳手中買下的。

多虧了這些來自洛杉磯的裝潢擺設，讓這間店真的看起來就像首都西南邊滿充滿市儈氣息的城區中，非常道地的美式快餐廳，甚至連鹽罐都有陳年綠繡。而餐廳的廚師托尼是個前美國大兵，浩克本來也希望這個美國人來當服務生，但六十二歲穿著牛仔靴的他完全不適合。來自艾森胡騰施塔特的哈拉德·蘭佩爾特是個發自內心引以為傲的東德人，他在孩提時代成功捱過了因為近似侏儒的嬌小身材而遭受的訕笑戲弄，如今他所受到的嘲諷是他的俄文比英文還要好。不過對他來說，用哪種語言交談並不重要，他就像工作中的潛水員一樣，在整晚的閒聊當中，一個聳肩就能代表任何他所想講的話。

反之，君特則是一個非常愛講話的人，他的名片說明了他是餐廳負責人的助理。

「到底什麼時候才是正確的？什麼時候才會有意義？」米蘭只是遲到了十分鐘而已，但蘭佩爾特的左右手早已板著一副執行死刑前的劊子手的表情，在餐廳前等著他了。但是這副表情，看起來也只比君特心情好的表情還要再凶狠一點點而已。

「我加我樂團。」米蘭回答道，然後將他的腳踏車停妥。「歌名是就這樣保持下去，寶利多在二〇〇七年發行的。」

君特是個重達一百二十公斤的巨人，頭像顆美式足球。他可以用他像平底鍋般粗壯的手，抓住任何有得獎潛力的南瓜。大家私下都在謠傳他的慢跑服是量身定做的，因為他那粗壯的手臂根本塞不進現成的衣服裡。

他們兩人已經形成了一種默契，就是君特念出一段德國流行歌曲的歌詞，米蘭必須回答出歌名和歌手或樂團，以及文法上的錯誤，因為君特對流行歌曲中的錯誤文法很反感。

「應該是『產生意義』；『有意義』是美式英文的用法，這會讓跟你一樣的語言審美家覺得這是不好的德語。」

「嗯。」君特嘟囔著，顯然再次對米蘭維基百科式的記憶感到很滿意，這來自於米蘭定期讓 Siri、Cortana、Alice、Alexa 或其他語音助理唸給他聽的資訊。

他們呼吸時產生的煙霧交織在一塊，讓米蘭想起那陣他剛剛在其中跟蹤載著女孩的車的濃霧。

施馬爾根朵夫區域的濃霧已經散去，因此也可以感覺到變得更冷了。

「太晚了。」君特看著他的手錶嘟囔著。

「醫生樂隊。」米蘭開玩笑地說，他很清楚這不是另一個快問快答的題目。「他們的首發專輯《低能》於一九八四年由CBS唱片股份有限公司發行。」

「你這混蛋。」君特說，但他罕見地不自禁咧嘴笑了。因為他的外表很容易被誤認為保鑣，所以他常常被認為是不苟言笑的人。他擁有經濟學博士的學位，不只是浩克的幫手而已，他還是浩克公司網絡的經理，米蘭對此也只有粗略地認識而已。據說，蘭佩爾特除了這間餐廳以外，還另外經營了三個食物攤販、一輛餐車以及一間在巴伐利亞的小旅館，如果他沒有要君特開車載他在這個地區兜風的話，他有百分之九十的時間都耗在施馬爾根朵夫這間餐廳的地下室辦公室裡。除了會計與管理的職務外，君特也負責擔任他的司機、籌劃旅行的人以及安全顧問。

米蘭至今仍然感謝他的命運，還好當時他闖入餐廳搶劫的時候，不是被君特抓到。因為君特有權打開地下室的保險箱和武器櫃，他可不會只滿足於用一根棒球棒來解決。

「浩克在嗎？」米蘭在試著擠開君特時問道，他用手捶了米蘭的胸前一下，將他擋了下來。「今天是墓園星期五啊，你忘了嗎？」

自三年前開始，老闆每週五都會到他因交通事故喪命的老婆的墓前獻花。

通常君特也會陪同。所以他現在可能正在外頭等他的老闆，準備開車載他去湯姆叔叔大街上的中央墓園。蘭佩爾特的家族墓園距離戈策．喬治的家族墓園並不遠。

「你到底知不知道叫老闆浩克的人，會受到什麼懲罰？」君特猛地使勁打開餐廳的門，差點就要把門上的鍊條給扯下來，然後他往餐廳內做了一個假裝有騎士風度的手勢，如惡魔般笑了笑，接著回答自己的問題：「就是裡面在等著你的東西，米蘭。」

9

四小時後

「嘿，你還好嗎？」

這個老人肯定有半小時動也不動，也許睡著了。但面對看起來這麼年邁的人，如果他們坐在餐廳最後邊的角落，一頭蓬亂的灰髮，稍微地拱起身來然後頭往下低垂的話，就一定會產生一種不太好的想法。尤其是一動也不動的時候。

當時已經五點半了，餐廳空無一人，就像浩克所稱的「死亡階段」，是在午餐最後一單與晚餐第一單中間的過渡期。就即將到來的工作這一點來看，君特在先前提到的給米蘭的「懲罰」並沒有誇大其詞，一組來辦單身派對的團體客人佔了三分之二的餐廳，而且絲毫不在意米蘭是店裡唯一的服務生。要是在其他的日子，米蘭會咒罵這該死的狀況，然而今天這組客人對他來說正適合，可以轉移那場非常失敗的伴侶治療，可能象徵了他與安德拉關係終結的治療。

三十七杯無酒精飲料、二十四份熱狗、十一盤墨西哥辣肉醬起司玉米脆片、十份沙拉以及超過二十份的豬肋排，直到兩小時後他才得以短暫地喘息。

浩克觀察了這混亂的狀況十五分鐘，確定米蘭能掌控現場後，便走到外頭和君特會合。他一如往常不打招呼，只是帶著嘲諷的微笑看著米蘭繪製客人的圖像，包括相對應的點餐符號。一個圓圈代表一份漢堡；一撇線條代表一份牛排；一個X代表一杯奶昔。幸好在操作收銀機的時候，只需要按下餐點的圖片就好，這樣就可以把列印出來的發票拿給點餐的那一桌了，找零錢的工作不歸米蘭負責。之後他要等客人離開餐廳，然後按照形狀、大小跟顏色將鈔票和零錢分類收進收銀機裡。

如果一切都完成了，他就會像現在這樣，盡可能地把客人畫得更仔細。他會注意那些特別的特徵，像是胎記、酒窩、刮鬍子留下的傷疤或是咬過的手指甲；接著是從熱咖啡冒出來的蒸氣，或是外頭路燈透過餐廳窗戶從外面傾斜照射到第十九號桌的光線。十九號桌是餐廳裡最不受歡迎的桌次，因為那個位置就在廁所入口旁邊，然而那名老人自己選擇了那個座位。

「你還需要來點什麼嗎？」

這位客人並沒有看向米蘭，儘管米蘭就站在他旁邊。米蘭唯一能確定的是，這名男子確實還在呼吸，他那隻有著老年皺紋的手中還握著湯匙。他緩慢且安靜地讓那隻湯匙在咖啡杯中攪拌，這杯咖啡是他三十分鐘前點的，而他一口都沒喝。這幅奇特又有點讓人不安的畫面，烙印在米蘭如照相機般的記憶中。他知道自己之後一定要畫下來，單純就只是為了將它熟記。

他利用最後十分鐘的休息時間，畫了一幅不久前在紅綠燈前的畫面。

多虧他能將記憶以圖片儲存下來的能力，他成功地重現了那個女孩帶有淚水閃爍其中的雙眸。他還記得那張女孩壓在車窗上的磨損紙條的每一個摺痕，以及每一個匆忙寫下的字母形狀和字體，他可以在不理解其中含義的狀況下精準地重新畫出那些字。

求攴求攴千十戈

辶言一个日疋千十戈白勹八乂毋

「你要一杯新的咖啡嗎？」

那名男子終於有動作了，他用疲倦且泛黃的雙眼往上看著米蘭。他穿著一件棕色、手肘部分磨損的羊毛大衣。米蘭本來以為會在這名客人解開大衣扣子的時候聞到街上那種無法避免的刺鼻臭味，然而他卻驚訝於沒有出現任何有汗漬的羽絨裝飾、尿液、髒垢、冷菸和酒精氣味，反倒是一陣濃郁、高貴的古龍水香氣撲鼻而來。

「不用了，謝謝。」這位老人說，並帶著宜人的微笑。他脫下了他的大衣。

「那還需要其他的嗎？也許一些吃的東西？」

這位客人搖了搖頭，然後做了非常優雅的邀請手勢。「希望你來我旁邊坐一下。」

米蘭環顧四周，除了他們兩人以外，沒有其他人了。

浩克在下面的辦公室裡，而廚師托尼正在門口抽菸。儘管如此，米蘭說：「可惜員工禁止和客人坐在一起。」

那人點了點頭，彷彿早預料到會有這個答案。他梳了梳他的頭髮，隨意地將頭髮紮了起來，然後用舌頭發出了嘖嘖聲。這讓米蘭產生了既視感，過了一會兒，他確定自己以前曾見過這個人。

「只要一段短短的時間就好了，我一直等到現在只有我們兩人的時候。」

米蘭皺起了眉頭。「為什麼？」

「我想要給你一樣東西。」

這位客人拉起他紅色花紋的套頭毛衣下襬，米蘭意識到，這位老人脫下大衣的原因並不是因為他覺得很熱，而是因為沒有脫下大衣的話，他就拿不到那個他放在腰包裡的小盒子。

「這是什麼？」

那個人把一個非常小的紙盒放到桌上。這個紙盒就跟魔術方塊一樣大，白色的而且沒有任何文字在上頭。

這是精靈的帽盒。

「一個禮物。」

10

米蘭笑了。「為什麼要給我這個呢？」

那個男子再次作出了邀請的手勢。

「請你打開它吧。」

米蘭的目光透過反光不太好的窗戶往外看向人行道，托尼就在人行道上隔壁花店的雨棚下笑著看他的手機。

「我們認識嗎？」他問。

「拜託了，請你打開它吧。」

米蘭的好奇心受到了驅使，而且這段對話和男子的說詞明顯比獨自蹲坐在櫃檯邊面對素描本還要有趣，所以米蘭幫了他這個忙，坐下來，然後打開包裝。

打開包裝後露出了一個小小的塑膠容器，大概和存放口香糖的儲存盒一樣的大小，只是這個容器是密封的而且沒有任何文字。

米蘭在手中轉動它。「這是什麼？」

「一種藥，是藥丸。」

他匆匆地把包裝放回桌上，就像拿到剛從廚房端出來的燙手盤子那樣，沒有人能徒手捧住。

「這是做什麼用的？」

男子點了點頭，但沒有回答米蘭的問題。

「請你每天吃一顆。」

肯定不會錯的，米蘭心想。這個人顯然是瘋了。「非常感謝你，但是我的身體很健康。」

「你並不健康。」老人伸出有斑點的手將想要起身的米蘭拉了回來。

「我拜託你吃這些藥丸。」男子懇求地說。「我費了好大一番工夫才把這些藥丸拿來給你。」

米蘭生氣了。客人們來來去去的，他沒必要讓每個瘋子都來戲弄自己。

「那請給我一個理由，我為什麼要吃？」他提了一個反問來中止這個對話。他試圖再次起身，但那位老人意外的回答，讓他在起身時停頓了下來。

「如果你吃下這些藥的話，貝爾格先生，也許你就可以再次恢復閱讀能力了。」

11

讓人震驚的是，這位陌生老人除了知道他的名字外，還知道他內心最深處的祕密。那個他所使用的詞彙深深地烙印在米蘭的腦海中，就像插在指甲下的碎片一樣。

再次。

「你想表達什麼？我從來就不會……」話說到一半，米蘭驚恐地停了下來。他嚇得差點就要向這位陌生人坦承他是文盲。除此之外，他從來就不曾有過能夠閱讀和書寫的時期。

……再次閱讀……

「我想你把我和某人認錯了吧。」他說，然後站起身來。

「拜託請你聽我說，對於當時所發生的事，我很抱歉。那些你所遭受的事情。」

「我不知道你在說什麼。」

「對啊，那些真的是最糟糕的事情，我很想要彌補。」

米蘭把手伸向喉嚨，他懷疑喉嚨裡有一個十公斤重的腫塊，不然還有什麼東西能讓他的喉嚨變得更腫脹呢？然而喉嚨裡什麼也沒有。

「你最好現在就離開。」米蘭說。他直覺感覺到了危險，同時他的大腦仍在為這名男子奇特的出現尋找一個合理的解釋。

「我會離開的。但是請你吃這些藥，好嗎？」

絕對不要。

「你一定是搞錯了。」他喃喃自語道。他當然明白這名男子當著他的面然說出了他是文盲這件事不可能是個巧合。

還有誰知道這所有的一切？

除了我的……還有誰？

米蘭意會過來了。

「等等……」他用食指指向那位老人。「是你嗎？你今天上午在安養院拜訪過我父親嗎？」

「話說回來，今天上午有個男人來打聽你的消息……他不願意說出他的名字……我覺得那個聲音很耳熟，一個怪老頭，不知道怎麼搞的，就是覺得很奇怪，他……」

「米蘭？」

他突然轉過身來，看向櫃檯。安德拉就站在老舊的火車站時鐘正下方，時鐘正好指向了傍晚六點。她換了衣服，穿了一件棋盤格的牛仔褲並在外面套了一件格子的連身裙；鐵藍色的頭髮紮成了辮子；她的鼻環和眉環也在櫃檯的燈光下閃爍亮光；松綠色的真珠耳環是新的，她應該是剛剛才戴的吧，大概她所有從肚臍到舌頭的環都是剛剛才戴上的。

米蘭沒注意到安德拉到餐廳了，很明顯是和托尼一起進來的，因為他正要走進廚房。他沒有預料到她會出現，因為安德拉今天沒有餐廳的班。再半小時後，會有兩個大學生來交接晚上的班。

「你可以過來一下嗎？」她叫他，那悲傷的眼神就像磁鐵一樣吸引著他。她受傷了，這也不奇怪，他不久之前才把她獨自留在伴侶治療那裡，搞砸了一切。稍早之前，他試著利用畫這位古怪客人的素描來分散自己的注意力時，在內心萌生了也許還能挽救些什麼的希望。就好比現在，給他一個機會去找她，然後擁抱她。

告訴她真相！另一方面，偏偏現在的狀況對這件事情極為不利。他不能讓這位剛從腰包掏出一張十歐元的老人就這樣輕易地離開。

「請你稍等一下，我馬上回來。」他對這位奇怪的客人做出了請求，沒有拿走他掏出來的錢，也沒有拿走他的藥丸。

老人對他聳了聳肩，然後米蘭轉身離開他。

就像踩在棉花上，米蘭搖搖晃晃地走向櫃檯。每向安德拉走近一步，他能聽見自己的心跳越來越大聲。

「聽著，我很抱歉。」他正準備這樣道歉。但安德拉沒有讓他把這句話說出來，她把米蘭拉向自己，然後抱住他。這種感覺很好，很真實。

「不，感到抱歉的人是我。」她小聲地在他耳邊說道。「我對你提出太過分的要求了，或許伴侶治療還太早了。」

他試著把她推開，好讓自己看著她的雙眼，同時希望在他坦白時能盡可能地靠近她，能感覺到她就在自己的身邊。

「不，不是的。這一切都是我的過失，我的錯。我……」在他們身後的入口大門啪嗒地關上，米蘭因為入口的噪音而分心了。

米蘭離開安德拉身旁，看向第十九桌，現在沒有人坐在那裡。桌上只留下一個完全沒動過的咖啡杯，還有一個小小的白色藥盒。

「媽的。」他說，然後透過窗戶向外看著似乎似乎正抵著風前行的老人。他就連背影都看起來很悲傷，而且很失落。

「他沒付錢嗎？」安德拉想知道，同時她的目光看向米蘭攤開放在櫃檯上的素描簿。

米蘭搖了搖頭。「不是的。很抱歉，我剛剛可能遇上第三類接觸了。」

「我很相信。為什麼這裡寫著『救救我』？」

安德拉拿起那本素描簿，然後指著米蘭最後所畫的素描。

求攴求攴千十戈

「噢，這個啊。」他搖了搖頭，然後苦笑著讓她知道這沒什麼。事實上與老人的不安相遇，早已讓他忘了中午那場可笑的長途追逐。而現在，安德拉似乎又再給他一次機會，這比世界上的其他一切都還要重要。

「這只是一個小孩的惡作劇而已。那個坐在車子裡的女孩，讓我來這裡的路上像個白痴一樣。」因為安德拉還想要知道更多細節，米蘭就跟她講了整個故事；跟她說自己還以為那個女孩被綁架了，但她其實只是和爸媽購物完回家而已。

「但如果是我的話，我也會去追那輛車。」安德拉同意米蘭的做法。「尤其因為第二行這裡。」

「為什麼，第二行寫了些什麼？」米蘭不經意地脫口而出。

「上面寫了些什麼？」安德拉笑道，然後輕輕敲打著那些符號的相對位置

求攴求攴千十戈

辶言一个日疋千十戈白勺八乂母

「你認不出自己的筆跡嗎？」然後她又讀了一次這兩個改變一切的句子：

「救救我。這不是我的父母。」

12

「紅燈。」

「你是色盲嗎？」安德拉瞥了一眼米蘭問道，同時她又踩了一次油門，然後快速地開著她黑色的迷你庫伯穿過十字路口。

我不是色盲，我對顏色非常熟悉。我看不懂的是字母。

「剛剛是紅燈，你開太快了。」米蘭道。

「剛剛是綠燈，你真的是世界上最爛的副駕駛。」

「這是愛超速的女人說的。」

「……你這個連駕照都沒有的男人。你到底什麼時候才要去考駕照？」

如果我看得懂考試問卷的話。在另一個人生中。

米蘭跟安德拉說過，等他不缺錢又有時間才會去報名駕訓班。但她知道，他的開車技術比一些通勤族還要更好，當然這歸功於他用「借來的」駕照來開車練習。

安德拉加速得太猛烈，讓米蘭猛地往座位後面靠。

他的頭稍微痛了起來，他回想著自己是不是有帶布洛芬在身上，然後又想起了被老人留在餐廳桌上的藥丸。

「如果你吃下這些藥的話，貝爾格先生，也許你就可以再次恢復閱讀能力了。」

米蘭把那些藥丸和餐廳垃圾一起放在中庭處理掉了，現在他對自己輕率的舉動感到惱怒，他應該把那些藥丸拿去藥局請人幫忙分析的。但是當他再次見到安德拉後，他就把那些藥丟進了垃圾桶。

「好，我們走吧。」

安德拉按下了方向盤上的一個按鈕，在儀錶板上打開了導航的功能選單。

「輸入吧。」

「要輸入什麼？」

米蘭的手和脖子開始流汗，就和往常他需要寫字的時候一樣。事實上他本來打算在餐廳裡跟安德拉坦承一切，但是那個時機已經錯過了，現在似乎也不適合。他要對她說的話是如此重要，重要到他想要在說的時候注視著她的雙眼，並且握住她的手，然而這兩件事情都沒辦法在開車的時候做。

「還能輸入什麼？當然是那棟別墅的地址啊。」

這是她的主意，但她沒有花很多時間說服米蘭回去那裡，回到別墅，回到寫了神祕訊息的女孩那。

這不是我的父母。

他本來想問的，但沒有說出口：為什麼她不自己設定導航？畢竟安德拉認為自己可以一心多用，這讓她已經有兩次被抓到邊開車邊用手機。但是並沒有什麼讓人信服的理由，來解釋為什麼她不應該專注於路況上，尤其是當他就坐在副駕駛座上，也沒有什麼事比盯著雨雪還要更重要的事情了。這場雨雪還讓原本正常的柏林交通一團混亂，成了一場危及生命的雪橇之旅。

「我不記得街名了。」米蘭說謊。「是在新湖湖畔咖啡廳附近的某個地方。」

「那就是在卡塔琳納—海恩羅特河岸街那邊吧，很好，那你就輸入吧。」

我寧願用你手套箱裡的雜物打造一台粒子加速器。

「你不知道怎麼開去蒂爾加藤嗎？」，他問道。

「我不知道的是利特岑堡街是不是還在封街，導航會帶我避開塞車路段，所以不要廢話了。我前面就得決定，是要走霍亨索倫堤防大街還是康德街。」

「你的導航沒有語音辨識的功能嗎？」米蘭最後一次嘗試避免打字這件事情。

Siri 已經救了他很多次，它會把電子郵件、簡訊還有 WhatsApp 的訊息唸出來給他聽，並且打出他的回覆，他只要對著智慧型手機說話就可以了。大部分的人對這些輸入過程中無法避免的錯誤也沒有任何意見，在這個表情符號的時代裡，人們在看電視、開車或是吃飯的同時，都會倉促地打出回覆，幾乎沒人會去注意拼寫的正確性。

「米蘭，我不懂我們到底在這邊討論什麼，拜託你只要輸入……」

一通電話救了米蘭，一張黑髮女孩的照片取代了導航功能表單的畫面。

「嘿，媽媽，你在哪裡？」

露易莎，安德拉十三歲的女兒。一個處於青春期的女孩，興趣是以色列近身格鬥和踢拳，這位充滿熱情的青少女大概不久後就會對某人大力出拳了，就和她母親一樣，米蘭很確定這一點。

「小傢伙，我和米蘭在路上，很快就回去了。雀莉還在那裡嗎？」

雀莉是露易莎最好的朋友，米蘭覺得她脾氣有點暴躁也有些沉默寡言，但如果十三歲的小女生們遇到一個半死不活的人的話，通常也不會開口說話吧——尤其是像他這種大人。

「她在啊，我們在看鋼鐵人。」

安德拉皺起了眉頭，轉彎進入霍亨索倫提防大街，然後對一個沒有讓她變換車道的貨車司機比了中指。米蘭不自覺地深吸了一口氣。安德拉決定了路線，不需要再設定導航了。

「你們不想做作業了嗎？」

「你不打算微波一下食物嗎？」

米蘭無法判斷是誰先把電話掛斷的，不管如何，露易莎的聯絡人頭像消失了，導航地圖又再次出現在螢幕上。

他點了一下面板上的目的地旗幟，然後期待被安德拉制止。

「你現在也不用設定導航了，我已經走了最短的路線。你最好祈禱我們不會被困在烏拉尼亞區周圍的建築工地裡。」

「不然會怎樣？」米蘭笑道。

「不然就會……」一個念頭似乎讓安德拉的表情沉了下來。

起初米蘭以為她在路上看到了什麼東西，然而在他們眼前的，只有反射在濕漉漉的柏油和被雨淋濕的擋風玻璃上，拉出長長線條的煞車燈而已。

安德拉給了他一個淺淺的、帶著內疚的微笑，這讓他覺得安德拉內心有什麼在糾纏著的感受又更加強烈了。

米蘭知道現在不能強迫她，他熟悉她女朋友經常沒來由的情緒波動。剛剛她可能想起了上午那場失敗的伴侶治療，還有他們關係之間的種種問題。這些問題大到讓她無法提出一個關於在未來任何時刻的問題「不然就會……」。

這些問題都是我一個人造成的。

接下來的路程他們都保持著沉默，直到當安德拉開車經過布達佩斯街的洲際飯店時，米蘭指出了保存在他腦海中的那一條路。

與白天有所不同的是，他們並沒有和別墅保持安全距離，因為他們本來就打算前去按門鈴，所以他們把車停在那棟別墅門口正前方的光禿禿路樹下。

「是這裡嗎？」安德拉下車時驚訝地問道。

「是這裡沒錯。」

「那個小家庭把買回來的東西搬進這裡？」米蘭用平坦的雙手護住雙眼，盡可能用這種方式讓臉避開雨雪。他開始發抖，然而這並不是因為天氣寒冷而顫抖。

「爸爸、媽媽、女孩，沒錯。」

他覺得自己的喉嚨乾啞。一個看不見的威脅正慢慢進逼，他每往鐵製的庭園大門靠近一步，就越接近危險一步。

「你不要看不起我，米蘭。但不知怎麼的，我沒辦法想像。」

「我知道。」他回答。他往上看，看向別墅的小塔樓，那座小塔樓一直延伸到漆黑的黑暗之中。

「我完全不知道這是怎麼回事，安德拉。我幾乎無法相信自己的眼睛。」

13

那棟赭紅色的紅磚別墅還在那裡，沒有消失也沒有任何毀損。然而，米蘭卻覺得那棟別墅彷彿在他眼前憑空消失了一樣。

「總覺得有哪裡不對勁。」他嘟囔著。安德拉覺得可以大聲說話沒關係。

「進去這扇門嗎？」她問。

米蘭點了點頭。他就是看見他們進了這扇門的。

媽媽走在前頭，再來是爸爸，然後是那個女孩。

「如果再買更多的話，我們都能開西方百貨了。」

然而說「門」並不正確。

說是縫隙會更適合一點。

白天的時候米蘭只是轉瞬之間看過去而已，他太專注於那些人了，以至於他沒能注意到其他的部分，尤其是在大霧中他幾乎沒辦法仔細看清楚別墅的入口。

這是為什麼呢？

現在毫無疑問地，他以為敞開的門實際上是一個洞，臨時用一塊鋁板蓋起來，拿來保護通往建築工地的入口。

或是保護通往空無一人的房子。

這就是別墅看起來的樣子。

沒有窗簾的窗戶沒有透出任何光線。鄰近住家的煙囪冒出縷縷煙霧飄升至夜空中，然而這裡沒有任何跡象指出別墅內的溫度比外面零度左右的氣溫還高。這裡沒有任何有人居住的跡象，但是在前院有一塊房屋仲介的告示牌。

谷欠佳口

米蘭可以想像得到那是什麼意思。那個告示牌倒向了被雪覆蓋的草坪，彷彿那塊招牌已經抵抗了很長一段時間的風和天氣了。

或是，那塊招牌像是被匆忙地重新扶正了一樣。

「你真的確定是這個地方嗎？」安德拉問，與此同時，米蘭按下了前院柱子上的電鈴。

「我確定，你看看周遭。」他溫暖的呼吸在他們的臉之間形成了薄弱的霧氣。「這裡只有出租的房子和集合住宅，除此之外這是唯一一棟獨棟別墅。就是這棟房子。」

「這就奇怪了。」

他走上通往別墅入口的樓梯，然後搖晃那塊鋁板。在搖晃的同時，他注意到這塊鋁板根本沒有鎖緊。

「就只是靠在那邊而已。」

「那我們可以進去了。」安德拉說，她拿起手機開啟了內建的手電筒。

「一切都聽我指令。」她低聲說道。「你走前面！」

米蘭對那疲乏的笑話笑了一下，但還是按照她的命令去做，然後把那塊板子從門框上拉開，只露出了一個可以讓他們穿過進入的缺口寬度。

在這棟房子中可能稱之為前廊的入口區域，以最大程度的厭惡來接待這兩個擅自闖入的人。寒冷、黑暗與霉味。

米蘭試著打開電燈開關，雖然他也不期待樓梯間廊道上的吊燈會真的亮起來。他無法分辨其他的光線，連他手機手電筒的光也是。在這棟別墅中沒有其他的光源，同樣也沒有傢俱、照片、溫暖和人的痕跡。

「你看一下這個！」

當米蘭還驚嘆於雙翼樓梯的扶手時，安德拉走進隔壁一間以前可能被用來當作圖書館的房間。以實心、深色的木頭製成、高度直達天花板的鑲嵌式書架，包圍了略為橢圓的房間牆壁，只為那已經沒再使用的壁爐留了一個凹口。

「真的非常醜。」米蘭如此評論這間對他來說是這棟房子裡最無用的房間。

「而且說不上來為什麼，這裡令人感到毛骨悚然。空空如也的架子，除了古董以外就沒別的東西了。」

安德拉把燈照向一台古老的電話，它就放在壁爐旁，約莫書架的腰部高度位置上，而且看起來很大一台，彷彿很難用單手把那個黑色的話筒拿起來。

「我上次看到這樣的撥盤已經是二十年前在我奶奶家了。」安德拉說，然而米蘭只用一邊的耳朵專心聽她說。電話附近的一張紙引起了他的注意力。

就連當安德拉說：「我不知道你是怎麼想的，但我覺得仔細搜尋這裡每一個房間很沒有意義」時，他也沒有回答她。

這裡到底他媽的發生了什麼事情了？米蘭這樣問自己。

先是車窗上的字條，然後是看起來和樂融融的家庭田園景象。現在根據氣味來判斷，這是一棟已經廢棄多年的別墅。

「不知為什麼，種種跡象都說明我們找錯房子了。」安德拉說，但是米蘭搖了搖頭。

「所有的跡象，除了這個。」

他把一張照片遞給了她。

「噢，你這個混蛋。」安德拉低語道，然後不得不把手機放到一旁，因為反射的光線讓她幾乎無法看出什麼。

「她是那個女孩嗎？」

米蘭點了點頭。這個攝影師顯然對背景稍微斜向大海的海灘以及一群在岸邊被餵食的鴨群更感興趣，因為那個在前景的女孩有點失焦了，她的臉有一半被闊葉樹的影子給遮住，而照片裡的她一定比現在還小兩歲。但她就是那個女孩，毫無疑問。

同樣的小麥色金髮、高額頭、卡其色的眼睛。

這種無法解釋的連結使米蘭感到一股深沉的悲傷。

「她看起來真的就跟你的素描一模一樣。」安德拉翻過照片來說道。「雖然我不知道這意味著什麼，米蘭……」

「不是只有你這樣覺得。」

「……還有你剛剛把我拉進來的地方。但至少我們現在知道她的名字了。」

幸好安德拉把照片背面寫的內容讀出來了：「柔伊，海邊的夏天。」

柔伊？

這個美麗的名字並不常見，米蘭不自覺回想自己第一次聽到這個名字是在什麼時候。是在呂根島的露營海灘上，從一位手中拿著一本書的女孩口中聽到的。

安德拉愣了一下。「你看一下這裡，用鉛筆寫的。」

「什麼？」

「我不知道，一個字母和數字的組合。看起來像是一組密碼。」

ξ15α12ϕ2β1-2ϕ18β1α13ϕ61

「我看不懂。」米蘭如實地說。

和往常一樣，他只看到一個圖像，一個沒有意義的象形文字混合體。然而，這與往常盯著交通標誌或是報紙頭條時不一樣，看到這個圖像組合的時候並不會產生任何羞恥或是不適。這種和以往不同的感覺讓米蘭感到驚慌失措。無需解釋，這些符號似乎和他的童年記憶有關聯，彷彿他曾看過這張或是類似的照片一樣。

更糟糕的感覺是，他好像曾有一段時期能夠破解照片上的神祕訊息。

「K15A12W2B1-2W18B1A13W61。」安德拉唸了出來。在唸到最後一個數字時，她尖叫了起來。米蘭不怪她，因為他也因為驚恐而嚇了一跳。

在這棟死寂的房子裡，誰也不會預料到會有著種聲音出現。

電話響了。

帶有撥號轉盤的老舊座式電話的話筒很勉強才被拿起來。彷彿那個話筒想要阻止米蘭接起電話一樣。

14

「你是誰？」

來電的那個人的聲音低沉，帶著些微鼻音。米蘭想像對方是一個鼻中膈有問題的粗壯傢伙，也許這個聲音是米蘭認為是壞蛋的那個黑髮傢伙。那個男人至少有一百八十五公分高，而且他走進這棟別墅時，身上的西裝非常合身，至少表面上看起來是如此。

「然後你在這棟房子裡做什麼？」這是那個男子第二個想知道的。把頭盡可能靠近米蘭接聽話筒的耳朵的安德拉，用手比劃了一下，示意他最好把電話掛斷。

然而，米蘭對此非常好奇。

到目前為止，他能判斷的是來電的人沒有經過變聲，也沒有疏遠的意思，一開始這讓他感到很不安，直到米蘭意識到這可能也是個好消息。畢竟他是闖入陌生人財產的人，如果打電話來的那個人是透過隱藏式的防盜警報系統知道這件事情的話，那米蘭更應該隱藏自己的身份，尤其因為他並不是警察口中所謂的無辜市民。雖然他還沒有留下任何犯罪紀錄，但是他也已經被多次傳喚過了，而且在現場被當作輕微的罪犯。

「實話實說嗎？」米蘭問，然後決定跟對方說出實情。「我不知道。我以為我是今天早上一宗綁架事件的目擊者，綁架的行蹤通向這棟別墅。」

他從眼角瞥見安德拉眉頭深鎖，閉上雙眼。顯然她並不贊同他的誠實回覆。

「所以你很好奇？」那名男子問。

「更確切地說，是很擔心。」

「很好，那現在就換你了。」

「你這是什麼意思？」

米蘭需要伸展一下，但如果安德拉想要繼續一起聽的話，那他便沒辦法這麼做。此外，對於那些只使用無線電話的人來說，座式電話的可活動範圍異常受限。

「我等一下會跟你解釋。」那個男人在電話的另一頭說道，「但是請你現在記住這個時刻。不論從現在開始發生了什麼事情，一切都會發生，因為這都是因為**你**而開始的。」

「開始什麼？」

「你觸發了這一連串的事情。你跟蹤我們，闖進這棟房子。我不會逼你，這一切都取決你的自由意志、你所做的決定。接下來你將不得不與這些事情的的後果共存。」

「看來我最好把電話掛斷。」

「這並不會阻止接下來會發生的事情。」

「什麼事情？」

「我要殺掉她。」

「殺掉我？」

「說什麼蠢話，當然是那個女孩。」

「柔伊？」米蘭驚喊，他已經完全脫離了這段越來越不真實的對話。

「你是怎麼知道這個名字的？」這個顯然毫無顧忌的來電者驚嘆道，聽起真的很驚訝。他甚至短暫地大笑了一陣，然後語帶傲慢地說：「事實上我根本不在乎你怎麼知道的，我們還是來好好談談你該怎麼阻止最糟糕的事情發生吧。」

「最糟糕的事情？」

米蘭的聲音參雜著嘶啞的低聲，像是他的喉嚨突然發麻了。「你想從我這邊得到什麼？」

「不多。只要十六萬兩千三百六十六點四二歐元就好了。」

「你瘋了嗎？」

米蘭此時劇烈地一震，但安德拉早就在離他一步遠的距離了。她驚訝地張大了嘴，米蘭彷彿驚呆了，聳了聳肩。光是這個不合理的高價，而且還是敲詐的金額（甚至是為了一個他素未謀面的女孩），就顯示了這個瘋子的精神錯亂。

「覺得我是神經病的也是大有人在，沒錯。但是不管我是在發瘋還是知道自己的行為後果，這都沒什麼分別：如果你在星期一晚上八點十五分之前，沒有把贖金當面交給我的話，我一定會把這個女孩殺了。」

米蘭笑了。他尖細嗓音的回聲，迴盪在這棟空蕩蕩的別墅中，像是被踩到腳的貓的尖叫。

「在那之前我連一百六十二歐元都湊不出來，更不用說這個金額的一千倍了。但先撇開這個不談，為什麼是我？我到底他媽的跟這件事有什麼關係？」

短暫的沉默之後，那個勒索的人說：「我已經說了，這件事情是你自己攬上身的。任何人今天都可能看到那個後座上的女孩。但你是唯一一個有反應的人。我們已經開車在附近繞了好幾個小時，周遭經過了無數個人，每個人都漠不關心而且一副無所謂的樣子。只有你不是這樣。」

米蘭驚訝地把話筒換到另一邊。「所以我應該為我的注意而付出代價？」

「不然還有誰呢？」

米蘭輕拍額頭。「你不會拿到任何一毛錢的，我現在就要掛斷電話然後報警。」

那個男人笑了。「那你要跟警察說什麼？說你非法闖入一棟不屬於我也不屬於你，而且因為屋頂的石綿污染問題，多年來遲遲找不到買家的房子嗎？拜託，如果你要浪費時間的話，就去吧。如果我是你的話，寧願去想該如何湊到這筆錢。順便說一下，我叫做雅各。你叫什麼名字？」

「為什麼我還要告訴你我叫什麼名字？」

「我想，如果我們用名字來對談的話會更有禮貌一點。」

「不會有再進一步的對話了。」

「恐怕不是這樣。請你給我你的手機號碼吧。」

米蘭搖了搖頭。「才不要，這一切都與我無關。我才不要加入你的心理遊戲。我……」

一陣讓人毛骨悚然的尖叫聲透過話筒傳進米蘭的耳裡，非常大聲而且非常痛苦，讓米蘭全身上下都能感受得到。連當下離米蘭一公尺距離遠的安德拉也能聽見那個尖叫聲，而且因為驚恐而瞪大雙眼看著米蘭。

「剛剛是什麼聲音？」米蘭問，雖然他覺得自己知道這個可怕的答案是什麼。

「這是還活著的證明。」綁架犯說。「這個女孩還有呼吸。但這個狀態很容易就會改變。所以說，麻煩啦！」那名男子不耐煩地用舌頭發出嘖嘖聲，「現在請你還是跟我說你的大名還有你的手機號碼吧，除非你要我把第二隻釘針射進她的拇指裡。」

15 柔伊

他們說謊。

「我們不會對你怎麼樣的。」他們這樣對她說，「我們只是在玩一個遊戲而已。」

但這話就像雅各的西裝一樣虛偽，西裝是他為了這場行動所買的，為的是被米蘭看到的話可以留下一個嚴肅的印象。這就和那個自以為了不起的小白臉的門牙一樣虛偽，就她來看，他對她母親來說太年輕了。他帶著虛假的微笑、用日曬機曬出來的虛偽黝黑膚色，以及他在酒館打架後裝上的假牙。

那個混蛋只有名字雅各是真的，他肯定在最後會除掉街上所有的目擊者。

沒有人能奈他如何。

只是為什麼會演變成這個地步呢？為什麼她沒有早點逃走？

我沒用又很膽小。

這就是她為什麼現在躺在這裡，拇指正淌著血，裡頭還插著那個王八蛋用釘槍往指甲下緣射進去的釘針。柔伊咒罵雅各，等一切都結束之後，他大概也不會留她活口。

這連她自己都知道。

怪小姐或是**奇怪的柔伊**，同學在學校裡都是這樣子叫她的。

雅各獨留她一人離開的時候，當然不管她的傷口，她只能將就地用一小塊骯髒的床單把手指綁起來止血。除此之外，在她被關起來的露營車內什麼也沒找到。這個醜陋而且是馬桶刷顏色的骯髒拖車，就算在廢物堆積場中也會被看不起。

「呃啊啊！」柔伊坐在露營車上的角落座位上，然後把釘針從自己有脈搏跳動的拇指中拔出來。光是這個舉動就已經讓疼痛傳遍整隻左手臂，從手指一直到肩膀。血噴得到處都是，血流得太多以至於找不到甲床內釘針的銀色邊緣。因此柔伊把拇指放進嘴裡，像小嬰兒般吸吮。

「媽的，我又變得跟一桶髒水一樣討厭了。」

在小學的時候，同學們就在取笑柔伊的舉止比其他同齡的人還要緩慢。她腦中同時有太多思緒，有時候為了整理這些想法，她不得不放慢速度。

整體上來說，如果人像彈力球一樣跳過那些思緒的話，那他要怎麼鑽研甲蟲殼上的紋路呢？如果在最後沒有人在等那一個人的話，那匆匆忙忙地過生活到底有什麼意義？

愚蠢和話不說完，是大部分的人對於她因點子浮現而話說到一半就停止的批評。**尤其是琳恩**。

官方醫療機構的醫生讓柔伊休學一年，這讓她媽媽在柔伊七歲生日那天藉機發表了一次演說，演說的最後以這幾句話作為總結：「柔伊並不笨，她只是在思考方面有點不走運而已。」

從那之後，她就再也不叫她媽媽、媽或母親了，而是只以名字來稱呼她。

如果有要叫她的話。

柔伊把拇指從口中拿出來。現在她至少有短暫的瞬間能看到鋁製的釘針，因為血馬上就又流出來了。儘管如此，她還是用右手食指輕拍了特別疼痛的位置，也因此引起了另一波傳遞到肩膀的疼痛。

如果她用咬下來的指甲，試著將釘針拔出來的話，會發生什麼事呢？

媽的。

我的錯，這一切都是我的錯。

當然，當初相信雅各完全是件蠢事。上了露營車去拜訪他和琳恩、相信他們不會對她做什麼事情的承諾，都非常愚蠢。

奇怪的柔伊。但是有一點他們都錯了。

柔伊或許需要多一點的時間來思考其他人能快速理解的想法，然而她能想得更透徹。恐懼刺激了她的思考過程，不是速度，而是強度。

如果柔伊感到害怕，而且因害怕而冒出的冷汗就像她脖子上的第二層皮膚的話（像現在這樣），那她就會想出其他人做夢也想不到的點子。

譬如在照片上留下密碼。要進行這件事，她只需要那張放在她口袋中的令人討厭的照片，以及一支眼影筆。

當然，她原本也可以在上面寫出一個明確的訊息，就像車裡那張紙條上的訊息一樣。

救救我。這不是我的父母。

但是，要是琳恩或是雅各發現這個訊息的話，他們可能會朝太陽穴賞她超過一個以上的巴掌，好讓他們可以將她在無意識的情況下帶出露營車。

不行。密碼必須不引起懷疑。

所以，柔伊再次假裝自己是一個歇斯底里的小孩。

「我才不會配合你們這些狗屁倒灶的事情！」她這樣尖叫喊道，然後逃走了。她很清楚知道自己是逃不了的，但至少她爭取到了時間。正好就在別墅圖書室的時候，有一段時間沒有人看管她，她在這裡把訊息留在恐龍時代的舊電話旁邊。然後現在期望那個來救她的人可以解開留在背面的符號。

那個人一定會讀到的，柔伊這樣想，然後在察覺到雅各發動露營車的引擎時，因為疼痛、恐懼和不適哭了起來。

一方面，引擎發動了是好事，因為暖氣也因此再度運轉。在雅各為了那一通恐嚇電話所花費的片刻時間中，寒冷已經伸出了寒氣的魔爪，在露營車裡擴散開來了。另一方面，柔伊知道她生命的最後道路可能還有幾公里。直到她被自己曾經信任的兩人殺掉為止，不會太久。被雅各。琳恩。

我的天啊。琳恩。

當露營車起步時，柔伊閉上潸然淚下的雙眼，專注於她左手拇指的跳動。

她把食指磨損的指甲直接往左手大拇指下面推。進入疼痛的中心。

在她不禁大聲呻吟時，她想起了自己最後的機會。

親愛的上帝，讓那個人讀到也理解我的訊息吧。

不亞於她悲慘生活的現狀就要靠它了。

16 米蘭

每當米蘭到雷爾威瑟的老人安養院探望父親時，第一時間總會覺得自己彷彿踏入了威丁區的一棟老舊家庭式公寓。那裡聞起來就像他青少年時期那無法比擬的，混合著拋光油、香水和長年附著在堅固傢具中菸草的氣味：巨大又笨重的餐桌、色彩相襯的精緻褐色木櫥櫃、皮革製的沙發組、有黃銅床架的雙人床。不同的是，現在一個房間要當作客廳、臥室以及飯廳來使用，因為米蘭和庫爾特也負擔不起更多的空間。這不是他父親那微薄的房屋管理員的退休金可以負擔的，更不用提尤塔在過世前以清潔婦的身份所賺取的退休金了。

如果安德拉沒有提醒米蘭，醫院的前員工在尼可拉斯湖的豪華老人安養院可以獲得特別折扣，他們其實連這樣的小房間也負擔不起，畢竟這是一間有面向公園陽台的房間。安德拉也是因為浩克的母親住在這邊才知道這個資訊，這就是為什麼米蘭的父親和他雇主的母親在某種程度上幾乎像是鄰居。

「有你在真好。」他父親說，這句話並不是唯一打斷米蘭說話的原因。

他有期待我來嗎？

米蘭沒有事先通知就來訪，而且還是在探視時間之外來的，這一點讓他差點和管理員起了衝突。

管理員在樓下要求他在訪客清單上簽名，據他所述，晚上八點過後的規定就是如此。**智障**。

要模仿簽名米蘭還辦得到，但是寫名字、日期還有時間？管理員可能會要求他，寫得跟跳火圈一樣好。起初他有種衝動想抓住管理員的領帶，把他從玻璃櫃檯後拉出來，然後用拳頭把簽名賞給他。

下一秒他被自己嚇到了。

突如其來的憤怒？

對他來說，這是個非常不尋常的反應。米蘭在控制自己這件事上，從來沒有什麼問題。他已經練就一身不要太引起別人注意的功夫，讓他在有任何理由吵架之前，就巧妙地迴避爭執。然而，那天發生的詭異事件縈繞著他的心頭。他不得不用他那一套標準說詞來搪塞管理員：「請你聽我說，我四個星期前感染了鏈球菌。請不要擔心，我已經沒有感染性了，但是我得到了一種罕見的副作用，就是風濕，那讓我幾乎沒辦法活動我的手指。真是人間煉獄啊！」

「這我早就知道了，你不用特別告訴我。」管理員心領神會地點了點頭，然後跟他分享了自己後背的老毛病。一分鐘後，他替他同病相憐的夥伴填了那張表格，然後放他上樓。

讓人驚訝的是，他父親並沒有躺在床上，那個看起來也不像百萬富翁的人正盤腿坐在地上。

在他周遭放著許多從舊相簿中拿出來的照片，這些照片上都有一個獨特的人。尤塔，庫爾特第一也是唯一的摯愛，她去世得太早也太不講理。

「你在那裡幹嘛？」米蘭問，然後走了過去。他吃驚地發現父親眼中泛著淚水，在受驚嚇的第一秒，他還以為是自己忘記了母親的忌日。但夏天的時候忌日已經滿週年了——已經是第十五年。

這是多麼諷刺啊。

大家本來都以為庫特仔會先走。骨質疏鬆症、甲狀腺功能衰退、脂肪肝、脊椎變形、高血壓……，畢竟他的疾病與危險因子清單，在中年時就已經比一個大家庭的購物清單還要長了。

當尤塔把米蘭拉到一旁，彷彿有先見之明一般，她夾雜著玩笑和擔憂跟米蘭說：「要是我比你老爸先離開人世的話，要好好照顧你老爸。他像一棟蓋得堅固的房子一樣，也許有些簡單，但是很牢靠，也很舒適。不過，作為一個不修邊幅的老人，他沒有辦法獨立照顧自己，可能暖氣會在冬天停止運轉。或者……」眼前他還看見母親調皮地眨了眨眼睛，示意準備說出她的玩笑話，「……或者，下雨的時候屋頂會漏水，在這個瘋子身上時不時就會發生這種狀況。」

果真在她過世多年後到目前為止，庫爾特在獨自料理日常生活大小事這方面的問題越來越嚴重，為了讓米蘭不要有太多的負擔，他同意讓有經驗的照護人員來照顧自己，以防萬一也只在兩個房間外的距離待命著，至少讓他在生命的最後一刻不會有和他最深愛的人相同的命運，那個當時任何救援都為時已晚，來不及救回的愛人。**那個時候**。

那是呂根島上一個異常涼爽的夏天。尤塔感冒了，她在喝下感冒熱飲，接著躺下休息之前，忘記滅掉了壁爐的火。

當庫爾特從晚班下崗回到家時，從火爐噴濺出來的火花已經蔓延到整個客廳了，而且從客廳往樓上竄延。消防隊已經接獲通報，可能是鄰居通報的，但那個鄰居並沒有說出自己的名字。他們只來得及將米蘭從火海中救出來，米蘭因為嚴重的煙霧吸入性中毒以及顱骨骨折被送往醫院就醫。他在濃煙中迷失了方向，然後從地下室的樓梯上摔了下來。在治療頭部創傷時，產生了併發症，這讓他必須動好幾次手術，還讓他不得不長期住院。當他數週後總算得以出院時，他們就在當天跟著搬家貨車前往柏林。老婆死了、房子燒毀了……。庫爾特在呂根島上所有擁有的一切付之一炬，他再也無法回到那裡去，米蘭也是一樣。

「他們把我的**花花公子雜誌**給拿走了，所以我得另外找其他打手槍的範本。」他父親一邊擦乾臉頰上最後一滴眼淚，一邊試著轉移自己的情緒。尤塔還活著的時候，會在他講淫蕩的無聊笑話時，朝他的後腦勺打下去。他揶揄自己說，這大概就是他禿頭的原因。

「你怎麼哭了呢？」米蘭問。

「看到你喜極而泣啊，小子。」

「為什麼啊，老爸？」

「真的。說認真的我很擔心你，之前你話說到一半就掛電話了，我還以為你出了什麼事。」

他神氣活現地抬起頭來，良心不安的感覺毫不留情地湧上米蘭心頭。

「哎呀，老爸，那你為什麼不打給我？」

庫爾特難為情地笑了。「我不想打擾你啊。我……我以前太干涉你的生活了，這你也知道。之前我說你必須跟安德拉說出真相，但我無權這麼做。」

他父親站了起來，小心翼翼地努力不要碰到任何一張照片。猶豫了一會兒，還是決定抱住他的兒子。「天啊，我真的很高興你沒事。」

米蘭艱難地吞了一口口水。

就是這樣，他的老父親害怕連兒子也失去了。

他父親清了清喉嚨，走離他身邊。「好啦，在證明我是一個多愁善感的呆子後，剩下的問題就是你為什麼這麼晚了還突然來看我？如果是為了烈酒而來的話，恐怕要讓你失望了，可惜這瓶就是我全部的烈酒了。」

他們坐了下來。米蘭坐在沙發上，而他的父親坐在那張他最喜歡的單人沙發上，一個前面有顏色相襯腳凳的格紋大怪物。

「我必須從你那邊知道一些事情，老爸。我拜託你誠實跟我說。」

「你繼續說。」

「這個有沒有讓你想起什麼？」

米蘭把那張在別墅裡頭找到的，那位被綁架的女孩的照片拿給他。

「這是誰啊？」

「你仔細看看背面。」

庫爾特狐疑地垂下嘴角，還是照米蘭希望的去做了。

「柔伊，在海邊的夏天？」他讀了出來。

「這和下面寫的有關係。」

庫爾特瞪大了雙眼。「他媽的，你這個兔崽子。這張照片哪裡來的？」

米蘭聳了聳肩膀。他到底該從哪邊開始說起呢？

「我今天第一次見到這個女孩，她被綁架了。」

現在他父親的雙眼快要從眼眶掉出來了。「你在說什麼啊，小子？」

米蘭向他大概地描述了這段奇遇，從那張車窗上的紙條到別墅裡那通要求贖金的電話。

「他要什麼？」

庫爾特的身體讓米蘭想起了處於完全緊張狀態下的彈簧，要是再透露一個消息，他父親大概就會彈起來了。

「十六萬兩千三百六十六點四二歐元。」

米蘭覺得他的父親在聽到這個高得到不合理，而且荒謬到不行的金額時，好像變得更蒼白了。

「就為了一個你根本不認識的女孩？」

「沒錯，就是這樣。」

庫爾特再次將目光放到照片的前面。

「這張照片是多久前拍的？」

「近兩年。」米蘭這樣猜測。如果他真的有把車內女孩的樣貌牢牢記在腦海中的話，那應該是更近期所拍攝的。

「但是這怎麼可能呢？」

「所以你也看到那段文字了？」米蘭轉向他爸爸。他點了點頭。在米蘭開口提問之前，他顫抖著說：「這是你們當年的暗號，沒錯吧？」

K15A12W2B1-2W18B1A13W61

米蘭不得不想起他的初戀。想起伊馮娜，來自賓茨鎮的金髮女孩，與所有典型的美女理想型都不一樣，卻有一種因為她古怪的任性而產生的吸引力。素顏、沒有造型、不會讓人產生什麼印象的穿著，有別於班上其他「傳統的」女孩，那些女孩們會穿緊身牛仔褲與寬大領口的衣服來吸引別人的目光。她比其他人都還嬌小，但對米蘭來說，就算是在充滿人群的校園中她也很突出。尤其是她那雙吸引米蘭的雙眼，那雙又大又聰穎、阿卡那海角般碧綠色的眼睛，她的目光在每次相遇都都像是初次見到他般令人印象深刻。而且一次又一次地，她總能在他身上發現什麼新事物。多年後，當口香糖的味道讓他回到光年外的過往，他回想起她在海灘椅上狂野地親吻他時，他問自己究竟為什麼會無可救藥地愛上這個局外人呢？也許是因為，伊馮娜是人類中非常稀有的類型，這種類型的人不會用世間在他們身上所看見的事物來定義自己，而是自己來看待這個世界。這個世界充滿了必須探索，或是自己製造出來的祕密與謎題。

就像這個暗號也是如此。

「伊馮娜和我的暗號。沒錯，正是如此。」

「但這怎麼可能呢？」他父親重複說著這個自從米蘭在別墅發現這張照片開始，就在他腦中揮之不去的問題：

這怎麼可能，一個被綁架的小孩怎麼會想用暗號跟我取得聯繫呢？而且還是用我重要的初戀情人所想出來的暗號？那個必須利用我在好幾年前，從離柏林好幾百公里遠的呂根島上的學校圖書館偷出來的書，才能解密的那個暗號？

17 安德拉

「他的反應怎麼樣？」

「不是我想像的那樣。」

安德拉咬了咬自己的下嘴唇，然後把目光望向蘭佩爾特座位前空無一物的書桌上。沒有任何文件、帳單、書籍，甚至連支筆都沒有。她從來沒看過老闆在桌上辦公，連在她那一場工作面試時，桌子上也只放了一個放著他去世妻子照片的相框而已，蘭佩爾特時不時就會難過地看它一眼。

如同她以往到地下室找老闆的時候，總會有種不安的感受，彷彿這個地下室的辦公室自然地改變了他。房間的裝潢相當樸素，並沒有誇張的裝飾，僅有實用的傢俱，咖啡色的書桌、黑色的單人沙發與相襯的沙發組。牆上唯一吸引人的東西就只有那一幅馮．哈瑟的裱框攝影作品，作品是洛杉磯一間餐廳青銅色的外觀。在蘭佩爾特的帝國裡，大概不會有人稱這幅照片和他本人為「浩克」。即便是米蘭也不會這樣稱呼他，雖然這個綽號在這個空間裡很難覺得是諷刺，因為蘭佩爾特坐在這張從五金行買來的書桌後頭的時候，看上去確實像變了個樣子，彷彿不再瘦小與枯槁。即便他的綠色襯衫仍在他寬闊的肩骨上鬆垮地飄蕩，但他好像長大了，還變得更強壯了似的。若是在餐廳裡，會覺得好像身邊站了個小孩子；在這裡，他散發出的存在感以及威信，是其他老闆用鑲著金邊的名片、成群接待的女秘書與可以眺望布蘭登堡門視野的角落辦公室，都無法辦到的。

「我的意思是，米蘭當然很心煩意亂。」安德拉補充說。她下意識地眨了眨眼睛。雖然蘭佩爾特看在她的份上沒有抽菸，但她仍覺得眼前能感覺到他先前所抽的菸的煙霧。

「但不是因為教授而心煩意亂。」

「那是為了什麼？」

蘭佩爾特為了鼓勵她而對她笑了笑，然而這並沒有讓事情變得比較好。不管他有多友善，在這個地下室，在他的帝國裡，她一直覺得自己像是被叫到校長室裡的問題學生。可能是因為他們的初次相遇就是在這個房間裡，那時他提出了她可以怎麼還清她債務的建議。

「發生了一件事，一件我們無法預料的事。」

她向蘭佩爾特講述了汽車內的女孩與闖入那棟空無一人的別墅的事情。

「所以你想追查這起事件？」蘭佩爾特異常健談。出了他的辦公室後，幾乎沒人聽他講過完整的句子，更不用說閒話話家常了。

「你也知道，我對米蘭是不是正確人選這件事，一直保持懷疑的態度。」他這樣說道，然後搓了搓鬍子沒有刮乾淨的下巴。

安德拉點了點頭。她選了米蘭，還為他安插了一個工作。但是當她開始和他一起做一些其他事情的時候，就打破了這些規則。

「我們已經他身邊待了很長一段時間，萬一一切都失控了那該怎麼辦？」

「不會失控的。」但是她已經不再那麼有自信了。

蘭佩爾特聚精會神地仔細觀察著她。然後朝他放在辦公桌裡的保險箱彎下身體，安德拉也知道他把保險箱放在哪裡。「有什麼計畫嗎？」

「沒什麼頭緒，但我應該要去他父親那裡把他接回來。」

蘭佩爾特嘆了口氣說：「那好吧，你有三天的時間。你就繼續待在米蘭身邊，這段期間我會照顧你的女兒。」

他從保險箱裡拿出一綑鈔票、一支很難追蹤訊號的預付卡手機以及一把手槍。

「拿去吧。」

安德拉收下了這些東西，沒有提出其他問題。當然還有那把槍管發出銀色光芒的武器。她知道有什麼萬一的關鍵時刻該怎麼使用它。

這該死的感覺到底怎麼來的。

「對了，還有一些其他東西。」蘭佩爾特在安德拉把所有東西都收進她的背包時說。他把那包藥丸推給了她。**這是禮物**，那個老人帶來的，米蘭在不久前把它丟進了垃圾桶裡。

「你要確保他每天都吃一顆！」

18

米蘭

米蘭打開了帽盒。因為庫爾特長年將帽盒存放在衣櫃裡的關係，帽盒的天鵝絨表面變得更為蒼白，上面的裂痕也變得更大了，幾乎就像他父親手背上的皮膚。米蘭在打開盒蓋時，馬上就聞到了煙味。那場大火沒有燒到庫爾特的書房，但濃煙卡在每一道裂痕當中，而且附著在每一樣他們搬到柏林時帶來東西上。

米蘭第一個注意到的是用彩繪冷杉松果球做成的花圈，有幾張畫紙被壓在花圈下。他的父母長年以來用這個帽盒裝滿了他的童年回憶。小小的嬰兒鞋、第一張筆觸潦草的圖畫、游泳比賽的獎章、運動比賽的獎杯、照片、受邀參加小朋友慶生會的邀請函、裝著掉落的乳牙的匣子。米蘭在偶然發現一張手繪的明信片時，停頓了一會兒，那張明信片是他從露營場要寄給他爺爺威廉的。沒有寫任何文字，只有一個火柴小人，心情非常不好地凝視著一座小山丘，米蘭曾經想用這個火柴小人來表達，他有多麼痛恨與小學的同班同學一起去郊遊。

當時他沒有爺爺威利的地址，而庫爾特總是處心積慮將祖孫兩人的聯繫維持在最低限度，所以並沒有幫他轉交。「他是精神病患者中的佼佼者。」庫爾特在某次一個難得的時刻，跟米蘭吐露了關於他父親的事情。

「他每天都會檢查我的回家作業。只要我做錯一件事情，他就會拿走我身邊的一些東西，並且把它弄壞，不管是零食或者是玩具。有一次，我拿著一張只得到五的數學成績回家，他就從籠子裡抓出我的兔子，然後擰斷了牠的脖子。」

米蘭對這種荒誕的故事難以置信。因為在少數的家族聚會上，大部分都是聖誕節前後，他所看到的爺爺都相當和藹可親而且富有同理心，他會輕撫米蘭的頭髮，將他緊緊攬在自己的身邊，以及道別時，在米蘭父母板著臉孔的神情背後，帶著滿口蛋黃利口酒的酒氣，在米蘭耳邊小聲地說道：「千萬不要灰心，我們倆根本是同一個模子印出來的。」

他把那張威利爺爺生前從來沒能看到的明信片放到一旁，然後把心力放在他來到這裡的目的。

專心找那本書！

「你把那本書收起來了。」米蘭滿意地說。那本書用廚房紙巾包著，就豎立塞在一邊。他把那本書放在他們剛剛坐著位置旁的餐桌上。米蘭謹慎地描繪著印在灰色且沒有圖片的精裝書封面上凸出的印刷字母。

「禮物。」即使米蘭當然知道書名，他父親還是把封面上的字讀了出來。那時伊馮娜常常唸這本書的內容給他聽，甚至封底的文字，他都可以倒背如流：

「兩個想出密語的孩子的驚奇大冒險。因為沒有人知道他們的神祕天賦。」

「那本書裡提到的女孩也叫做柔伊嗎？」

米蘭點了點頭。這就是為什麼他會對寫在照片背面的被綁架的女孩名字如此激動。在這本書裡，女主角就是這麼稱呼自己的，因為她討厭自己原本的名字。女主角覺得柔伊這個名字在古希臘語中的意涵非常美：「『對於』每個生命而言都一樣的單純生命事實。」

伊馮娜常常和他討論這個事實可能會是什麼。雖然伊馮娜認為那就是愛，可是米蘭卻懷疑人類心靈彼此間的關係會不會正好相反？

K15A12W2B1-2W18B1A13W61，米蘭的父親再次確認，仔細地端倪了那張女孩在海邊的照片後，翻開了那本書的第七十六頁。

這組密碼的解讀關鍵非常簡單，雖然要費盡心力，但像米蘭這樣的文盲也能夠區分出各別的字母與數字。K指的是章節，A指的是段落，W指的是相對應段落中的單字，而B指的是指定單字中的單一個或多個字母。數字所代表的是要數幾個段落、幾個單字或是字母。

庫爾特點了點頭，用鉛筆在便條紙上寫下與照片上的暗號相對應的字母。

J

A

「你和伊馮娜重現了這本書的內容，真的是太可愛了。」

「我們也沒有完全按照這整本書去做，只有用了書中的暗號而已。」

這是伊馮娜的點子，米蘭當然不敢跟她說書是他擁有最沒有意義的東西。但是他女朋友非常喜歡這個點子，他們兩個人手邊都有這本冒險小說的相同版本——這個能夠解開他們充滿愛意的祕密訊息的鑰匙，因為這就是《禮物》中年輕英雄們的交流方式。因此，米蘭從學校的圖書館偷走了這一本書，還差點被他的導師逮個正著。

「不管伊馮娜什麼時候把加密的紙條偷偷放到你的座位下，你都會迫不急待地跑回家，然後你媽就會協助你解密那個訊息。」

米蘭抬頭。「那時真的是這樣嗎，老爸？」

庫爾特在做筆記的時候頓了一下。看來他已經解開了四個可能的暗號了。米蘭說不出這些暗號是不是有什麼意義。

「你覺得這個是什麼意思？」

「我不記得了，老爸。我只知道我花了幾個小時在這本書上，但是……」

「但是什麼？」

「我可以讀看看嗎？」

他爸爸捏了捏眼角，然後透過那副想像出來的閱讀眼鏡的邊框端詳著他。

「有時間可以讓我讀看看嗎？」

每當他想起在呂根島上的時光，就像是在盯著自己記憶裡的一面木紋壁紙。過了一段時間之後，隨機浮現出來的圖樣、形狀以及符號開始變得越來越清晰。這些圖像只能藉由充分的想像力才能清楚地辨認出來，而且只要頭部稍微有任何動作，這些圖像就會從意識中消失。短暫的時間過後，就無法確定自己到底是不是真的看過這些景象。

米蘭不知道自己是不是真的曾經識得超過一個詞彙和字母，這仍然是一種混亂的感覺。

「我可以讀看看嗎？」米蘭再一次強調地重複說了一次。

他的父親搖了搖頭。「不行，反正也不會是正確的。」

「這是什麼意思？」

「你一直都有閱讀障礙。你得花上好幾個小時才能解讀一段句子的意思，在那場意外之後你的問題就變得更嚴重了。」

更不要說是絕望了。米蘭將手往頭部摸去，往那個仍能感覺到被安德拉用球棒打到腫起來的地方。

「今天下午有人來餐廳找我，我猜就是向你打聽我事情的那個人。」

「他想幹嘛？」

「他給了我一盒藥丸，宣稱如果我每天都吃一顆的話，就可以**再次**恢復閱讀能力。」

「真是一個瘋子。」

「一個知道我是文盲的瘋子。」

庫爾特聳了聳那枯瘦的肩膀。「這我沒辦法解釋清楚，就像我也沒辦法解釋清楚那個綁架事件一樣。所以你覺得這兩件事情有關係嗎？」

「我也不知道。但是麻煩請回答我的問題，老爸。」庫爾特嘆了口氣，然後把筆放下。「不可能。你從來就沒有真正地閱讀過。你媽和我都非常自責，自責沒有更早讓你接受檢查。當時你的幼稚園老師說，我們應該帶你去看一下眼科醫生，要是我們有聽進去就好了，因為你那時候認字母就有障礙了。」他父親無奈地笑了笑。「要不是你在五年級的時候跟我們說了這個問題的話，我們也不會注意到這件事情。你在那之前真的成功瞞過大家了。」

米蘭點點頭，他那個時候就已經是一個騙子。他付錢給他的朋友們，好讓他們能幫他解決回家作業。當然，課堂小考不可能找朋友來代筆，可是就算他在一個科目中的寫作上拿了一個六，口試拿到了二，他還是能以平均四的成績成功通過那個科目。

「所以說不行，你從來就沒辦法正確地閱讀，小子。可以改變這種情況的奇蹟藥物並不存在，就連你自己的意志力也沒辦法改變這種狀況，沒辦法，但事實就是這樣。」

閱讀障礙。

在他們搬到柏林後，在柏林夏里特醫院中進行一連串的血液、視力與腦部掃描後，神經學家們的診斷是這樣稱呼這種情況的。他頭部裡的神經連接出了問題，各種不同的語言中心缺乏了一個生物化學的連接橋樑。除了少數幾個例外之外，不論他再怎麼努力，他永遠也沒辦法在詞彙與句子裡、字母群組中，發現一個以上沒有意義的重疊字母。

儘管如此。

「有時候我會做一個奇怪的夢，老爸。夢到我又變回小時候的樣子了。我就站在我們在呂根島上那棟房子的走廊上，然後到處都瀰漫著濃煙。」

「噢，不。」他父親這樣說，然後又回去繼續破解那些暗號，繼續翻查那本書的每一頁。

「然後在我的房間前面站了一個人。我看不到那個人是誰，但是那個人在向我道歉，接著哭了。你知道一直讓我尖叫著醒來的奇怪事情是什麼嗎？並不是火焰的疼痛、吸入肺部裡的煙霧，也不是對那個我跌下去的地下室樓梯的恐懼。當我的周圍變得越來越熱，熱到我無法忍受的時候，我看見了那個人身上穿的T恤。而我能夠**讀懂**那件T恤上的文字。」

「上面寫了什麼？」庫爾特將視線移開那本書，問道。

「T恤上的文字會因為夢境的不同而有所變化。有時候只有一個字，有時候是一整段句子，像是：『**我很抱歉**』或『**我不是故意這樣做的**』。」米蘭下意識地清了清喉嚨。「但是你還不明白嗎？這跟T恤上的字無關，而是我在夢裡面可以識字。」

庫爾特抬起頭看著米蘭，他的眼神籠罩著一層悲傷的陰影。「這是不可能的啊。」

「我知道。」

他父親搖了搖頭。「我是在說這個。」

他輕拍著現在寫有七個字母的那張紙。庫爾特破解密碼了。

「上面寫了什麼？」

他爸爸用沙啞的聲音告訴他，他利用那本書和照片上的字母與數字解出來的內容是什麼。只有一個字。

米蘭吸了一口氣，讓空氣維持在肺部一會，然後說：「這證明了這真的是一組暗號。」

庫爾特點點頭。他握著那張紙條的手顫抖著。「但是，小子，這個訊息很嚇人，非常可怕。」

「我知道。」

「如果我是你的話，我會忽略它。這好像事有蹊蹺。」

「沒錯。」米蘭同意他父親的看法。

先是在車子裡發出求救訊號的女孩。然後是空無一人的別墅。勒索的人。可笑的贖金金額。還有現在這個訊息。還是用一個年代久遠的小孩子密語所解密出來的。

「但你不會按照你家老頭所說的去做，對吧？你要起身離開了，對吧？」

米蘭看著他父親那雙年老而混濁的眼睛，站起身來抱了抱他，然後在他的額頭上親了一下以示道別。

庫爾特悲傷地嘆了口氣。

「那至少把這個東西帶在身上吧，小子。」他從口袋拿出錢包，然後將錢包交到米蘭的手中作為道別的禮物。

「我有錢。」米蘭想將錢包還回去，但他父親不允許他將錢包還給他。

「反正裡面也沒什麼錢，就把它當作是一個幸運物吧。在你即將要去的那個地方，你一定會非常需要運氣的。」

19

「雅斯蒙德？」

「對。」

「這就是你用那本厚重的書解出來的訊息？」她指著那本在米蘭大腿上的書。

「就是它。」

「嗯……」

安德拉為他將加熱坐墊調到最高的熱度。她坐在迷你庫柏裡，在門前等著米蘭，雖然她的車裡非常舒適溫暖，但她似乎感覺到米蘭仍然冷到發抖。

「所以呢？你有認識某個叫雅斯蒙德的人嗎？」，她問。

「不是認識**某個叫這個名字的人**，而是知道**某個叫這個名字的東西**。這是一座半島的名字。」

她往西班牙大道與布呂克交會點的方向開向阿武斯公路。雨停了，但是風仍使她的小車搖搖晃晃。

「那座半島在哪裡？」

「在呂根島的東北邊。那是一個自然保護區，非常漂亮。」

事實上。

大多數的人聽到雅斯蒙德這個名字的時候，會想到舉世聞名、矗立在加勒比海般清澈的綠松石色澤水中的白堊岩峭壁；會想到環繞著神祕湖泊的濃密山毛櫸樹林；會想到草本沼澤、酸性泥炭沼澤以及草原，還有那些被列為世界文化遺產的地貌景觀。

在米蘭的夢境中，這些畫面還參雜著他對於那場火災、濃煙以及疼痛的記憶。

還有死亡。

「一直到我十五歲生日不久前，我們都住在那哩，在羅梅的一棟小房子裡，離我就讀的學校只有一步之遙而已，沒有很遠。阿爾寇納綜合中學。這所學校就在岩壁附近，這也是為什麼這所學校會被叫做邊陲地區的學校。」

「然後你現在是要去那裡嗎？去雅斯蒙德？」她嘆了口氣說道，彷彿剛剛才意識到一個悲慘關聯性。「那個被綁架的女孩不是一起偶然的事件。她和你有某種關聯。然後你現在為了要去找她，要動身前往呂根島？」

他點頭。

「開到那邊要多久？」

米蘭指向導航，然後決定不回答她的任何問題。相反地，澄清某件事情的時刻終於來臨了。「我必須跟你說一件事情。」

安德拉側眼看著他。「我知道。」

「不。你不知道，我是……」他話說到一半哽住了，接著又再重新開口說。「我是一個……」

「……一個文盲？」

他震驚地轉向她，盡可能在這狹小的乘車空間中轉過身對著她。「你從哪裡……」

她輕輕地摸著他的膝蓋。「嗯，到底是誰說的呢？今天在羅森菲爾斯女士那邊進行伴侶治療很值得，謝謝你終於想要對我坦誠了。」安德拉將油門踩到底，踩油門的聲音大到能聽見，然後掠過街邊景物直接衝上市區高速公路。

「但是……怎麼會……你是怎麼發現的？」

釋放了壓抑多年的壓力，但壓力釋放後的感覺卻不是解脫。

不管如何都不是馬上得到解脫。這反倒更像是一種餘痛，一種縈繞在心頭會使他他潸然淚下的疼痛回音。直到過了一段時間，安德拉讓米蘭好好地靜下心、集中精神後，他才以一種愉悅的放鬆方式感到平靜。

「拜託，這些徵兆都很清楚。」她說。

哇，太好了。這麼多關於「欺騙大師」的題材。

他那興高采烈的情緒很快地又緩和下來。

「浩克知道這件事嗎？」

「就是他提示我為什麼你要為我們的客人畫素描。」

米蘭將手伸到座椅靠頭枕的後面交叉抱著，然後呻吟著。

「嘿，你就不要再想了。他也是有閱讀障礙的人，浩克知道你面對的所有問題。他才不在乎你是文盲，還是得過諾貝爾文學獎。重要的是，你會做好你的工作。」

「那君特知道嗎？」

「我不知道。」

她眼睛眨也沒眨地變換了車道。

「如果你想知道話，順便說一下這對我來說並不是什麼大問題。」她笑道。「我覺得更糟糕的是，你對我隱瞞那個奪走你第一次的女人。你之前說過的，她叫什麼名字來著？」

「伊馮娜。」米蘭在安德拉開車接了他，跟她講了那張照片背面的暗號所代表的意義之後，也向安德拉說了關於伊馮娜的事。

「那個時候伊馮娜知道你看不懂字母嗎？」

「她不知道。」

「那你這個羅密歐是怎麼寄送加密的愛情訊息？」

在安德拉對著前面那輛開得太慢的休旅車打超車燈時，米蘭聳了聳肩。

「我把一些暗號背了下來。像是K4A3W1W20A23W17，意思是『我喜歡你』。」

「但如果她問的是一個具體的問題怎麼辦？像是：我踏入青春期的超級種馬，你今晚想要跟我睡嗎？」

「K4A3W1W20A23W17 這組暗號也適用於這個問題。」他咧嘴笑了，然後示意道。

「我們就僅止於撫摸彼此而已，還不曾做過更近一步的動作。」即便是過了十四年後的今天，每當他想起他有多想要跟她求愛，儘管伊馮娜似乎對此很感興趣，但是卻什麼也沒發生，這感覺就像有根針扎在他身上一樣。

「好吧，那你們就只是交流了藝術與文化的想法而已。我只是問一下而已，你們是怎麼進行交流的？」

米蘭望向車窗外，看著經過高速公路旁的市郊鐵路軌道，然後變得嚴肅了起了。「你是認真的嗎？我不知道。我想，大概是我媽媽幫忙我吧。」

「什麼叫做『我想』？」

鐵道在他們旁邊平行地往電視塔的方向，將格魯內瓦爾德森林一分為二。明亮的列車車廂內幾乎沒有什麼人，只有零星的幾個人影走進沒有什麼人的車廂隔間裡，他們之間的影子有著很大的空隙。米蘭童年記憶中的列車也是如此。

「你必須想像一下，我這一輩子都在假裝，安德拉。我一直在欺騙他人，無時無刻。因為我不想被當作笨蛋、腦袋不正常或是有殘疾的人。大部分的人沒有辦法想像，什麼叫做無法在這個書寫的世界中生活。這是一切都要書寫的世界啊！我沒辦法參加任何足球俱樂部，因為參加足球俱樂部必須填寫入會申請書，而且還要看得懂賽程表。我沒去過任何一場生日派對，因為我看不懂邀請函上的地址。在我從樓梯上摔下來之前，在呂根島上的生活已經很困難，然後在柏林就完全沒辦法維持了。」

他深呼吸了一口氣。

「一再的欺騙、說故事、詭計圈套還有招搖撞騙。我對每個人來說都是不同身份的人。我太常改變我自己的身份了，並且經常壓抑那些讓人不快的情況，以至於我再也沒辦法說出我實際上到底是誰。我的生活記憶到底是不是真的，還是那只是幻想？」

「那你是用什麼身份在面對我的呢？」

他笑了笑。「現在的話，是柏林最美麗的計程車司機的乘客。」

她撇了撇嘴，接著他為他說了不恰當的用詞「計程車」而道歉。長久以來，他一直懷疑她對計程車的厭惡不只如她所說的，是因為汽車裡的氣味和不知道地點開錯路還多收太多錢的司機們。他擔心，她曾在計程車上經歷過更多造成創傷的事情。

「你可以放我在中央車站那邊下車嗎？」

「算了吧，現在我才不會讓你一個人。」她輕輕地拍了拍自己的頭。「我請假了，然後幫你跟浩克請了病假。他當下氣得要命，但還是准假了。也該讓他自己處理店裡的事情了。然後露易莎會去雀莉家過夜。」

接下來一陣子他們默默地朝著電視塔的燈光開去。

「你為什麼要為了我做這些事情？」米蘭充滿感謝地問道。安德拉又再給了他一個溫暖人心的微笑。

「我們的治療師說，在發生困難的時候，應該要向伴侶尋求協助。而且沒有我的話，你要怎麼解讀其他的訊息？說到這裡，有一件事我不明白。」

「只有一件事嗎？」

他們經過了阿武斯賽道的看台，然後繼續往北開去。

「你可以解釋一下，為什麼柔伊的第一個求救訊息是用單純的文字寫的，而第二個訊息則是加密的？」

他思考著。「那個雅各說，他們是漫無目的地開車穿梭這個地區。我只是碰巧遇上了而已，因為我是唯一一個對那張紙條做出反應的人。」

「也就是說，他和他的同伴強迫那個女孩把紙條貼在車窗上的囉？」

「看起來似乎是這樣。」

「但是，別墅裡那張照片上面的訊息是柔伊自己偷偷藏起來的？」安德拉搖了搖頭，並自問自答道，搖頭的動作弄亂了她的頭髮。「不對。這和你是恰好被選上的勒索對象的論點說不通。」

米蘭點點頭，雖然他不喜歡推敲出來的結果

「所以問題是，這個女孩是從哪裡知道這個暗號的？」他小聲地說，然後把加熱坐墊關掉。他終於覺得變暖了。

然後，為什麼她的名字跟書裡的女英雄名字一模一樣？

這也不會是湊巧的。還是說，就是那麼湊巧？畢竟這個名字在盎格魯撒克遜國家和希臘非常普遍。

「伊馮娜現在住在哪？」安德拉問。

「我不知道。」

在他們舉家遷到柏林後，米蘭就斷了一切與過去相關的聯繫。基本上，那場在客廳內竄起的致命大火摧毀了他童年的所有連結。

在他母親去世的那晚，米蘭幾乎就快要衝出家門了，但是他在濃煙之中，誤把地下室的階梯看成是出口。他從石階上摔了下去，消防員在那個地方發現了他，成功將顱骨骨折而且被發現時已經失去意識的他從家中救出來。他們為他的頭部動了兩次手術。在安德拉在餐廳裡向他「打招呼」後，在她球棒下的舊傷沒有復發，這真的是一個奇蹟，他大概也就是又一次的運氣好而已。

「不然還會有誰知道你們之間的暗號呢？」安德拉又再問了一次。

「那個時候我跟我媽媽說過，也跟我爸爸講過這個暗號。至於伊馮娜跟誰說過，我就不知道了。」

「唉，不管怎樣，雅各一定是從哪裡聽到這個暗號的。」她把暖氣關掉了，鬆開那條有五顏六色花紋的圍巾，然後把圍巾像項鍊一樣掛在脖子上。

「所以你認為那些訊息根本不是柔伊寫的嗎？」

車窗上的字條。照片背面上的那組暗號。

「很難想像。我更覺得他們在引誘你到一個陷阱裡，米蘭。被綁架的女孩只是達成目的的工具而已。」

他那支放在褲子口袋裡的手機開始震動。米蘭將手機拿了出來，開始滿頭大汗。

「為了什麼目的？」他問，然後視線盯著手機螢幕。

他記得字的形象。還記得字母的排序。

一个矢口夕口白勺

ムムム人三力口土丿日

「這正是我們要找出來的。」他聽見安德拉這樣說道，然後接起了那通雅各打來的電話，就好像她的回答就是個命令一樣。

20 雅各

「你在鈴聲響了一聲就接電話了。這點我喜歡。」

雅各示意柔伊保持安靜，並且不要動。

她坐在露營車後座上下舖的下舖，嘴裡含著她那受傷的拇指。

小嬰兒。

「你想要什麼？」他聽見米蘭它這樣說，似乎對自己充滿自信。

他後來加裝在窗戶上的灰色防窺百葉窗沒有完全拉下，下緣還有一點縫隙，即便無法從外頭看到裡面，但他仍然想把它完全地拉下來。

然後他坐到骯髒的小型水槽旁邊的長沙發上，從那個水槽流出來的水比營地入口旁的廁所的水還要糟糕。

「我還是一樣要十六萬兩千三百六十六點四二歐元。你已經籌好這筆錢了嗎？」

「我們可以停止這場沒有意義的對話了嗎？」

噢。是發生什麼事了？這傢伙不只是變得更有自信，而且還變得很會挑釁。

「我只是在餐廳工作的服務生，我的薪水全靠漢堡跟丁骨牛排賺來的，靠的可不是什麼避險基金或武器買賣。所以我要從哪裡生出這麼多現金？」

「你不一定要付這筆錢，米蘭。你可以放任這個女孩死掉。這是你的選擇。」

「廢話就少說了吧。那個女孩是誰？我和她之間有什麼關係？而且不要再用隨機選中的人來搪塞我了。為什麼會選上我？」

太過有自信了。

雅各看著他那隻拿著電鑽的手，他第二次去柔伊家的時候，拿著的是手上這把電鑽而不是氣動釘槍。

「你怎會覺得是我們選中你的，米蘭？」

「我發現那個訊息了。」

雅各的背湧上一股刺痛，像是放電一般。

「什麼訊息？」他有點擔心地問，好像他不得不承認一樣。

「在柔伊在海邊的照片上。那張照片就放在別墅裡的電話旁邊。這到底在耍什麼把戲？」

這個我也想知道啊。

雅各看向柔伊，眼神變得幽暗。

「你動了什麼手腳？」他咬著牙從嘴裡吐出問話。

他起身走向柔伊的床，然後抓起她放在枕頭上的背包。在發車前不久，他才在那個背包裡找有沒有手機、剪刀、指甲銼刀，還有其他可能會對他們造成危險的東西。現在他再次把裡面的東西倒在有燒焦痕跡的地毯上，倒得一乾二淨。

幾天前，他就已經檢查過這台露營車了，還搬空了所有的餐具、瓦斯瓶、繩索、火柴、收音機、手電筒，甚至連家用清潔劑也都拿走了。他用腳把地上那堆柔伊包包裡的東西弄散，裡面沒有任何企圖逃跑的跡象，也沒有發出求救的痕跡。沒有手機、掌上型遊戲機或是健身手環。只有一支用剩的鉛筆、一支眼影、一把梳子、零錢、一張月票、她那鑲有水鑽的粉紅色錢包，還有一本舊書，一本她日夜埋首翻閱的書。《禮物》——多麼無聊的書名。但是每當柔伊埋首於這本書的時候，都會變得很安靜，而且一本書根本無法拿來當作武器。

為了以防萬一，雅各拿走了鉛筆跟眼影，然後打開錢包，檢查鈔票。

什麼也沒有。

「在哪裡？」他問。柔伊的身體在他面前蜷縮了起來。她緩慢地爬到下鋪最裡面的角落，臉上露出了恐懼。她顫抖著，汗水直流，但還是嘗試保持安靜不要發出任何聲音，就算她知道這沒辦法改變他馬上要在她身上加諸的疼痛。

雅各仍拿著手機，但是忽略了米蘭的追問，米蘭很想知道為什麼這個勒索他的人不和他對話，而是突然和另一個人說起了悄悄話。

「那張照片在哪裡？」雅各非常生氣地問道。

那張照片是柔伊的幸運物，是她的護身符。她把那張照片保存在錢包裡的鈔票夾，用大小剪裁剛好的透明套子保護著。然而現在那張照片不見了。

這個該死的王八蛋說了實話。

柔伊愚弄了他們，因為她仍然極力搖著她那金髮的頭表示不知道。她讓整個行動置於危險之中。

這勢必要受到懲罰。

雅各本來非常想知道這個狡猾的女孩留給米蘭什麼訊息，但是他會因此承認他失去了對整個局面的掌控。

雅各憤怒地握緊拳頭緊抓著電鑽。

「好吧，米蘭。你懷疑我們是認真挑人下手的是嗎？」他問，然後緊緊抓住柔伊的雙腳。他抓得非常緊，緊到讓柔伊幾乎沒辦法叫出聲音來，他快速地把柔伊從床上拖到地板上。

「你覺得我們現在只是在胡說八道瞎扯是嗎？」

他一把抓起柔伊的頭髮，往上拉向自己，然後拿電鑽往她的臉上打，使她一時感到頭暈目眩且毫無防備。同時他打開開關讓電鑽低速轉動著。

「很好，那你幫我一個忙吧，把車開到東艾爾德塔爾的休息站。到那裡的無障礙廁所。」

「那裡有什麼？」他聽到米蘭這樣問道。聲音也不再像對話一開始那麼有自信了。

「另一個線索。」雅各笑著說，然後將電鑽的強度調高了三級，然後在柔伊流著淚邊哭邊尖叫時，掛斷了電話。

21

米蘭

「你怎麼了？」

米蘭抓著那條緊緊纏在身上的安全帶，然後將它從胸前解開。

「我覺得我做錯了一件事。」他小聲地說道，視線盯著已經暗掉的手機螢幕，漆黑的手機螢幕反射出了他那張疲憊的臉孔。面容憔悴，而且鬍子也沒有刮。

「他說了什麼？」安德拉的聲音溫和地問道。正好與雅各完全相反。

「他聽起來非常驚訝，好像真的對這個訊息一無所知。」他抬起頭抬看向安德拉。「如果這是真的，那我就讓那個女孩陷入非常大的危險之中了。」

「你又不知道是不是真的會讓她陷入危險。」

「你沒聽到那把電鑽的聲音，你沒聽到那個女孩的哭叫聲。」

柔伊。

「不，我聽到了。」他看見安德拉的手指緊抓著方向盤，彷彿她需要用盡全身的力氣才能將車子維持在車道上。「我聽到她的尖叫聲了。」她問米蘭是不是想回家，因為他才剛意識到，車子快要開到斯潘道達姆路的出口了，離安德拉在莫阿比特的公寓只有十五分鐘的路程而已。

他搖了搖頭，然後在她開過出口的時候說：「雅各用電鑽打在柔伊臉上之前，跟她說了一些話。用很小聲的聲音講的。像是『**你動了什麼手腳**』還有『**那張照片在哪裡**』之類的句子。」

我的天啊，他真的毫不知情。

柔伊必須不打草驚蛇地留下訊息。

「那現在要怎麼做？」

米蘭看向他的手錶。晚上九點四十四分。「到艾爾德塔爾休息站還要多久？」

「難道我是 Google 地圖嗎？」安德拉打開她的導航系統，輸入地址。

A19，艾爾德塔爾。根據導航顯示這段路程需要七十九分鐘。

「那大概就是我們要前往的目的地了。」米蘭說道，然後將雙眼閉上一會兒，這真是個錯誤。至少城市的燈光能讓他分心一些。粗暴的都市規畫設計師直接將房屋規劃興建在高速公路旁邊，那些房屋客廳裡的液晶電視爭奇鬥豔地閃爍著。前方駕駛們的後車燈。梅賽德斯—賓士競技場的音樂會廣告、電子菸以及其他所有米蘭沒辦法負擔得起的東西，或是用不到的東西。然而現在，在他所選擇的黑暗當中，縈繞在他腦海中的想法，在緊閉的兩眼眼皮後面就像深海裡的水母一樣，發出了螢光。

為什麼是我？

那個女孩是誰？

她從哪裡知道這種密碼的？

她遭遇了什麼狀況？

「來，喝點東西吧。」他聽見一旁的安德拉說。「不然你又會因為緊張而頭痛的。」

他睜開了雙眼，看見一個小小的銀色保溫瓶。沒人知道她從哪裡拿出這個保溫瓶，然後把保溫瓶放道座位中間。瓶蓋已經被轉開了。

「這是什麼？」

「冰的茶，能幫我避免暈車。」

米蘭現在才注意到自己有多口渴，他喝了一口，然後做了個鬼臉。「這茶的味道喝起來不會讓我想再多喝幾口。他媽的，怎麼這麼苦啊？」

安德拉差點就要錯過到泰格爾的交流道了，不得不在最後一秒加速衝出交叉的線道，她以一種「極其溫柔」的眼神注視著他。「抱歉，也許我把它泡得太久了。但是就算這樣還是再喝一點吧。薑對身體很好的。」

「薑只對身體有幫助嗎？還是也對成真的惡夢有效呢？」米蘭問道，雖然味道很匪夷所思，但是他還是一口氣喝完了整瓶的茶。

22

柔伊

她試著數到十。然而數到四的時候就因為疼痛而吐了出來，幸運的是，水槽在擁擠的露營車內近在咫尺。接著她在上層的櫃子裡面尋找止痛藥。事實上，她母親的急救箱一直都放在這裡。ＯＫ繃、繃帶、鼻腔噴霧、止瀉藥，甚至還有退燒和止痛藥。也許那個白癡不知道這種藥物可以用來自殺，但可能這對雅各來說也沒差，他是故意留下這種藥的。

反正不管怎樣。

柔伊把頭傾斜地靠在水龍頭下方，水龍頭可能會流出受到細菌感染的水，她也沒辦法想像在這種骯髒的露營車上，會有人定期消毒儲水箱。但是她需要一些東西好讓她能吞下藥錠。

雖然她更希望那個止痛藥是她除了嗎啡以外習慣服用的布洛芬。

她盡量不要讓手碰到水。柔伊不知道上一次注射疫苗是多久之前的事了；她的免疫系統可能沒有準備好在她的左手發現細菌。雅各花了兩個小時才處理完她的無名指。兩個小時，足足痛了兩個小時那麼久。以正常的時間單位來說，到他用電鑽鑿斷骨頭為止，也許只需要兩個呼吸的循環就可以完成了。

- 一個金屬夾子放在右手拇指下方，
- 左手只剩下四根手指頭了。

這就是這個悲慘日子受到的折磨總結。

不管怎樣，至少雅各還是有點腦袋，在她無路可退、面對疼痛而失去了意識之後，他用繃帶包紮了她的斷肢部位；包紮地非常緊，緊到血沒有滲出繃帶。

還沒有。

柔伊離開水槽，抬起手臂讓手其他還有脈搏跳動的部分抬高，然後再一次感覺自己體內的那個醞釀噁心的黑暗湧現出來。

幸好，她心裡這麼想，然後不由自主歇斯底里地咯咯笑了起來，因為現在「**幸運**」也許是她今天所能想到的最後一個詞彙了，幸好我早就已經準備好下一則訊息了。

儘管這也只有一半是真的而已，**就像我手上的這隻半截手指一樣**。

她的意識變得很混亂，她不得不咬著舌頭讓自己集中注意力。汗水如雨水般地滴在廚房的流理台上。

該死。

雖然在她還有能力留下訊息的時候，從書中找出了相對應的章節以及篇章段落的編碼。

但是為了留下加密過的訊息給米蘭，她需要一支筆。還有紙張。

而且還需要一個機會，讓她以他一定會看到的方式來放置訊息。

不可能。

她甚至知道她的救星可能可以找得到的地方：無障礙廁所，就在這個休息站這裡！而且目前露營車還不會發動！

然而廁所在外面，那個距離對她而言就像飛上火星一樣容易。

柔伊疲倦地往長凳上陷了下去。如果可以，她多希望就這樣待在長凳上不要起來了。

雅各和琳恩做了所有能做的事。

他們監禁她。折磨她。然後可能會像丟垃圾一樣把她丟在高速公路上的任何一個地方。

這究竟是為了什麼？

為了錢嗎？

柔伊得到了一個靈感。一個清楚的想法在她的意識流沙中的某處沈睡著，然後因為一陣疼痛而再度被挖掘出來的。

這不只和錢有關係。錢不在計畫當中。

那到底是為了什麼呢？

是什麼促使琳恩控制雅各來為她做這些骯髒的工作？把她當作是修理用機具的實驗對象嗎？折磨、勒索、把人弄得殘缺不全，然後快樂地吹著口哨把人從露營車內拖到門外……

柔伊頓了一下。

她的視線不知不覺隨著念頭移動，然後掃過露營車的內部。掃過那張雅各把她拉下來的床，到那個把她手指截斷的那張變黑的地毯，一直到雅各……

天啊。

這根本就不可能啊。

柔伊不敢相信自己的眼睛。她屏住了氣，側耳靜靜細聽，看看是不是能聽到些什麼聲音。

然後祈禱雅各沒有注意到自己的失誤。

23 雅各

大家都不喜歡單行道。

在雅各三十二年的歲月中，並沒有理解很多的事情。但是在他還是個小男孩的時候，他就已經清楚明白一件事實，就是如果不給人們任何選擇的話，那麼人們會對此恨之入骨。每次他父親都會以「你給我去……」開頭的句子來折磨他：

「你給我去整理房間。」

「你給我忍住疼痛。」

「你給我把枕頭壓在她的臉上。快點，趁你媽醒來之前。」

所有的恐怖主義白痴和主張世界末日的白痴都沒有抓到這個要領。

如果有人跟大家說：「氣候災難、物種滅絕、難民潮都是你害的，你一定要趕快改變你自己還有你的生活。」那麼部分的人會更堅定自己的立場，固執己見。很多人甚至會退開，單純因為他們沒興趣被隨便一個陌生人推往某個方向，即便那可能是正確的。就像某句格言所說的：**「就算我們真的面臨世界末日，我還是會繼續過我那骯髒的生活，然後管它的。」**

而現在，雅各再度陷入這種糟糕透頂的「你給我去做」情況。

雅各打開掛著露營拖車的富豪汽車駕駛座，坐到琳恩旁邊，然後把電鑽放近他們座位中間的扶手置物箱。

你給我去告訴她柔伊洩密。

你給我去跟琳恩說，這個賤貨留給米蘭一個祕密訊息。

你給我去跟她坦承，你不知道那個訊息裡透露了什麼消息，而且也不知道柔伊是怎麼完成這件事的。

該死，他可能會把事情弄得更糟。她可能會殺掉他。他會被臭罵成什麼情況都沒掌握到的白痴。

「怎麼處理那麼久啊？」琳恩質問道，她正塗著口紅，然後用副駕駛座的遮陽板化妝鏡仔細端詳口紅塗的怎麼樣。

「米蘭想要其他柔伊還活著的證據。」雅各端著矯情的微笑說道，然後注視著自己的雙手。他全身沾滿了血，連身上穿的 Gore-Tex 的外套也濺到了一些血跡。這用放在中控台的衛生紙就能擦掉了。他可不願意在這個休息站裡用細菌滋生的馬桶水洗手。

「所以我不得不用些誘導的手段。」他咧嘴笑著說，向她展示了在他攤開的手帕上，利用電鑽完成的工作成果。

琳恩點頭表示讚賞。

「把冷凍保鮮袋給我，還有膠帶。」他說，然後琳恩從手套箱裡拿出他所要求的東西遞了給他。他們把車和露營拖車停在出口附近，在大卡車專用停車場的不遠處。目前什麼事也沒有發生，唯一的一輛車子就停在好幾個停車彎以外的距離，看起來像被人丟棄了一樣。不管怎樣，那輛車停在可能聽見柔伊在露營車周圍尖叫的半徑之外。

「米蘭知道你對她做了什麼嗎？」

「他聽到了她的尖叫聲，就這樣。也就是因為這樣，他任由我們擺佈。沒有什麼比祕密更能誘導人了。」

雅各把他存放柔伊無名指的冷凍保鮮密封起來，然後對琳恩那抹好彷彿施以恩惠似的微笑感到驚訝。「你是在嘲笑我嗎？」

「不是，我只是覺得你跟我解釋我的計謀的時候很可愛。」

他張開嘴巴想說些什麼來反駁，但是隨後將他萌發的憤怒和他的話語一起吞了下去。跟琳恩在一起真的不需要 Google，反正她總是比他更了解任何事情。她經常說的都對，但總會帶著挖苦的嘲諷，這正是讓他抓狂的點。

如果只有他自己的話，他也不可能有辦法制定出這麼聰明的計畫。琳恩調查了那棟別墅，然後想到了把紙條貼在車窗上的戲碼。她甚至還有辦法說服柔伊參與其中。一開始的時候是如此，當然，在那個賤貨不知道何時察覺有異後情緒異常激動。尖叫、喧鬧、完全失去了理智，而且還企圖把自己藏在那棟別墅裡。

唉，自作自受。最終，他不得不用目的明確的一擊，讓柔伊安靜下來。不會太猝不及防，反而是遲疑地朝太陽穴打了下去。在那之後，在她在後面的露營拖車裡恢復意識之前，她昏睡了半個小時。

當時他們還把露營車廂停在勝利紀念柱前主幹道的中央分隔島上，而他則待在安全距離內的車上，等待米蘭抵達那棟別墅附近。

「我希望她不會再惹我們更生氣了。」琳恩說。「為什麼我們不馬上殺了她？」

要是雅各不太認識琳恩的話，可能還會以為她在開玩笑。事實上她非常冷血。

「我是說真的。」她強調。「反正米蘭會照我們要求的去做。他就是一條上鉤的魚。你現在帶著電鑽走回去。現在馬上。我們已經不需要柔伊了。」

24 米蘭

輪胎在潮濕柏油路上發出的單調嗡嗡聲，有一種催眠的效果。米蘭的眼睛一直闔著，就在他們把車停在在休息站的現在，他覺得更難保持清醒了。他搖下車窗，然後把手伸進外頭寒冷的夜風裡。同時，他的目光正在探查加油站附設的超市，然後希望安德拉已經在櫃檯結帳了。

她毫無預警地直接開離了市區邊界，然後在正好有二十台加油機的空曠區域選擇了那台最靠近出口的加油機。

好主意，他心裡這麼想，但反應還不夠快。她注意到他那股突如其來的睡意，然後要求他休息一下，這也讓他在事後覺得很尷尬。

他們的工作分配很明確。自從米蘭搬去和安德拉同居後，她不跟米蘭收租金，取而代之的是他負擔所有的採買和油錢。米蘭伸進口袋裡尋找他父親臨時拿給他的錢包。

事實上錢包裡就只有幾張紙鈔而已，而且根本就沒有零錢。只有四十五歐的話，他們也沒辦法做什麼。但是他知道簽帳金融卡的密碼。一三一〇。這是他母親的生日。在搬到安養院之前，他父親為了以防萬一他在安養院裡面出了什麼事，而且需要錢的情況發生，跟他說了金融卡的密碼。這筆錢沒辦法做太多事，但至少還足以支付油錢和一杯她買的咖啡。

咖啡因。米蘭大概也會為了咖啡因不惜一切代價。

還有為了一台可以將他送到加油站裡的車，他願意用一個王國來換。他覺得自己再也跑不動了。

他正思考著要不要傳一則語音訊息給安德拉，讓她買一些路上可以吃的東西，於是伸手去拿他放在收音機下面置物架裡的手機。

他注意到自己拿的手機的螢幕保護程式是張有點被迫微笑的青少年照片，並不是他手機螢幕保護程式的圖片，因為疲勞產生的遲鈍，所以他盯著這支拿錯的手機看。當一條訊息跳出來的時候，他正要把手機放回去。

艹門東亻几市爾牛寺：口氵每，亻火亻半。雨路日勿艹沙女子亻象已糸巠目垂了。

米艹門東一仕亻古攴亻十广林幺？

米蘭疑惑地眨了眨眼。他環顧四周尋找安德拉，但是在加油站的明亮玻璃後，不管是在結帳櫃檯旁，還是在商品陳列架之間，都沒有看到安德拉的身影。他覺得有些納悶。不。他百思不得其解。

這麼晚了，浩克還想對安德拉做什麼？

而且她不是跟他說過，老闆沒有把自己的手機號碼給過任何人嗎？因為他在休息的時候不想要被員工打擾。如果有人想要找他，必須透過君特。然而，這很明顯是蘭佩爾特，安德拉把他存在通訊錄裡了。

米蘭緊盯著那支手機看，然後問自己是不是該信任安德拉。

除了她在緊急情況下很會保護自己，而且還很固執地從不搭計程車以外，他到底還了解她什麼？

只有一些可以得到證明的事實，像是她十五歲的時候輟學；在經過治療後，青少年酗酒的問題得以掌控；而且再也沒有跟她的父母有任何聯絡，據說她的父母在泰國生活。甚至就連她的前夫，他也只能透過照片來認識他，但是露易莎是他存在的活生生證據。

米蘭一直都知道，他對安德拉過去的認知一直有很大的差距。然而有鑒於他自己的祕密，他也得謹慎小心地壓抑自己，不要造成他女朋友的困擾。因此她對他有所隱瞞也不會對他造成什麼困擾，反而是她對他說謊這一點讓他覺得不快。因為很早之前，她就信誓旦旦地跟他說過，自從浩克失去了老婆與孩子後，他私底下就不再有和任何人往來。

蘭佩爾特⋯⋯

這種忽略了一些重要東西的不安，差點就要穿過他那團疲勞的朦朧意識了。米蘭非常清楚知道他感到忌妒的諷刺（他想不到一個更好的詞），就是那個長年欺騙安德拉某些事情的自己。

然而。

讓他感到困擾的是，顯然他女朋友和他沒辦法接觸到的老闆之間，有一層非常複雜又非常重要的關係。但是這個負面的感覺還不夠強烈，讓他無從意識。當安德拉走回車上，帶著充滿抑鬱還有絲毫驚恐的眼神從他手上拿走手機，然後在開車時口中反覆碎唸著「該死」的時候，米蘭已經再度進入夢鄉。

25

柔伊

起初她還不相信她自己的雙眼。

接著又有一陣狂風吹開了門，柔伊再次看見了，而這一次就沒有什麼好懷疑的了。

雅各，你這隻愚蠢的豬。

如果是琳恩的話，大概不會讓這件事情發生在她身上，但是這個白癡可就不一定了。他兩次忘記要把門從外面鎖上。現在柔伊只需要利用她全身的重量，撞向那扇門，也許就能把門鎖從門框側柱上扯下來了。

然後她就可以……**對啊，哪裡呢？**

在杳無人煙的休息站的任何一處。從她的處境來看，這根本說不上是自由。

該死。

然而，柔伊已經在露營車裡完全迷失了。流著血、因為疼痛而產生錯亂、身體發燒。光是要快跑穿梭在溼冷，還有引擎運轉產生的鞭打般噪音的黑暗當中的想法，就讓她不寒而慄。但是另一方面，那個半開的鎖是一個機會。也許是她唯一一個也是最後一個機會。她必須利用這個機會。但是如果她撞破那扇門的話，那兩個人在前面可能會聽見破門的聲音。而且就算沒有聽見，她也只有幾分鐘的時間把自己藏起來，也許連幾秒鐘的時間都沒有。

時間滴答滴答地流逝。可能雅各很快就會發動引擎，然後在車子啟動的時候發現露營車沒有鎖好；也許汽車的儀表板上甚至還會亮起一個露出馬腳的警示燈，雖然這麼老舊的露營車上應該不太可能有這種警示。

但是有什麼是她已知的？

不論千方百計用什麼方法，她的時間都正在流逝，沒有時間了。

找武器。逃走。尋求協助。

她的大腦斷斷續續地運作著，她的運動能力也是一樣。

首先，她用力打開露營車上廚房的內嵌式櫃子。

只有鍋具、抹布和一個空的汽水瓶。沒有食物。接著她一樣用力打開廁所裡的櫃子。肥皂、衛生紙、洗手乳、衛生棉條。

沒有留下任何可以用來當作武器的東西。或至少可以用來當作筆的東西，只要她一逃出這裡，就可以用來寫下留給米蘭的密碼。

在一袋曬衣夾後面放了一罐舊的頭髮定型噴霧，這罐頭髮定型噴霧也許可以用來變成小型的火焰噴射器，但是必須要有火柴或是打火機。

關於這一點……

柔伊有了一個想法。

她知道她大概沒辦法走太遠，以她現在的狀態是沒辦法的。但是，如果她能成功逃到無障礙廁所，並且在那邊找到她所期望會有的東西的話，那她就能有一個具體的生存機會。如果沒有她所希望的東西的話，這罐頭髮定型噴霧就會是生死之間至關重要的關鍵了。

所以她緊抓著這罐頭髮定型噴霧，走出廁所，然後試圖讓她那個絕望的笑話，從一個計畫變成一場付諸實行的行動。

26

雅各

「所以為什麼需要她？」琳恩明顯生氣地問道，因為雅各和她唱反調。如果沒有馬上順著她的意發展下去的話，她就會像個孩子般鬧彆扭，就和往常一樣。

「因為米蘭已經起疑了。要是我們能就這樣把柔伊殺掉，沒有她還活著的證明的話，米蘭就不會繼續下去了。」

「這我可以捏造啊。」她這樣提議。

「這樣的話我們早在一開始就應該這樣做了，現在他會從聲音察覺到差異的。」

「到目前為止，她根本就沒有跟他說過話。他只聽過她尖叫而已吧。」**是沒錯啦。但是他可能會問你那個訊息的事，而你會回答不出來，因為我根本就沒有跟你說過。不然你大概會馬上殺掉柔伊，那我們也就別妄想那筆錢了。**

「老實說吧，如果柔伊沒有活下來的話，你真的不會有問題嗎？」雅各並不是因為不安而問這個問題，純粹是出於好奇。

「不用擔心。」琳恩乾笑著說。「生活中也是有比完美無缺的母女關係還重要的東西。」

此時雅各聽到一個聲音，像是把塑膠弄碎的聲音。片刻之後，他在汽車後照鏡裡看見一道陰影。

「他媽的見鬼了……」

「你蠢到連門都不會鎖好嗎？」同樣看見外面發生什麼事的琳恩破口大罵。

「你這個愚蠢的白痴。」她如此大喊，此時雅各已經跳下駕駛座了。

柔伊的影子就在後面。

27 柔伊

寒冷就像一記耳光，打在她的臉上，刺入雙頰，然後刺痛她的腳底。

柔伊在踩到冰冷的柏油時，才意識到自己光著腳。

在恐懼的驅使下，她跑離露營車，跑進絕望之中。

那台在柔伊恐懼心境之下看得一清二楚的露營車，周遭環繞照著致命而且讓人感到厭惡的表面。高速公路、吞噬所有光亮以及生命的原野，都在柔伊痛苦扭曲的幻想當中，變成了黑暗的泥沼。在黑暗之中，只有尖形屋頂上有燈光的廁所小屋，像一座燈塔聳立在她眼前。

我可以成功。我可……不會成功。

現在她就已經因為岔氣而覺得痛苦，她聽見身後琳恩那激動，幾乎是驚慌失措的大叫。以及腳步聲。跑步的腳步聲。跑在骯髒柏油上的運動鞋的跑步聲。

雅各，那個白癡。

但不幸的是，那是一個帶著裝滿機械工具箱的白痴，只要他再次逮到她，他大概會馬上在她身上試用那個工具箱裡的各種工具。而且僅只片刻。她一定得利用這片刻的時間。

她踩在散在路面上的礫石以及結冰的煙蒂上，比起她手上的疼痛，這樣的疼痛幾乎像是一種舒適的享受。

她快速地奔跑經過一個滿溢出來的垃圾桶，往廁所小屋中間那扇門跑過去，那罐頭髮定型噴霧就像是接力棒一樣握在手中。

「救命啊！」她放聲大叫，然而這樣的大叫純粹就是浪費呼吸的空氣而已，因為這裡根本沒人。不是今天，不是在這種糟糕天氣下的星期五晚上。明天，也許卡車會因為星期日限行的禁令而堵塞在這個地方，但現在這裡就只有夜晚、冷冽還有追逐她的人。

追趕在後面的雅各離她越來越近了。他的腳步聲變得越來越大，而且他的呼吸比她的呼吸更為平穩。

碰！

柔伊碰地一聲撞上了朝外打開的廁所門。她把門關起來。用背緊緊地把門抵住。

該死，該死，門鎖在哪裡？？？

找到門鎖了，轉動門鎖把它鎖上。她呼吸著，試著壓抑恐懼以及她手上的那難以形容的疼痛，刺痛的燒灼感充滿曾經有手指的那隻手中。

「救命哪！」

當門震動的時候，她氣喘吁吁地嚇得往後退，但是她已經把雅各還有他那憤怒的大吼鎖在外面了。

門停止震動了。

她彎下身來，對著她那骯髒的雙腳哈氣。耳中聽得見自己的心跳聲，跳動的速度比瘋狂敲打廁所門的拳頭還要快。

門又開始震動了。

她沒辦法休息。也許只剩下一分鐘，她幾乎沒有足夠的時間去習慣長年下來完全附著在牆壁上的排泄物臭氣。尿液、糞便、含氯的清潔劑，還有嘔吐物。完全沒有任何新鮮的空氣。

至少，燈還能用。她根本沒有想到，如果她什麼也看不到的話，可能會完全迷失在這裡。但是天花板隔板光柵裡的燈，以顫動的燈光照亮了洗手間裡的絕望。一個沒有馬桶座、被弄得很髒的馬桶，給輪椅使用者使用的支撐扶手搖搖欲墜，有給輪椅調整位置的足夠空間，但是沒有緊急呼救鈴。

該死！

柔伊已經擔心過這一點了。她早已預料到不會這麼容易，但是這個既定的事實，仍然從她身上奪走了大部分肌肉產生出來的力量。

這些該死的屁孩或是青少年或不管是誰，那些把沖水拉繩從天花板扯下來的人。電源也無一倖免。無障礙的緊急呼救鈴也完全被破壞了，還有廁所、鏡子和水龍頭把手，要不是這些東西是用幾乎無堅不摧的鋼所製成的話，早就成為摧殘下的受害者了。

該死。

只剩下B計畫了。

柔伊的雙眼像相機一樣看著廁所的牆壁，至少這點她沒有搞錯。這些牆面被亂塗亂寫，大部分都是用愛丁牌彩色筆或是原子筆畫的，但是有些小孩在這裡也用噴漆來塗鴉。

真的是謝天謝地。

柔伊因為鬆懈了心防，而遙想起一些興奮的事情，直到她聽見電鑽的聲音。

她也料想到了：雅各不會停下動作把她單獨留在這裡面，而是會拿他的工具把門鑽出一個洞。

柔伊從衛生紙盒中抽出了一疊衛生紙，在那疊衛生紙上壓出了好幾坨頭髮定型噴霧，確保那疊衛生紙被弄濕了為止，同時尋找廁所裡的適合塗鴉。

一個深藍色的巨大海浪，在浪花的浪頭上有一顆骷髏頭。

快呀。快呀，快呀。

她背後發出的嗡嗡雜聲，變成了長而尖銳的聲音。不用多久，雅各可能就會把鎖破壞掉了。

她慌忙地趕緊擦拭牆壁。在那些適合的位置上。一直擦拭，直到她的後背變得更加寒冷為止。不只是因為現在門是敞開著的，也因為背後對她的咒罵充滿著死亡的氣息。在他下手讓她產生劇烈頭痛，眼前陷入一片漆黑之前。

28

雅各

他想知道自己是不是下手太重、太大力了。柔伊倒下時，額頭撞到了馬桶扶手邊緣，頭部發出的斷裂聲聽起來絕對不太健康。這是一種從他的兒童時期就一直縈繞著他的聲響。

第一次聽到這種聲響的時候，是他在上學途中把史帝芬從腳踏車上撞倒的時候。猝不及防，而且毫無預警，因為史蒂芬前一天在班上嘲笑他過長的褲子。那個時候還沒有人會戴上安全帽，而且馬路上的石頭和現在的一樣堅硬。

那個時候。

在其他人察覺到之前，雅各就已經知道了。知道自己有些不對勁，知道自己與其他一般人不一樣。與他人不同的點在於，他會在廢棄的礫石開採場裡變成池塘的開採坑洞裡抓青蛙，然後把吸管塞到牠們的嘴巴裡，對著吸管吹氣，直到青蛙爆掉。但這並不會讓他產生莫大的愉悅，他只是因為無聊才做這件事情，而不是因為尋求刺激。那時他九歲，而史蒂芬那個膽小鬼放聲尖叫地跑走了，跑去跟他的父母告狀。這件事讓雅各被狠狠地打了一頓。不是因為虐待動物，而是因為他做這件事情的時候被人逮個正著。

「你真是一個恥辱。」他父親將他打到瘀青並這樣說。「全家族之恥。」

他剛剛一定這樣說了。

虐待動物、尿床、玩火，這些精神疾病的狀況就是從他身上遺傳來的啊。如果有的話。因為和他老爸不一樣的是，虐待其他人並不會讓他引起他的樂趣，當他抓起皮帶的時候，並不會產生他在他父親眼中看見的性快感。

暴力是一種達到目標的手段，而且他下手對象的痛苦根本就不會放在他心上。柔伊的尖叫聲既沒有激起他的性欲，也沒有產生什麼困擾。就算她就這樣被他打死了，也不會讓他產生動搖。

但是她還有呼吸啊，在這個無障礙洗手間滿是骯髒污垢的瓷磚地板上。她很可能會再度恢復意識，即便她在這麼短的時間內接二連三地失去意識，第二次失去意識一定不會那麼容易克服。但是可能會比她的斷指更容易藏起來[1]。

藏起來。

雅各不由自主地對自己說出來的字眼笑了，畢竟他正好在找一個適合藏裝有柔伊的無名指的塑膠袋的地方。琳恩說過，他應該要讓那根無名指盡可能沉到馬桶裡面。

「用一條膠布把它固定在馬桶上，這樣就會有人把它從水裡拉出來了。」

1 譯注：原文為 wegstecken，同時有克服、藏起來之意。此處為雙關。

要是這池咖啡色的糞水裡沒有不知道是哪個人的糞便漂浮著的話，這基本上是一個很不錯的計畫，這些糞塊頂多讓人嘔吐，或是看到的時候從中得到霍亂。但他這輩子從來沒有徒手摸過馬桶內側，所以雅各就直接把那個袋子黏在金屬鏡子上。

這是在耍什麼花招？

米蘭應該會發現。為了避免其他人先米蘭一步發現它，雅各準備了一張寫有「故障」的紙條，等一下會馬上貼在外面的門上。雖然他完全不認為這個時間點會有什麼人想來上無障礙廁所，但這永遠都說不準。

接下來，他搖了搖了柔伊。她大概是希望可以使用這裡面的緊急求救鈴；而且還以為自己很走運，以為破壞公物的行為會碰巧在這間廁所收手。但是這個毛頭女孩或許也有備案B計畫。

另一條留給米蘭的訊息？

然而雅各對於柔伊可能怎麼留下訊息的方法毫無頭緒。好，她可能從衛生紙使用盒中抽出了紙，但是在磁磚地板上揉成一團的衛生紙都浸濕了，濕到絕對不可能有辦法維持清晰的訊息。而且周圍也沒有其他的字條，字條也沒有被藏在任何一個地方。也沒有在那個雅各盡可能地不要把自己的手給弄髒，而用刷子插進的馬桶裡的咖啡色的液體裡面。

錯誤的訊息。

這也說得通。

因為，柔伊能用什麼東西在衛生紙上寫下訊息？她沒有筆，他再次搜了她的身來說服自己她真的沒有筆。除了那一罐，當雅各衝進廁所用拳頭正中她的臉時，從她手中掉下來的幾乎快用完的定型噴霧外，她沒有從露營車上帶走其他東西。

這個男人對她想用那罐頭髮定型噴霧做什麼也是毫無頭緒。

為了安全起見，雅各用那罐頭髮定型噴霧裡朝著廁所牆壁上，還沒有被噴漆塗鴉的人或是精神錯亂的人亂畫一通的位置噴了一下。和預料的一樣，沒有什麼效果。

哼……。

還是我漏看了什麼？

他唯一可以找到的訊息是一些瘋子在很久以前所留下的。像其中一個「魔術麥可」，他喜歡身材練得很結實的男人，為了要在這個休息站碰面，他留下了他的電話號碼。就在一個來自科特布斯的不知名死亡金屬樂樂團的貼紙，和一個相對藝術的男性生殖器官噴漆旁邊，那個生殖器上還畫了兩顆手榴彈。

除此以外，就只有其他難以辨識的標籤以及亂塗亂寫而已；有一些看起來像是古代的符號，有些則像是完全沒有意義的鬼畫符字樣。

完全沒有什麼可以看出是柔伊留給米蘭的訊息。

雅各決定他的工作到這裡就結束了。所以他把柔伊的雙手和雙腳用封箱膠帶捆綁在一起，把她扛在肩膀上，然後把她扛出廁所小屋。他把她放在結冰的石頭路面上，並成功用一個在廁所旁的垃圾桶裡找到的啤酒罐，卡住廁所的門。最後，他從褲子口袋面拿出了一張寫有「故障」標示的紙條。當他正在用膠布把紙條固定在可以看見的高度位置上時，被一個嘹亮的女聲嚇得大吃一驚：

「噢天啊，這裡到底發生了什麼事？你需要幫忙嗎？」

29

米蘭

「伊馮「娜媽「？」媽？」

米蘭又再次夢見了其中一個鏡像夢境了。這就是他所稱的超自然經歷，真實與夢境交疊，還有兩個不同的聲音，在同一時間朝他喊出一些話語：

「該。醒」死「。來」

在鏡像夢境中，米蘭會同時遊走在兩個世界裡，他知道其中只有一個世界真實存在，而另一個世界則是幻想出來的。有時候問題在於各別的感官知覺會分配到適當的意識層面中，至少這一次，米蘭相當確定自己確實坐在一輛迷你庫柏汽車裡面，就坐在安德拉旁邊，然後以一百六十公里的時速奔馳在布蘭登堡高速公路上，而他只是同時想像著嘴裡的煙霧味道以及眼前的濃煙。

「讓你「誰是」走我」

但是，這兩個在他的鏡像夢境中，融合成令人費解聽不清楚的不同聲音，是誰的？基本上，米蘭覺得自己在鏡像夢境中看文字的狀況，和平常在看文字的時候沒有什麼不同。只是，在這裡不只是字母，連所有的感官感知都會推擠成一股噪音。

他會聽見不同的聲音，會感受到很多矛盾的感覺，還會看到透明並且相互交疊的圖像。例如現在，他正接近許多表示車道變窄的建築工地的燈號，但同時也站在當時呂根島上家中的走廊上。這些工地的燈號指引著他從樓梯到二樓、他小時候房間的路。

米蘭穿著睡衣，光著腳跑過木板，朝著最上層的樓梯階面上的人影跑，他在其他的夢中世界就已經遇過這個人影了。但是有什麼東西——也許是樓下客廳裡霹啪聲的焰火，帶著濃煙從一樓往上竄燒，在濃煙當中有一雙不知名的侵入者的腿，就像一棵樹一樣深陷於地面霧當中或讓他雙頰變得火紅的炙熱之中——這個景象感覺比平常更為真實。或許後面的那個感受是因為米蘭座位上的加熱坐墊被打開的緣故。

「你是誰？你在這裡想做什麼？」米蘭問，然後下意識地咳嗽了。

那個傢伙很明顯是一個男人，每當他出現在米蘭的夢境時，都會穿著一件T恤。而米蘭又再次出現這種幾乎是來自體外的奇怪感受，這種伴隨著他可以識字的能力而產生的感受。

這次T恤上只有兩個字：「回來。」同時，他也聽到那個陌生人開口說話：「回來。」

那個聲音是一位年輕成年人的，聽起來既堅硬又有稜有角，和愚蠢的人很相配。

這些字句聽起來就像是用鑿子雕刻出來的一樣。

「我很抱歉！我並不想這樣。」下一刻，那個陌生人因為米蘭的驚訝與恐懼而哭了起來。同時T恤上的文字也改變了，就像是可以透過按鈕來切換文字的跑馬燈。「**我很抱歉。我並不想這樣**」的字樣現在也出現在那件T恤上，然後馬上被「我會補償的」文字所取代，與此同時，那個不知名的人影也正說著「**我會補償的**」。米蘭的腳步每向前靠近一步，那個男人就變得越年輕，臉也變得更稚氣。米蘭看見了那個人上嘴唇鬍子汗毛上的青春痘，沒有抬頭紋或黑眼圈。如果這個夢境是在重演發生大火的那一天的話，那個人的年紀一定比自己還要大一點，當時他十四歲，而且在那個夜晚失去了他的母親和他的家園。

「你不想怎樣？」米蘭在夢裡面大聲喊叫，而且感覺到自己在變換車道的車上是如何將手握成拳頭。那個男人手上抓著汀卡的頸部皮毛，他指著陌生人的右手，那隻手大到讓他們養的棕色與白色相間的貓——汀卡看起來就像隻玩具兔子一樣。

「**失蹤。懸賞兩百歐元**」等字樣現在出現在T恤上。

「你一定要離開這裡，汀卡也是。」那件T恤此顯示，然後那名陌生人的嘴同時開口講了這一段話。

「但是……」米蘭又再向前靠近。「但是汀卡已經死了！」

「真的嗎？」

那個陌生人仔細地端詳了那隻一動也不動的貓，貓的雙眼突然異常地睜得很大。

「不、不、不。你一定是搞錯了，牠才沒有死掉。過來，我弄給你看。」

米蘭現在在夢境中站在一樓的入口前面。突然間，他被那個剛剛還在樓梯台階上的男人緊緊抓住，他的臉突然看起來像一團巨大的、灰色煙霧雲，然後輪廓變得像個年輕的女孩，接著又再變回男性。

「我在向你展現死亡。」那個陌生人這樣說，這段話大概也出現在他的T恤上，但是米蘭再也沒辦法看到了，因為他現在正處於自由落體的狀態。從地下室的階梯往下墜落，他是被那個大笑著的男人推下去的，那個男人也把汀卡殺了，並對他大喊：

「就是這樣，如果有人死」們「我話。到的掉了在。」

米蘭除了那男人所大喊的「……**有人死**」為止，其餘都聽不懂，因為他夢裡的殺手笑聲，和現實世界中的安德拉呼叫聲混在一起了。

一直到他的頭撞到樓梯的第一階時，聲音才又在他的腦海裡重新排序。

「就是這樣，如果有人死掉的話！」「我們到了。」

隨著他的頭部重重地撞到堅硬的石頭邊緣，米蘭被帶回了現實，他睜開雙眼，聽見安德拉在自己的身旁重複好幾次地喊道「我們到了！」。

在東艾爾德塔爾休息站。

空蕩蕩、人煙稀少、寒冷而且很荒涼。

就像是跟死亡有約一樣。

30

除了一輛可能被棄置在這的老舊日本小轎車，沒有任何顯示出這個停車場曾有人造訪，或未來可能會有人前來的跡象。

米蘭無法指責建築師、都市規劃設計師還有土木工程師。不管他們再怎麼努力，休息站絕對不可能和舒適、有吸引力、讓人愉悅或甚至愜意等象徵扯上關係。即使是在萬里無雲的夏日天空的豔陽高照下不會是如此，當然在室外溫度零下兩度的夜晚更不會是。

這和休息站的用途有關。如果休息站像這裡沒有提供服務——沒有加油站、甚至沒有雜貨店的話，那這個休息站就只會是一個路過的通道而已；在到達實際旅遊目的地的途中，一個短暫、讓人討厭的停靠。

這其實是一個人生的象徵，米蘭和安德拉一起朝向晦暗不明的廁所小屋走去的同時，不由自主地這樣想。他們不也是在面對宇宙時，知道自己的存在有多麼地稍縱即逝，這不就像高速公路上中繼休息站的旅人們嗎？

米蘭顫抖了，不是因為寒冷，而是他的身體直覺地抗拒著這種意志消沈的想法。他們同時都在為等待著他們的事情做好心理準備，萬一米蘭最糟糕的擔憂真的得到證實的話。大卡車喇叭的轟隆聲與不遠處持續不斷的交通噪音混合在一起。

令人毛骨悚然的配樂伴隨著安德拉和米蘭到這個地方，這個雅各指示他們前來的地方。

「故障。」安德拉說，指向無障礙廁所門上的那張紙條。米蘭只看見：

古攵阝章

當他試著打開那扇門的時候，發出了嘎吱嘎吱的聲響。米蘭彎下腰時看見被當作門檔的啤酒罐被壓壞了。

「這是那傢伙臨時起意做的。」米蘭說道。「這是一個好跡象，看來他並沒有計劃到這一步。沒有詳細制定行動計畫細節的人都會犯錯。」他覺得很不可思議。「這點從我們兩個人的經驗就知道了。」通常米蘭間接暗示他們疼痛的「認識過程」會讓安德拉露出笑容，但顯然她這次並沒有興致。

在米蘭打開門之後，他也不確定自己是否還能有樂觀的想法了。

「該死，她……」

「死了嗎？」米蘭鼓起勇氣把那個字說了出來，這個字剛剛還哽在安德拉的喉嚨。他往那個沒有生命跡象、穿著黑色大衣的女性彎下腰，她直接坐在廁所馬桶前。不醒人事，下巴貼著胸部，雙腿倒在一片充滿排泄物臭味的積水中。

米蘭將她的頭髮撥到一邊去，檢查了她的頸動脈，當他像在冰冷的皮膚上摸到塑膠時，縮回了手。

「對。」

「她……？」

再一次地，安德拉不必把話說完好讓米蘭知道她想要知道什麼。

「不對。這不是柔伊。這個女人年紀更大。」

他猜想，外面那台看起來像是報廢的小轎車就是她的車。

「她大概妨礙到雅各了，這讓她付出了生命。」

「他對她做了什麼？」

米蘭把那名死者的頭抬了起來，這個問題是白問了。充滿鮮血的眼球如高爾夫球大小般，從眼窩裡擠壓出來。雅各用一條束線帶勒死了她。這個可憐的女人在死亡的打鬥中大概也只是徒勞。

「我要吐了。」安德拉說，但她並沒有真的吐出來。她只是把手壓在嘴巴前面而已，這讓人無法聽懂她的下一句話。「這是她的舌頭嗎？」米蘭也注意到了，然後搖了搖頭。

「不是。」

這不是你們從嘴裡露出來所看到的舌尖。當他用雙手去摸死者的嘴唇時，他就知道錯了，他至少應該從急救箱裡面拿出一次性的手套。但是反正他的指紋也已經留在那具屍體上面了，因為他剛剛還在找她的脈搏。這也是為什麼他會在進行之後將手指抽回來。

「現在不要跟我說……」

「不，我得說。」

這是他竭盡所能留給我們的訊息。一根青少年的無名指，放在一具屍體裡面。

「雅各把她截肢了。」

除了明顯的恐懼之外，在那根血肉模糊的手指頭上，還有有某種東西讓米蘭心煩意亂，但是他也說不上來是什麼。

安德拉發出呻吟，指尖拂過了頭髮，像是大聲地在跟自己說話一樣。「好啦，好啦。夠了別說了。你說得對。」

「什麼？」

「現在是時候該報警了。去你的背景故事。」

她要米蘭打緊急求救電話，要是他在嘗試用語音輸入撥打一一〇的時候沒有被一通打進來的電話打斷的話，他就要成功撥出去了。

一个矢口夕口白勺 ムムム人三力口土丿日，手機畫面顯示出這一則訊息。

殺人兇手，他的理智這樣告訴他。

31

「你找到我的訊息了嗎？」雅各問。

「你這隻病態的豬，你……」

「我猜這就是你的回答了。」

「你是誰？你他媽的到底想要從我身上得到什麼？」米蘭轉過身來朝向洗臉盆，安德拉似乎正在用手上那罐頭髮定型噴霧，檢查著寫在牆上的字體。

這個想法很好。也許柔伊也留下了一個訊息。

雖然……這樣的話，她剛剛一定就是在這間廁所裡。那為什麼雅各或是他的共犯會允許她這樣做？

「我們沒空回答這個問題。」

「一點也沒錯，就在這裡讓這個胡扯的話題劃下句點吧。我們現在馬上就報警。」米蘭回答，然而他並沒有專注於這件事情上，因為安德拉示意他洗臉盆和衛生紙盒中間吸引了她的注意。

「**什麼？**」他露出了這個嘴型。

他只看得出來一幅畫在牆上、色彩不鮮明的畫。某個似乎在藝術方面很有才華的人，畫了一道海嘯瘋狂巨浪，在那道巨浪的浪頭上，飄著一顆骷髏頭。

「你用了『我們』這個詞。有意思，我早就想知道你要對我隱瞞你不是一個人這件事多久。還有一些事情正等著你去做呢，多一點人手也不會有什麼損失。」

米蘭感到有些驚訝，因為他意識到雅各是如此急促地不讓他掛斷電話。他利用了奇怪的中斷的時機，問安德拉發現了什麼。

「頭髮定型噴霧其實是一種非常棒的清潔用品。」她說，接著搖了搖那個噴霧罐，轉過身面向他。

「頭髮定型噴霧？你說真的嗎？」

「尤其是愛丁牌彩色筆的污痕，可以用頭髮定型噴霧來清除。然而不管是誰在這裡用它來清除彩色筆痕跡的，都沒有太多時間。你看到波浪上亮亮的污痕嗎？」

他向前站了一步。「看到了。」

「這些污痕是事後被人加上去的。」

「用頭髮定型噴霧嗎？」

「這沒有造成太多效果，但是被人噴上噴霧的地方，上面的顏料已經有點脫落了。」

安德拉用食指跟著相對應的輪廓走。

「讓我猜看看，如果仔細看的話會有數字和字母？」

還有如果有人識字的話。

「沒錯。」安德拉唸出了在那道波浪的陰影中，她認為可以辨認出的內容：

「K34A3W2。」

一組暗號。是暗號！

米蘭感到一股振奮，不久前的疲倦感現在就像是遙遠模糊的記憶了。

也就是說，她剛剛就在這裡！柔伊留下了一則訊給我們的訊息。

米蘭轉過身來面向出口，想要盡快和安德拉回到那輛放著那本書的車上，那本他們可以用來對解開這組加密暗號的書。他手中手機的擴音器發出了劈啪的聲音，雅各再度向他作出要求。

「所以，完成了。」就快把手機拿回耳邊時，米蘭聽見他這樣說道。「如果我是你的話，我現在就會把那個女人的屍體搬走，然後離開這個休息站。」

米蘭不自覺地抓了抓頭。「我應該幫你處理善後嗎？你是把我當成白痴嗎？我已經說過了，我現在就要把電話掛斷，然後報警。」

「沒有這個必要，我已經報警了。」

在呂根島上那起從地下室樓梯上摔落的事件之後，他的頭留下了一個如碗豆般大小的突起，時至今日仍會時不時地在髮際線下跳動，這是米蘭開始劇烈頭痛的徵兆。現在也是如此。

「什麼？」他問，不確定自己有沒有聽錯。

「就在剛剛你在電話中的時候，我用一支沒辦法追蹤的拋棄式手機報警了。」

雅各自己報警了？

「你到底跟他們說了什麼？」

「我根本什麼也沒說。」雅各笑道。「你腳邊的那位女士真的非常友善，她斷氣之前還留了一段語音訊息給我。在這裡，你自己聽。」

在發出沙沙聲之後，雅各似乎將手機從手邊拿開，然後將一個播放器，也許就是他先前提到的拋棄式手機放在手機前面。它發出了嘶嘶的聲音，就像老舊的調頻廣播一樣，接著一個聲音，像是冰冷的手伸進米蘭的腦海，掐碎了他海中所有的希望。

「**拜託，求求你救救我。**」那個女人乞求道，那個當下她大概已經感覺到喉嚨上纏繞的電纜了。她說話的聲音聽起來受到擠壓，而且同時彷彿口中積滿了過多的唾液，她多希望能把對死亡的恐懼與口水一起吐出來。

「**我人就在這裡，在艾爾德塔爾的停車場上。在無障礙廁所裡。他想要殺掉我。他叫米蘭……拜託……**」這段錄音消失了。

為了可以一起聽而緊緊靠近米蘭的安德拉，顫抖著她的雙手。她的表情充滿驚嚇。米蘭覺得自己像是從內部結冰了，再也沒辦法任意移動，就連一句話也說不出來。他的耳朵上也籠罩著一股壓力，使他無法聽清楚那個陰險狡猾的勒索者所說的話。

「沒錯，所以直到有人來找你之前，應該不會耗費太多時間才對。你有一小段時間優勢，因為那個婊子忘記把位置說出來了。也許巡邏的員警會先在高速公路另一側的停車場上巡視一下。但如果我是你的話，現在就會用盡任何方法，讓那些條子最後把這通求救電話當作是個笑話而已。」

雅各的聲音收起了為了嘲諷而假裝的友善，變得嚴肅了起來：「換句話說，你馬上給我處理掉那邊那具該死的屍體。」

32

人們常說不要情感用事。爭執的時候，不要把結婚戒指丟到另一半的腳前；在老闆晚上訊息轟炸之後，不要馬上寄憤怒的郵件給老闆。「距離」是所有調解人員，也是諮詢服務人員的神奇用詞。而且大部分的心靈教練也會建議，不要在殺人兇手打電話來之後，就馬上把屍體從公共廁所裡拖出去丟。

還是會建議把屍體從公共廁所裡拖出去丟呢？

到底還有什麼其他的選擇呢？

等警察來，然後在羈押期間睡覺度過一個晚上？

「你在那裡做什麼？」米蘭在經過短暫的暫停思考之後，做了一個決定。他跪在被謀殺的女人身邊，搜索她的衣服的時候，安德拉這樣問道。

「汽車鑰匙。」他簡單扼要地回答道。

不然的話還有什麼？

不只是這具屍體而已，那女人的車也必須消失。最好是兩者一起消失。這個殺人兇手沒有刺死這個可憐的女人，至少讓他們不用清除一大灘血液。

「為什麼？」安德拉聲音拔尖地問道。現在冷靜地用木棒阻止闖空門小偷的女戰士，離她非常遙遠。

那個地方！

米蘭在外套右邊口袋找到了汽車鑰匙，然後從她身上拿走。接著他抓住屍體的臀部，將她抬到肩膀上。

「給我等一下！」安德拉大喊道。

米蘭感到一陣暈眩。一方面是因為那具屍體的重量，再加上她身上散發的排泄物臭味，現在他的脖子上大概也充斥著這種味道。如果要他在這間無障礙廁所裡面多待一秒鐘，他會發瘋的，所以他打開了廁所門，好讓夜晚的風能像巴掌似地打在他的臉上。

「如果你加入他的遊戲的話，會讓你變得更有嫌疑。」安德拉在他背後說道。「我們還沒有做任何非法的事情。我們就等警察來，然後跟他們解釋這一切。」

她小聲地低語。現在那扇門是開著的，萬一現在有人在他們附近的話，彷彿可以讓事態變得有些不同。安德拉可能會繼續放聲大叫。雖然米蘭聽見好幾輛鳴警笛的巡邏車正在靠近，但是這也可能是他恐慌作祟下所產生的幻覺在欺騙他。

他們。他們仍然有逃跑的餘裕。

仍然。

「從今天早上開始，我就已經加入雅各的遊戲了。」他大吼道，他並沒有太奢望安德拉會把他的話聽進去。他一步步離開她與廁所。幾秒鐘之後，他走到了死者的小轎車旁。

他看不懂車牌號碼，但是車尾上那張馬的貼紙，不用口譯來他也能看懂。

也許她是從附近的一個馬廄過來的？

「我不能浪費任何時間。」

他用鑰匙打開後車廂，後車廂除了一副手套、舊報紙和一個急救箱以外，什麼也沒有。

安德拉跟著他走。

「他把柔伊的手指頭截斷了。手—指—頭！」

「你不用告訴我這個。我已經用廁所裡的衛生紙把它包起來了，而且也把它帶—在—身—上—了！」她這樣大吼了回去。

「那你自己仔細看看這個！」他轉過身來，讓屍體的身軀朝向安德拉的方向。「你還需要什麼證據來證明，如果我不阻止他的話，他就會殺掉柔伊？」

他粗魯地把屍體塞到後車廂裡，然後費了很大的力氣把她弄成胎兒的姿勢，以便他可以把後車廂的蓋子再度蓋回去。

「你也無能為力。」安德拉說道——幾乎沒有什麼說服力可言。

「那個暗號，安德拉。想一想那個訊息。」

在費了好大一番力氣之後，米蘭氣喘吁吁地喘息著。寒冷的晚風冷卻了他的汗水。「我不知道為什麼，但是我和那個女孩之間存在著一種連結，她信任我。我是她唯一的機會，而且我不想因為羈押的審訊而失去這個機會。」

「你有沒有想過這可能是一個陷阱？」

那張紙條。那個女孩。那本書。

「是有想過。但如果這是陷阱的話，我早已經深陷其中了。」米蘭打開駕駛座的車門，然後坐進車子裡。車裡聞起來有狗和森林步道的味道。他看了一下，確認沒有任何四條腿的動物在後座睡覺。顯然那個女人在人生的最後一趟的旅程中，沒有把她的寵物一起帶出來。

「我們走下一個出口，然後在丹貝克湖附近的萊茨恩後面碰頭。」

他想要把門關上，但是安德拉緊緊抓著門框。

「為什麼你會知道這些名字？」她問道。

「哪些名字？」

「出口的名字、地點的名字。之前你沒辦法想起來柏林市區的街道，但是你認得A19高速公路邊的所有休息站廁所？」

沒錯。事實上就是這樣沒錯。

一直到汽車引擎發動時，他才意識到他給安德拉的答案的重要性。

「因為這是往呂根島的路線。」

暗號。停車場。呂根島。

就連這個也可能不是巧合。

雅各是故意找這個休息站的。不單單是因為這個休息站很少人會來。還有因為這個休息站就在米蘭即將回到他生活過很多年地區的路上。然而，他發現自己在那比在一個完全人生地不熟的城市中還不自在。

那個地方。

就在他的過去。

33

琳恩

雅各開心地吹著口哨，盡最大的想像力去聽就可以聽出來是〈享受寂靜〉的旋律，光是這一點就讓琳恩想要一把抓住他的頭去撞方向盤；一直撞，撞到他的額頭像法式烤布丁一樣。

為什麼那個廢物在犯下一個接一個的失誤之後，心情還能這麼好？

愚蠢到沒有把露營車的門給鎖上。白癡到沒有避開目擊者。

然後他還可能想把什麼她沒注意到的事情給搞砸？

天空。

如果他們不得不靠邊行駛路肩的話，她一點也不會感到意外，因為這個蠢貨忘記要加油了。

「你簡直太棒了，寶貝。」他說，然後因為再度降下的雨雪而把雨刷調到了中級強度。他用裝出來的愉悅語氣所說出的假俚語，讓他聽起來像試著使用年輕人的語言，卻把自己變成非常可笑的尷尬父親。

「自己把警察叫來，這真是一個絕妙的點子。」

是啊，當然。因為我們也已經這樣做了。

不然現在琳恩可能會把自己的頭拿去撞汽車儀表板。

真是個懦夫。

米蘭處在極大的壓力之下，所以可能會相信他們真的報警了。但是雅各？雅各根本就只是個蠢貨而已，不管他在電話中多麼浮誇地胡言亂語，但長期下來根本沒辦法瞞過任何人，他在智力測驗中會輸給一隻猴子。

「這只是虛張聲勢而已。」她說，然而雅各並沒有聽到這個，因為她的聲音在新的口哨聲以及雨刷的嘎吱聲中變得很小。

她透過被雨淋濕的車窗，生氣地盯著從她身邊掠過的黑影。那些樹木的樹幹延伸到了樹梢下方，這些樹一定也會想像一些比終其一生處於廢氣和噪音組成的雲霧之中更美好的事物。

「所以我不得不說，你們真的是我這輩子遇到過最棒的母女。」她聽見雅各這樣說道；充滿了肯定，**這個白癡**。

「你給我閉嘴！」

琳恩把額頭靠在冰涼的車窗上，然後閉上雙眼。然而睡覺並不是什麼選擇。無法想像如果雅各沒有受到監視，然後做出自己的決定並偏離計畫的話，會發生什麼事情。

這個蠢貨。

她多希望在處理柔伊之前就先處理掉他，這樣地球上就會少了兩個討人厭的傢伙了。但是她必須要忍耐，不能因為火爆的個性搞砸她的目的。

而且老實說很難這樣對雅各，她不得不承認，該死，要是沒有他的話，她可能連這個主意也想不出來。

「你在想什麼？」

她嘆了一口氣，然後嚥下了中斷的怒火。「不知道米蘭是不是真的能籌到這筆錢，然後支付給我們。目前為止，他根本就還不知道我們知道些什麼。」

雅各輕撫著她的膝蓋，視線沒有放在道路上。「這件事情就讓我來擔心吧，寶貝。等到他意識到自己坐在什麼樣的金山銀山上的時候，那個蠢蛋一定會不可置信地瞪大雙眼。接著我們只要站在他的後面，跟他討錢就好了。」

她翻了翻白眼，然後咯咯地笑了。

他生氣地往右瞥了一眼。「怎麼了，你在笑什麼？」

「因我我很期待你說的。」她撒了謊，然後心想：**因為你不知道我對錢根本不屑一顧。**

我有一個全然不同的計畫。而且你大概再也沒有辦法見證這項計畫付諸實行了。

34 米蘭

「結束？」

米蘭把後照鏡轉到可以從副駕駛座上看到後方公路的角度。讓他鬆了一口氣的是，沒有人跟在他們的後面。他們似乎沒有讓任何人看到他們把那輛小轎車停好，他們把車子停在一堆被砍下來的樹幹旁的森林道路上。也許，後車廂裡的那具屍體隔天早上就會被週末來健行的人發現了吧？但是可以肯定的是，接下來幾個小時內絕對不會被人發現。在這種惡劣的天氣狀況下，不會有什麼人鬼鬼祟祟地走過這片B198號公路邊的森林的，如果有的話，那個人大概也不會在意一輛停在路邊的廢鐵汽車。

「是啊，『結束』。」安德拉如此確認回覆道。「那個訊息是這樣子表示的。」

K34A3W2

她剛才就在他的面前，在約定好的碰面地點利用時間，用那本書解開了暗號。

「柔伊想要用這個暗號告訴我們什麼事情？」

「基本上這個訊息是很淺顯易懂。」安德拉如此認為。「她害怕死亡。」

「沒錯，但是她很聰明。她用了暗號，而且也找到了一個把訊息保存下來的方法。會這樣子想的人，不會把時間浪費在對救援毫無幫助而且無關緊要的訊息上。」

暗號。時間。訊息。

米蘭在心裡把他自己講的這一些句子再檢查了一遍。

……**救援**……

「你車子先停一下！」他請求道。

「為什麼？」安德拉沒有要放開油門的意思。

「你一定要幫我用 Google 搜尋一些東西。快點！」

安德拉生氣地用舌頭發出嘖嘖聲，然後大力踩下煞車，這個舉動讓她的辮子飛過了她的肩膀，她把車開到路邊，然後按下了危險警示燈。「什麼？」

「有沒有什麼類似呂根島電話簿之類的東西？」

「倒是有全德國的線上電話簿，我知道你要做什麼。」

這個字[2]並不是柔伊的感受或是身體健康狀態的暗示。

而是對於兇手的暗示！

她伸手去拿她的手機，然後解鎖用她女兒照片當作手機桌布的手機螢幕。

2 譯注：原文為Ende，原意為結束；亦可作為姓氏。

安德拉興奮地說：「果然沒錯。有兩筆登記的資料。」當她這樣說的時候，米蘭深深地吸了一口氣，好讓自己可以回過神來，再次把注意力放在重要的事情上。

「在哪裡呢？」

「其中一個位在古斯托夫。卡琳與托馬斯・恩德。然後還有另一個是在……」她話說到這裡就停了。

「在哪裡？」他問道，儘管安德拉沒有回答他，但他已經預料到了答案是什麼。

「施徒本卡默爾街十四號號。」

35

接下來兩小時的車程，他們一句話也沒說。彷彿意識到柔伊最後的訊息會把他們帶往呂根島上的羅梅的認知，在車裡產生了一個抽離聲音的真空地帶。在馬勒竺附近——他們剛剛超越了一輛其貌不揚的露營車——安德拉打開了收音機，短暫地搜尋了一下電台頻道之後，馬上就又把音樂給關掉。那些曲調太不合適了。歡快的音樂就像是嘲諷，小調的聲音更增加他們聽天由命的心情。

施徒本卡默爾街。

雖然叫做雅各．恩德的人沒有住在那裡，但是根據網路資訊看來，住了一個名叫**法蘭克—埃博爾哈爾德特**的人，他的門牌號碼正是十四號。

竟然這麼剛好。

如果那棟用蘆葦搭建屋頂的老舊別墅真的還存在的話，會有一扇藍色大門。在那場大火之中，那棟房子沒有被完全燒毀這真的是一個小小的奇蹟。有某個人——也許是某個鄰居——及早呼打給消防隊，而消防隊員在階梯的最下層發現了顱底骨折的米蘭。米蘭大概是在濃煙中迷失方向，然後失去了意識。要是再晚個幾分鐘，他可能就永遠不會恢復意識了。

當他們駛上施特拉勒松德附近的呂根大橋時，一股緊張的刺痛感從米蘭的尾骨向上延伸。他在座位上侷促不安，感覺呼吸越來越急促，在他的緊張不安演變成恐慌症發作之前，安德拉打破了靜默，然後用一個令人困惑的問題來分散他的注意。

「你覺得邪惡是一種病嗎？」

他的指尖滑過頭髮。吞了一口口水。「現在是在談論我還是雅各？」

她笑了，笑得有點太大聲了。「你真是愛胡思亂想。你才不邪惡。你覺得他以前是不是一直就是這個樣子？」

「你是認真的嗎？現在？在一個瘋子讓我們整晚疲於奔命的時候，要討論一個哲學問題？」

「現在不討論的話，要等到什麼時候？」

在他準備用一連串的反問來回答之前，他認真思考了一下。

「你的意思是說，雅各是不是一個特例？一種先天的缺陷？或是說，在我們每個人的內心裡都潛藏著邪惡，而我們只能利用教育來抑制它？」

她搖了搖頭。「我的問題更具體：你覺得邪惡會一代傳一代嗎？」

「像一種基因缺陷嗎？」

米蘭下意識地摸了摸頭。他想起了威利爺爺，回想起據說威利爺爺殺死了他父親養的兔子，只因為他兒子帶了一份很爛的成績回家。

這不只是唯一一件關於他爺爺令人厭惡到，連他都覺得太過不真實而且過於誇大的軼事。他父親跟他說過最糟糕的事正好就在威利葬禮那一天。

「你知道為什麼你奶奶那麼早就去世了嗎？」他這樣問米蘭。他在施圖柏本克魯格這家酒館裡所舉辦的葬禮後聚會中，喝了酒館供應的大量酒精，眼神變得呆滯渙散。

「她的視力不太好，所以在紅燈時橫越十字路口，然後被一輛車撞到了。」

「沒錯。但你知道為什麼她的視力有問題嗎？」

那時米蘭七歲。這是一個對會造成創傷的言語毫無防備能力的年紀，這個年紀並沒有堅固的防護，而這種防護只會隨著年歲而增長。

「因為威利。你知道為什麼他要去森林裡散步嗎？因為他要搜集吸血蟲。搜集滿滿的一袋，然後使用牠們。」

「為什麼要用那些吸血蟲呢？」

「為了懲罰你奶奶。他會把吸血蟲放在床上或拌在綜合穀物麥片裡面給她吃。只要他覺得她沒有把東西擦乾淨或是襯衫沒有摺好，就會這樣做。她曾經有一次不小心把一封寄給威利的信打開了，他對她的好奇心進行了處罰，把她打到昏了過去。當她再次恢復意識的時候，她躺在床上，雙手被綁在床頭，雙眼的眼皮被絕緣膠帶貼得緊緊的，緊到讓她無法眨眼，雙眼只張開到讓他能夠將吸血蟲放進去的程度而已。你可以想像，他是如何咧嘴笑著坐在床邊，在那些該死的蟲緊緊地吸附且越來越豐滿，然後奪走奶奶視線的同時，享受她的尖叫聲而感到開心嗎？」

他相信了這個故事很長的一段時間，直到後來他才發現吸血蟲只會吸血，並不會吸取其他的體液。時至今日他只能確定一個事實，那就是讓奶奶的雙眼受傷的不是吸血蟲。但會不會是爺爺根本就還沒「嘗試過」這種方式？奶奶的眼角膜會乾掉，是因為威利把她的眼皮黏得很緊的緣故嗎？

「搞不好邪惡是一種遺傳性疾病。」安德拉補充道，她並不曉得自己喚醒了米蘭的某些記憶。「我的意思是，我們一直在童年中尋找造成的因素、尋找讓自己從受害者變成加害人的創傷，這大概是很常見的情況。但若是雅各會變成這個樣子，根本就不是這些情況造成的呢？如果他勒死廁所裡女人的決定，和他能以何種眼光看待世界的決定一樣少呢？」

米蘭按摩著他兩邊的太陽穴，這是一種轉移行為。因為即使他再次慢慢地喝些東西時，仍然沒有感覺到往常在壓力狀態下會產生的頭痛。

「我不知道是否有精神病患基因這種東西存在。」他說道，好讓這個讓人不安的對話可以結束。「而且我現在也完全不在乎。根本沒有可以解決雅各缺陷的解藥，那種此時此刻最好就能馬上就結束這種狗屁倒灶事情的解藥。」

他看向手錶。「我們沒有什麼時間了。如果那個女孩還沒死掉的話，我們一定得在星期一的晚上八點十五分之前找找到她。至少有一點是可以確定的，阻止這個瘋子會比我去籌出這筆錢還要更容易。」

安德拉看著他。「這真的是我們開往這座島的原因嗎？」

「你這句話是什麼意思？」

「你知道我的意思。毫無疑問，你想幫助那個女孩。但事實上你根本不相信雅各。而且你和柔伊肯定有某種關聯，要不然她怎麼會知道你青少年時期所使用的暗號？」

「這我不清楚。」

她拉了拉她的眉環。「我想老實說，米蘭。在你花了兩年的時間跟我說你是文盲之後，我有點害怕在這趟旅程上我還會發現什麼其他的事情。」

一陣新的沉默再度蔓延開來，彷彿有一堵牆在他們之間綿延了數公里，直到米蘭打破這道牆為止。

「你到底是怎麼了？」

「我該怎麼辦才好？」

「那如果我再深入追問的話，會發現什麼關於你的事情？」

「我有理由需要讓你來問我這樣的問題嗎？」

米蘭思考著。他該跟她說，他看過了浩克傳來的簡訊嗎？這可能是一個無傷大雅的遠因，然後他會徒勞地失去安德拉的信任。她大概再也不會把她的手機放在他附近了。

結束的起點，也許他們正朝著這個終結努力。米蘭決定，先前往一個安全的地點。

「首先，也許你可以跟我解釋一下你的計程車恐慌症是怎麼一回事。」

「真不敢相信，這就是你想要從我身上知道的事嗎？」

他們不得不在平交道柵欄放下的鐵路平交道前停下來，當貨運列車通過時候，安德拉繼續跟著她的衛星導航上面的方向箭頭指示。

「你知道我喜歡你哪一點嗎？就是你會說出非常有智慧的話，即便是有時候你自己根本就不知道為什麼，米蘭。」

她眨了眨眼，彷彿她被迷得神魂顛倒。

「那是四年前的跨年夜，那是我這麼久以來第一次一個人。露易莎那時候和她父親同住。我在一場派對上和當時往常一樣喝得非常醉，伏特加、紅牛、琴通寧、啤酒，全部都混著喝。我在接近凌晨三點時到外頭的寒風中散步，當時我的女朋友們都還在狂歡。但是我已經想回家了。獨自一個人。我所看到的一切都天旋地轉，突然間我明白了我太高估我自己。如果沒有任何協助的話，我根本就永遠到不了家。雪正下著，爆竹和沖天炮的爆炸聲仍在空中不絕於耳。大家都知道在腓特烈斯海因這一區，跨年夜這一天可不會用太平靜的方式度過。」安德拉的聲音夾雜著非常細微，但是仍可以聽到的破音。

「不管怎麼樣，我看見一輛計程車往前開了過去，隔著只有一棟房子遠的距離。我拖著身體往那輛賓士計程車走了過去，打開了車門，然後那名司機對我說了一個幾乎聽不懂的姓氏，我那時已經喝得酩酊大醉了。他問我是不是叫了計程車。我說：『對啊，沒錯。』因為在跨年夜這種時間點，又在這種天氣下，一輛沒有載客的計程車就像樂透彩券的六個中獎號碼一樣，可遇不可求。所以我就上車了，然後那個傢伙親切而且安全地把我載了回家。」

又眨了一次眼睛。突然間安德拉聽起來累了。

「兩個星期之後，有人來敲我的門。一名臉色蒼白的男子站在門前，雙眼像是聯合收割機上過敏的人一樣紅，就像經歷數個月之久的睡眠問題的人。然後他開口問我，是不是在跨年夜那天，在犯罪劇場附近的帕里薩登街上，在一名女子眼前捷足先登地搭了她的計程車。」

「噢。」

「他看著我，知道他找到我了。」

「為什麼他要找你呢？」米蘭問道，他早就知道這個故事不會有什麼好的結局。

「他老婆叫了那輛計程車。她懷有身孕，而且開始陣痛。雖然是在預產期之前，但是也因為這樣，陣痛越來越劇烈了。當時她才剛和她老公通過電話，她的老公是廚師，正在柏林以外的地方籌辦一場外燴。她告訴他說她有叫車，他們原本想要在醫院裡會合。也許是她下樓的速度不夠快。不管怎麼樣，我的手腳比較快，而在這之後她也沒能招到任何計程車。所以她決定自己開車。」

安德拉暫停了一會，稍作休息。深呼吸了一口氣。

「她只開了三條街的距離而已，在那邊，在一次陣痛的時候，她沒看見紅綠燈轉成紅燈了。她跟胎中的孩子當場死亡。」

我的老天。

「她為什麼沒有叫救護車呢？」米蘭問。

她嘆了一口氣。「最大的災難事故幾乎都是好幾個失誤的結果。到頭來，去爭論是誰的錯誤更大、是誰犯了導致災難的錯誤，也都無濟於事。」

她舉起手做出了一個認命的手勢，然後再把手放回方向盤上。「那個男人透過計程車調度中心找到了我。畢竟那名司機清楚記得我這個在半路上吐了他一車的女人。」

她清了清喉嚨，試圖讓聲音不要那麼沙啞。然後手指著螢幕上的終點旗幟圖示。米蘭猜想她只能用這種方法才能夠繼續說話，不然她可能會哭出來。「再兩百公尺，接著要左轉，然後我們就抵達目的地了。我建議我們先開車經過那棟房子，去確認那棟房子真的是你當年的家，然後我們再找一個能好好休息的地方。還是你想凌晨兩點去按門鈴，把恩德先生從床上給吵醒？」

「不想。」

而且大概也沒有這個必要，米蘭在不過兩分鐘後這麼想。不需要去按門鈴，也不需要去找一個停車場來度過剩餘的夜晚。因為在門牌號碼十四的住家前早已不存在什麼黑夜了。呂根島右岸平時堪比黑洞的夜空，此時已被無數的信號燈火給弄得支離破碎，紅色、藍色的旋轉燈劃破了天際。急診醫生、警察以及救護車，像高射砲探照燈照亮了戰區的上空一樣，照亮了這個陰森詭譎的場景。他們交織成一幅讓人悵然若失的景象，讓米蘭一度以為自己又陷入了鏡像夢境之中，在夢中有一張臉孔出現在他眼前，一張他在幾個小時以前才第一次看到的臉孔。

「不可能。」他聽見安德拉把他心中的想法說了出口。

一名從房子裡抬出來、被固定到擔架上，然後抬進救護車的老人。

「那個不就是……」

「……就是他沒錯。」他們站在救護車前的同時，米蘭確認道。

不用懷疑。

那就是餐廳裡那位令人困惑，試圖把藥送給他的老人。據說米蘭服用之後就能再次閱讀的藥物。

又來了。

36

一位老太太幫他們開了門，她真誠、充滿希望的神情讓米蘭感到心碎。她穿著睡袍以及長毛絨拖鞋，兩種顏色都與她充滿血絲的眼睛十分相襯。那頭白髮像窗簾般垂掛在她頭的兩側，這讓她瘦弱的臉龐顯得更加削瘦。她的手顫抖地指向嘴巴，然後停在那邊，彷彿想隱藏那口不好的牙齒。這也可能只是試圖隱藏她顫抖的下嘴唇。她的雙眼充盈著淚水。

這就像依靠著希望的母親的樣貌。希望一切都會好轉，希望警察跟她說已經找到她失蹤的孩子，而且很快就會平安無恙地回到她的身邊。

「你們是誰？」她對著米蘭和安德拉說。但是口氣聽起來不像在凌晨兩點半面對素未謀面的訪客時，可以被理解的刺耳或是輕蔑冷淡。

他們一直等到喧鬧平息下來。在救護車、警察以及急診醫生都離開以後，在沒有任何人注意到那輛掛著柏林車牌的迷你庫柏裡，有兩個觀察這一切的人，他們對於下一步要做什麼仍是毫無頭緒。

直到他們看到客廳裡面有一個道人影。那是一個瘦小、纖細的人影，那個人影在窗簾後面來回跑動著，雙臂交叉在頭的後面。

他們鼓起最大的勇氣，敲了米蘭當年所居住的家門，因為和十四年前不一樣，那棟房子並沒有門鈴。那扇門也不再是藍色的了，取而代之的是一般五金店裡的無聊灰白色樣式。

「是關於你先生的事。」米蘭冒險地隨便回答。從年紀來看，這應該是符合實際情況的回答。那個米蘭在餐廳裡見過、剛被抬出家裡的男子，年紀大約七十歲左右；和站在門內的太太一樣，她現在微微地弓著背站在他們面前。

「我不太明白。你們是警方嗎？」

安德拉和他同時搖了搖頭，在他們搖頭時，安德拉可以看得出那位女士不太舒服。不管這裡發生了什麼事——心臟病發作、搶劫，或者是任何其他命運般的打擊——，都讓這位太太深受打擊，她的身心正處於震驚的狀態。

米蘭現在明白，為什麼八卦報刊雜誌裡那些打擾罹難者家屬的人，在死亡事件發生之後會馬上被派到死者家屬那邊去。因為在這種情緒激動的特殊狀態下，可能會讓受害者們受到驚嚇，幾乎可以要求他們做任何事，譬如強迫他們展示舊相簿，甚至在相機前擺姿勢拍照。

米蘭思考了片刻，考慮要不要喬裝成記者，然而他決定說出真相。

「我想，我今天在柏林和你先生見過面。」

「在柏林？」她的雙眼張得很大。

「我知道這聽起來很瘋狂，因為這只是幾小時前的事而已……」安德拉說，緊張地玩弄她的辮子。

然後他一定是馬上又開車回來了，為的就是要趕在我們之前再度回來這個地方。

「……但是，我們很確定的是……」

「請兩位進來吧。」那位年長的女士打斷了她。

37

米蘭和安德拉交換了一個驚訝的眼神，跟在她後面穿過門廳進到客廳，米蘭在過程中不由自主地屏住了呼吸。

在他踏進這棟他度過人生前十四年的房子的第一步，便已經預料到了這種強烈的感受。突然間，他再次被聽過他第一次開口笑、在他睡覺時保護著他，並經歷過他最大憂愁的牆面所包圍。光是門廳就比地球上的任何一個人，更頻繁地看著他來來去去。這個門廳曾經是他青少年時期旅途的起點與終點。去上學、去朋友家。**去伊馮娜那**。

然而這種苦樂參半、令人沮喪的回憶卻無處安放。自從那場大火與他們搬走以後，發生太多變化了。米蘭馬上注意到室內地版、牆面以及油漆、衣帽架、所有傢俱，已經沒有任何一樣當年他熟悉的東西了。只剩下房屋的格局配置還保留當年的模樣，然而他覺得客廳好像比以前還要小很多。可能因為他長大了，也可能是因為客廳一樓堆滿了搬家用的紙箱，它們雜亂無章地散佈在灰色的石板地板上。有些紙箱被打開了，可以看見裡頭的書、鍋具、衛浴用品或是衣物。乍看之下，米蘭並沒辦法判斷這裡的住戶是剛搬進來，還是正好要搬出去。

「抱歉，我們都老了。我們在拆紙箱的時候應該要找人來幫忙的。」那位太太回答了米蘭沒有問出口的疑問。「兩位請坐吧。」

她指著一張老舊的皮革沙發，上面還放著一個裝著工具的洗衣籃。米蘭將洗衣籃推到一旁，好讓安德拉也能坐下。在他坐下來之前，他的目光注視著那個開放式的壁爐，他以前在看電視的時候，常常會在那個壁爐前面睡著。

那個殺死媽媽的壁爐。

謝天謝地，壁爐在這段期間也不知道消失到哪裡去了。那個壁爐被拆掉了，取而代之的是依舊空蕩的書架。

「可惜我沒有什麼東西可以招待兩位。」那名老太太坐在一張與其他擺設不相襯的扶手躺椅上。一盞落地燈發出過於閃爍的光線。

「在柏林？」現在她又重新問了一次。她的雙眼已經不再濕潤，但是她的雙手和她的聲音一樣顫抖著。

「是的。昨天下午稍晚的時候。」安德拉回答道。這名女士點了點頭，然後將一縷頭髮撥到耳後。她以前一定很有魅力，而且在這堆搬家用紙箱的其中一箱內，一定有一本放了證明她曾經很有吸引力的照片相簿。

「沒錯，事情大概就是這樣。」她說道，然後試圖與米蘭眼神交會。一方面是出於他的詫異，另一方面是出於對他的驚恐，她傷心地說道：「我把你想成一個完全不一樣的樣子。」

「什麼？」

他的耳中發出一陣嗡嗡聲，然後在女主人說話的同時伴隨著一聲巨響。

「你看起來和照片完全不一樣！」她這麼說。

同時她還搖了搖頭，彷彿了解這件事實和得知鄰居家中發生恐攻一樣難以置信。

「所以你就是那個人！」

「你指的是什麼？」米蘭差點大聲怒喊。那個他不得不抵抗的嗡嗡聲響變得越來越大。

「你把我當成誰了？」他從牙縫中擠出聲音說道，並在得到回覆之後馬上就後悔了。

當那位年長的女士說：

「顯然你就是我丈夫今天自殺的原因。」

38

「我知道現在必須待在他身邊，但是這一切對我來說都太苛求了。」

她幾乎無法保持費盡心思維持的冷靜。這位太太面容枯槁，米蘭找不到一個更好的詞彙來描述他所看到的景象。她的皮膚、肌肉、骨骼——在她身上的一切看起來像是輸給了地心引力。

「他幾乎沒什麼睡，但他先開車去了柏林，然後同一天又匆匆忙忙地開回來。他一句話都沒有和我說，然後哭著把自己關在浴室裡。」

她從睡袍口袋裡拿出了一條布手帕，沒有使用，只是反覆地撥弄著。

「我先生變了，他過得很不好。」她絕望地猛然一笑。「這個嘛，對於一個在深夜時分，他太太在廚房幫他的麵包塗果醬的同時，割破自己手腕的人說，顯然不太好。」

「他為什麼要這麼做？」安德拉問。輕聲細語地、小心翼翼地。這是她擅長的其中一個強項。她可以像運送啤酒的貨運司機那樣大聲咒罵，但有必要的話，她也會溫和地轉換成輕聲的語調。

「我已經跟很多位醫生說明過這個狀況了。他變了。我還清楚記得那一天是八月二日。他從他的診所回到家，看起來就像是剛剛看到鬼一樣。」

「診所？」米蘭問。

「他是醫生。但是你一定知道他是醫生啊！」

「為什麼？」

她低下了頭。「因為當時是他幫你進行治療的，不然他根本不會開車到柏林去找你。」

法蘭克—艾伯爾哈爾德特．恩德幫我做過治療？這個名字並沒有讓米蘭想起任何事情。

「你先生想要從我這邊得到什麼？」

那個太太清了清嗓子，然後做了個像是要驅趕蒼蠅一樣的動作。就連這個手勢都像是使出了她最大的力氣。

「我猜是要親自登門道歉吧。」

一顆淚珠從她那滿布皺紋的臉頰掉了下來。

「我很抱歉，他沒有跟我透露所有事情。事實上，他完全不再跟我說話了。我都是事後才知情，像是他把我們的帳戶關閉了，然後把我們積攢下來的所有積蓄都放在這棟房子上。」她看了看四周，嘴角看似厭惡地下拉。「真的是亂來。那位賣家現在就住在島上最好的飯店套房裡。我先生一定是以比市場價值高兩倍的價格買下的。」

「但是為什麼呢？」安德拉很想知道。

「這點他就沒有跟我說了。有天早上他站在我的床邊，然後說本來可以成功的。我們必須搬走。那時他已經從五金行買回了所有的紙箱。」

她用手帕摀著嘴巴咳嗽。「他幾乎沒有再說任何一句話，只有在睡夢中才會開口。他總是在對對抗自己內心的惡魔，朝著他們大喊說他會補償的，說他對於失誤後悔不已。」

失誤？

當她繼續說的時候，米蘭將身體朝她前傾：

「我猜想他在對你進行治療時，出了什麼差錯，然後這個罪惡感一直折磨著他。所以他今天才開了整路的車去找你，然後又開了回來。你是天資聰穎的人嗎？年輕人。」

這個問題在米蘭的內心同時產生了很多情緒。一方面他的喉嚨乾了，另一方面脈搏上升了。這是一種典型的戰鬥或逃跑反應。

「不是，我……」**是恰好相反的那一種人**，他本來是想要這樣說的。但那位太太具體地提出了她的問題。

「你有讓你在日常產生障礙的學者症候群嗎？」

米蘭從眼角的餘光看見，安德拉在他旁邊不由自主地點頭。

「恩德女士，我……」

她搖了搖頭。「我不姓恩德，我姓卡爾索夫。」

米蘭感覺安德拉轉向他。他想，她正充滿疑問地看著他。

在得知那位太太的姓氏之後，他呆若木雞地僵坐在原地。

「卡爾索夫教授？」他問。

「是我先生。」那位老太太向米蘭證實道。

「呂根島島嶼醫院的外科醫生？」

「你認識他？」安德拉在他的旁邊輕聲問道，米蘭點了點頭。

他幫我動過手術。在那場大火之後。**在搬家之前。**

這就是為什麼在餐廳的時候，米蘭隱約覺得他好像似曾相識。

「曾經有一次。」那位太太說。「他在十年前開了一間家庭醫學診所，看在我們的朋友眼中是一種退步。因為派翠克是有名的神經外科醫生，現在卻在治療足癬和氣喘。但是開診所讓他有更多時間去進行他私下的個人研究。他的興趣是學者症候群。」

米蘭眨了眨眼。「恐怕我無法理解你的意思。」

「就是那些，經歷過嚴重腦部創傷後，突然發展出超乎自然的神奇力量的患者。」

米蘭說他記得一個關於一個男人的紀錄片，這個男人被一顆棒球砸到頭之後，能夠記得他童年的每一個細節。

卡爾索夫太太搖了搖她顫抖的手。「不管怎麼樣，就此打住吧。我先生已經不再開業行醫了。」她用力地吞了一口口水。「最近他甚至連咳嗽藥水的處方簽都沒有再開立了。」

「但是電話簿上的登記顯示，這棟房子的住戶是一個叫法蘭克—艾伯爾哈爾德特・恩德的人。」安德拉說。

卡爾索夫太太不發一語地看著安德拉，幾乎就像是在檢查，然後回答道：「我已經說過了，派翠克為他買下了這棟房子。我們住在這裡已經八個星期了，但我先生並不想把我們的這些箱子拆開來。他說這棟房子根本就不屬於我們。我們只是管理這棟房子而已。」

「幫誰管理？」米蘭很想知道。

這位外科醫生的太太並沒有去深入回答這個問題，她幾乎是恍惚地說：「他唯一有佈置的就是他的工作室。」

她閉上了雙眼，壓在她身上的精神壓力似乎變得越來越重了。

「我們可以去看一下那個工作室嗎？」米蘭問。

那位女士沉默了一會，讓米蘭回想起當大家都睡著的時候，這棟房子會有多安靜。他期望他的請求會被拒絕，但是他低估了這位老太太對於宿命的看法。今晚上所發生的事情，都對她的果斷力、甚至她的生存意志，造成了永久性的傷害。

「如果你真的想參觀的話。」她冷淡地嘆了口氣道。

「但是你不要期望我會陪你一起去。你知道的，看到整個浴缸裡滿是鮮血已經夠駭人的了。但是老實說，派翠克在地下室的那間房間，更讓我覺得恐懼。」

39

米蘭在日常經常要抵抗彷彿身處在陌生國度的感覺。他無法理解語言，也無法翻譯在廣告上、路牌和房屋牆上看到的符號。然而這種無法走到目的地的遊客感受，無法和他內心想要一窺所謂工作室的感受相比。

他跟在安德拉的後頭走進低矮、沒有窗戶的地下室房間，這是他小時候就避免進去的地方。那時，所有大型垃圾都存放在這個地方，雖然他的父母從來不會把被丟棄的椅子、桌子、玩具、腳踏車和老舊的櫃子稱為大型垃圾。儘管現在房間不再那麼擁擠，米蘭還是覺得自己身處在一個陌生的世界，一個連會識字的人都無法理解的世界，明顯是一個瘋子的世界。

癡迷，這是當米蘭環顧四周時首先浮現在腦海中的想法。

這個格局方正的房間幾乎看不見原始的磚石牆，牆面上貼滿了照片、報紙文章、電腦影印的文件，以及被撕下來的書頁。

「小心！」安德拉警告他，但太遲了。米蘭已經一腳踩在一塊被卡爾索夫鋪滿上百張便挑紙的地板上。所有便條紙都用一種學術性的、拘泥小節的非常細小手寫字樣書寫而成。米蘭從他的運動鞋上拿下一張黃色的便條紙，然後找了一個可以安全地挪動腳步的地方。最後他別無選擇，為了走到桌子那裡，只能用腳將一疊檔案文件推到一邊去。那是一張在建築師事務所裡常見的製圖桌，工作檯稍微傾斜，這讓製圖桌看起來像一張非常巨大的白色講台。無數張照片用圖釘釘在桌面的木頭上，所有照片都呈現出同一張臉，拍攝的間隔大概超過十年以上。同時，這些照片像是依照時間軸順序由左而右排列。

「噢，這個混蛋。」當安德拉認出了那些照片中的男人時說道。

第一張照片看起來像從一份報紙剪下來的，那張照片就放在一張證件照旁邊。接下來的那一張可能是從網路上印下來的，米蘭對此也不是非常肯定，他不確定到底是不是能在網路上找到那些照片。他根本還沒用Google搜尋過任何東西。

「這些是什麼意思？」安德拉很想知道。

他欠她一個回答。因為米蘭也不知道，為什麼醫生要費盡心思把精力放在他身上。全神貫注在十四年前，醫生為了緩解從樓梯摔下來之後腦水腫產生的壓力，不得不打開腦袋的米蘭．貝爾格身上。

「我猜想他在對你進行治療時，出了什麼差錯，然後這個罪惡感一直折磨著他。」

「這些紙條上都寫了些什麼？」米蘭問，抱著一絲期望，希望能夠得到這怪異人格崇拜的解釋。安德拉從牆上隨意撕下兩張A4大小的紙，然後唸出也許是其中一張紙上的標題。

「新的活性物質會讓神經元再度生長。」

她換到第二張紙。

「赫爾姆霍爾茨幹細胞研究中心的研究團隊，為半身癱瘓的患者帶來一絲希望。」

米蘭搖了搖頭。「這和我根本扯不上任何關係，我並沒有半身癱瘓啊。」

「那為什麼會有這些照片呢？」安德拉指向放在桌上的那些照片。「難道你覺得卡爾索夫單純對你著迷，在工作的時候需要你來提升注意力嗎？」

無論他在這裡的工作意味著什麼。

她從牆上撕下了另一張紙，然後讀了出來：「『我們所看到的是一種疾病的逆轉。』華盛頓大學的葛雷克．布朗如此說道。」

「一種逆轉？」

哪一種疾病的逆轉？

指的是文盲嗎？**但不是啊，這又不是什麼疾病，不是什麼普遍所承認的障礙**。然而，安德拉彷彿用這段文章上面的話，找到了那把通往他記憶大門的鑰匙一樣。米蘭不得不再度想起了，在餐廳裡面和教授的相遇。

他感覺到教授的聲音就在現場環繞著，彷彿就站在他的旁邊一樣：**「如果你吃下這些藥的話，也許你就可以再次恢復閱讀能力了。」**

疾病的逆轉！

米蘭眨了眨眼，逼自己回到現實，安德拉繼續讀著文章：「新的方法可能可以輔助甚至取代血栓切除術。」

「什麼？」

她重複了一遍。米蘭理解這句話，只是不明白那個血栓什麼鬼的到底是什麼。

安德拉打開了書桌的其中一個抽屜。

「我的老天！」她抱怨道，雖然那只是可能放在抽屜裡面好幾天，已經腐爛發臭的半根香蕉而已。

「等一下。」米蘭說。安德拉正想要把那格抽屜關上，她也看到了放在抽屜裡的那個東西。

她從褲子的口袋裡拿出了一條手帕，然後用那條手帕拉出壓在香蕉下的病歷。

「病歷上寫的是我的名字，對吧？」

安德拉點了點頭，接著翻開那份咖啡色的夾式資料夾。那份資料夾塞滿了部份裝訂好的文件，其他部分的文件則是鬆散放在檔案夾中間。他們拿起了另一份報紙裡的文章。

「就是這裡。」米蘭只能認出當地報紙斗大標題下的這張照片，這張照片明顯就是這棟房子，他們現在就在這棟房子的地下室。這棟他在裡面成長，並且失去母親的房子。

「唸出來！」

他注意到安德拉閱讀的時候，是如何無聲地動她的嘴唇。

就像伊馮娜以前在學校必須完成一份困難的作業那樣。

最後安德拉睜大了雙眼。當她把那篇文章連同資料夾放下來的時候，她的表情震驚，像他以前從未見過她一樣。

「怎麼了？」

她搖了搖頭。輕聲說道：「我做不到。」

「這句話是什麼意思？」

安德拉仍然毫無反應，米蘭真的很想要搖著她的肩大喊：「到底這篇文章他媽的寫了些什麼？」

「我很抱歉，米蘭。」

她把資料夾放回抽屜。

「嘿！嘿！……等一下！」

他在後面對著她大叫，然而她並沒有動搖，不發一語地踩著地下室的階梯往上奔跑，直到他聽見她穿過門廳的腳步聲在頭頂上方迴盪，走出這棟房子，然後走進深夜。

40 庫爾特／柏林

失蹤尋人啟事！！！
懸賞金一百歐元。

米蘭繼承了我的藝術天份，庫爾特心想，滿意地看著那份他剛從記憶中抽出的傳單。其中還有圖釘和一棵多年前傳單被釘在上面的闊葉樹。當時他們花了兩個星期在找那隻身上有花色斑紋的公貓汀卡，但一無所獲。事實上那隻家貓連從暖氣上走三公尺到飼料碗那裡都懶，卻突然間像是被島嶼吞噬了一樣消失得無影無蹤。

他們分送以及張貼了好幾十份的傳單，把傳單貼在路樹上、廣告圓柱上、書店等地方。希爾德在酒館施圖柏本克魯格裡的吧台，貼了一張有那隻貓照片的傳單，讓那些週末經常在酒吧裡面飲酒作樂到凌晨三點的酒客們，能一眼就看到。「崩塌前仍屹立不搖的最後一道防線。」就像穿著襯衫的酒吧老闆娘常笑著說的那樣，這句話是在嘲諷那棟獨特的木屋，它離呂根島的陡峭海岸只有幾公尺遠而已。

天啊，這都是多久以前的事情了？

庫爾特從他安養院房內的書桌看向那張沒有使用過的床，然後放棄了睡覺這個念頭。

他今天不想再睡了。

老年人的床鋪逃亡，這是他以前開玩笑戲稱年長的病患在凌晨三點就已經穿越醫院的出口，走向咖啡自動販賣機的情況。只是今天，在他上床睡覺之前就已經開始床鋪逃亡了。

早上那通與卡爾索夫教授的短暫通話掀起了他內心的波瀾。自從那通電話之後，他再也沒有辦法靜下來。雖然在過去的惡魔來敲門時，他已經做了一切可能做錯的事。用翻找自己已故的生命摯愛的照片，讓自己沈浸在憂傷的回憶當中，並不是一個讓自己遠離意志消沈想法的適當防禦機制。

而回憶汀卡的失敗搜尋行動也不適當。

他們印了非常多傳單，庫爾特一直隨身攜帶，甚至連被要求和學校校長洛伊碧希女士進行談話的那一天也是。她是一位身材纖細、體態良好的女士，她雙頰紅潤，看起來總像是剛從健身房淋浴完，這也讓她得到了一個雙關的綽號「發情女士」。她綁了一頭俐落的馬尾，而且從不穿裙子或是連身裙，穿的多半是緊身褲、運動鞋和還有運動衫。她教的是德文和歷史。

「你兒子……」她以這句話開頭，庫爾特已經預料到接下來的談話和即將公佈的不甚理想的課業成績有關。

「是關於米蘭的升學嗎？」

這不是第一次了。當時學校寄來的警告信已經多到可以當作壁紙貼在貝爾格家的牆上，要不就是時不時獲得老師與家長對談的機會。

他們認為「庫特仔」的親切和藹特質，能讓他比尤塔更平靜地處理問題。每當尤塔感覺有人想對她的孩子不利，就會像潑婦一樣大罵。這也是為什麼庫爾特總是獨自參加這種面談。

「不是的。這跟他的升學沒有關係，應該說還沒有關係。貝爾格先生，我現在必須向你提出幾個問題，如果你想要的話，這些問題你也可以只用『是』或者『不是』來回答。」

你沒有再繼續毆打你太太了嗎？庫爾特想到了一個玩笑，這是一個讓人感到尷尬的問題，因為沒有辦法用「是」或者「不是」來回答。然而，這位女校長並沒有開玩笑話的心情。

「米蘭常尿床嗎？」

庫爾特已經記不得，他是張著嘴還是表情僵硬地瞪著洛伊碧希女士。搞不好他在整理思緒的同時，還環顧了一圈她擺設單調的辦公室，然後最後大概說了類似這樣的一句話：

「他都十四歲了。你怎麼會問這種問題？」

事實上這個毛病在米蘭十二歲的時候又復發了。好幾年來，他都沒有再尿過床，但從某一個夜晚開始，他突然沒辦法控制他的膀胱，也因此不想參加班級旅行。這證明了他的身體有抗利尿激素分泌不足的問題。他的身體產生的激素太少，這種激素會讓腎臟功能的活躍度在夜間降低。經過短暫的治療後，激素的分泌平衡恢復正常，那些不適的症狀就沒有再出現過了。

「也有成年人有這方面的困擾。」洛伊碧希解釋道。

「米蘭並沒有這種困擾。嗯，就我所知他並沒有這方面的困擾。」

「那火呢？」

「我不懂你的意思。」

「玩火。他會玩火嗎？」

在近乎二十年後的今天，那位女校長提出的這個問題仍在他的腦海中燃燒著。她所提出的那個問題，如焰火在這些歲月中一再地突然竄燒出來，強度不曾減弱。那時庫爾特輕而易舉地就想到了第三個間接證據，然而他並不知道這場對談最終會產生什麼樣的結果。

「我們今天在伊馮娜・法蘭肯菲爾德的置物櫃裡面找到了一些東西。」

「你是說在他的女朋友的置物櫃裡面嗎？」

「沒錯。」

「發現毒品嗎？」

「不是。但這個東西的嚴重性不亞於毒品。」

庫爾特重重地嘆了一口氣，然後想到了那本書。

原來指的是那本書啊。

「你不想找個時間把那本書物歸原主嗎？」在那本小說放在他房間裡面超過兩個月之後，他問米蘭。

《禮物》。

可以看得出來那是一本學校圖書館裡的書，但是在書本最後一頁的借閱欄位上，並沒有蓋任何借閱章。這說明了這本書並不是米蘭借來的，而是偷來的。

「是什麼東西？」他這樣問洛伊碧希女士，然後應她的要求，跟著她走出了辦公室，沿著樓梯往下走到教學大樓的一樓，這裡是生物教室所在的樓層。顯微鏡與其他上課用的教材，都存放在一個沒有開放、只有老師才能進去的房間裡面，其中存放的教材還包括了蝴蝶與剝製的野生動物標本。還有一個冰櫃存放著那些會產生更多衝擊的展示物件。洛伊碧希女士說：「我必須警告你，貝爾格先生。這不會是什麼美麗的畫面。」她一邊說著這句話，一邊掀開了那個冰櫃。事實上，這個說法過於輕描淡寫了眼前實際所見的景象。這就像形容一個被火車輾過的人，他看起來好像有點支離破碎而已。

汀卡看起來不再像印在傳單上面的那個汀卡了。牠看起來根本就不再像隻貓，反而像是一坨被人壓碎塞進一個皮囊的碎肉。

「他用那隻貓的腸子把牠給勒死了。」女校長譴責地說道。然而她並沒有說，這件事情是在那隻貓的雙眼被刺穿之前還是之後發生的。

「是誰幹的好事？」庫爾特低沈而沙啞地問道，即便是在這種情況下，他作夢也想不到這個問題的答案。

「是米蘭。同時我們抓到你兒子是如何把那隻貓放進置物櫃裡的。」

來到了這個他記憶中的轉捩點，這個他無法挽回他們所有人命運的時刻，庫爾特用拳頭朝書桌揮了一拳。接著緊緊抓著桌緣，彷彿可以透過這種方式避免自己在洶湧的思緒中被沖到更遠的地方去。

他用盡最大的意志力成功地站了起來，然後走到可以看見庭院中被風拍打著、一片葉子也沒有的菩提樹的窗戶邊。那搖曳的樹冠，讓菩提樹此時看起來就像是一群正在跳舞的巨人。

安魂曲大概是最適合他們舞蹈的音樂，庫爾特苦澀地想。

他走近窗邊，用那雙因為歲月而長出皺紋的雙手用力壓著窗戶玻璃，然後又想起了米蘭。

尿床。

玩火。

虐待動物。

他問自己，他的兒子是不是已經發現了真相。還有，在他回來殺死他父親之前，他還剩下多少時間。

41

米蘭／呂根島

米蘭只花了幾秒鐘的時間就從這個因震驚而停滯時刻回過神來，轉向跑去追安德拉，然而當他到了敞開的門口時，早已看不見安德拉的蹤影。最後看到的只剩那輛迷你庫柏轎車的車尾燈，然後車尾燈就在森林邊緣附近，開往圓環方向的轉角消失了。

你到底看到了什麼，讓你如此害怕？

米蘭不知所措地環顧著四周。先前在信號燈綻放中暴露的住宅區，在執勤的車輛撤退之後，看起來就像是一隻縮回黑暗甲殼裡沉睡的烏龜。拂過樹木、樹叢與整齊籬笆的颯颯風聲，讓人感覺到波羅的海近距離拍打到岸上的洶湧波濤。

當米蘭走到前院那片結凍的草皮時，所有感官都處於最高的警戒狀態。這片草皮在他還小的時候，還是一塊什麼都沒有的光禿。米蘭覺得好像在綿綿細雨中嘗到了鹽的味道，儘管氣味的傳播在冷天裡比在溫暖的空氣中還要差，他還是聞到了海洋的味道。他覺得自己的聽覺、感覺以及視覺從來沒有這麼好過，然而這些都沒辦法讓他察覺她的蹤跡。安德拉可能回柏林了，也可能只是開到最近的加油站而已。也許他永遠都不會知道她驚慌失措地逃跑的原因，因為那篇讓她驚慌失措的文章也被她一起帶走了。

「貝爾格先生？」

他先是嚇了一跳，然後轉身面對教授的妻子，接著為他讓冷空氣跑進房子裡而道歉。

「我現在就要走了。」他說道，即便他不知道自己要往哪裡去。他突然想到，他在匆忙之間沒有把他的病歷一起帶走，他應該用手機把他的病例掃描起來，然後再利用逐字轉錄程式把病例念出來。

「在這之前，能允許我再快速地看一下那個地下室嗎？」

她搖了搖頭。「現在已經很晚了，而且我現在覺得讓你進來根本是一個錯誤。」

「很抱歉打擾了你。」米蘭回答道，然後在她那張疲倦的面孔上，找尋著她突然沉默的蛛絲馬跡。「那就這樣，你今天最好不要再為其他不認識的人敞開大門了。」

他轉過身去，然而，卡爾索夫太太用她喃喃自語說出的道別攔住了米蘭。

「噢，對我而言你才不是什麼不認識的人。」她這樣說道。

米蘭愣住了。「你是指你從那些照片上知道我是誰嗎？」**掛在那間主人明顯失去理智的工作室裡的那些照片。**

卡爾索夫太太點了點頭。「還有你上一次來訪的時候。」

米蘭笑著笑著也惆悵了起來。這位女士今晚一定是累壞了。

「我之前沒有拜訪過你呢，卡爾索夫太太。」

「你的確沒來過，但你女朋友先前曾經來過。」

「安德拉？」

米蘭感覺到自己的傷疤下又開始跳動了，而且這股難受擴散開來，很快讓他的整個頭部感覺到一股壓力，就像戴了一頂太緊、過於服貼的機車安全帽。

「更確切地說，她來拜訪的人並不是我，而是我的先生。而且他們不是在這裡碰面的，而是在兩條街以外的那間義大利餐廳。那時還有一位孔武有力，看起來很兇惡的男子陪著她一起來。」那個人無庸置疑是君特，米蘭不得不這樣想。

「當時我才剛買完東西回到家，我只看到她一下子而已，而且還是從遠處看到的。」卡爾索夫太太拉起了睡袍的領子。「也許是因為這樣我才沒有馬上認出她，但是現在我很確定就是她。」

她把玩著一撮頭髮，將它弄直。

「那時我還覺得凶神惡煞傢伙身邊的那個女孩是多麼整潔伶俐。」

「那究竟是什麼時候的事了？」米蘭一臉狐疑地問道。**一定是哪裡搞錯了。**「整潔伶俐」並不是在看見安德拉時，第一個會想到的詞彙。然而對於浩克左右手的形容非常貼切。

「我想，應該是七月底的時候吧。我先生後來說她在找博士指導教授的醫學系學生。」

她的目光變得很堅定。「是七月底。」她重複道，米蘭突然明白為什麼她會那麼排斥反感了，她一定是得出了非常可怕的結論才會這樣。

她覺得我們就是卡爾索夫企圖自殺的原因。現在米蘭也和安德拉一樣準備要逃跑了。但是不是跟在他的女朋友後面。而是往相反的方向逃走。

「只不過我好奇的是，為什麼我沒有再早一點就注意到這點呢？」他在教授的太太把他面前的那扇門關給關上之前，聽見她以沙啞的嗓音說道，「但是在我先生失去理智之前，我還是頭一次見到你女朋友。」

42

如果要到施圖本克魯格這間酒館的話，有一條避開柏油公路的捷徑，但是這條捷徑會越過田野穿過森林。那是一條由大家所踩踏出來的狹窄路徑，即便在日光照射的情況下，也很難區分出這條路徑與大樹底下的矮樹叢。可以料想得到的是，在晚上只拿著手機的手電筒的話，扭傷腳踝只是最輕微的狀況。儘管如此，米蘭還是選擇了這條能夠通往他所能找到今晚唯一可能還開著的地方的路徑。現在已經是星期六了，而施圖本克魯格是方圓三十公里以內，唯一一間沒有宵禁的小酒館。安德拉把車給開走了，連同他放在汽車後座的冬季外套也一起帶走了。所以在只有穿著運動鞋、運動衫以及牛仔褲的情況下，必須盡快找到一個溫暖的地方來過夜。

至少，萬一安德拉突然間回心轉意、打下倒車擋往回開的話，在這裡和安德拉碰面也沒什麼風險。即便米蘭覺得很無助，沒有車也沒有人陪在身旁，他還是很想暫時獨處，好讓他思索幾小時前所發生的瘋狂事情。

雖然他幾乎沒辦法整理他的思緒，因為他手機上的狹窄光束只能照亮在最後一秒才會看見圍繞在路邊闊葉林的小小範圍而已。米蘭的感官不得不全神貫注在四周，把注意力放在樹枝隨著風而彎曲的咆嘯聲、劈啪聲、嘎吱聲以及樹葉、樹幹、樹皮與大樹底下茂密灌木叢的斷裂聲響。

此外，在這些聲響當中，每往前走一步，洶湧海浪拍打在陡峭礁石上的聲音就越來越大，大海的氣味也更加強烈。如果米蘭是個膽小容易受到驚嚇的人的話，那在此時突如其來地劃破黑暗的鈴聲響起時，可能會因為害怕而瘋狂大叫、嚇得花容失色。然而他只是氣喘吁吁地吐了一口氣，然後順利地接起電話，終結了那個嚇人的鈴聲。

「喂？」

他聽見有人在啜泣，深呼吸後又再次抽泣。

「安德拉？」

隨後他聽到的確實是女性的聲音，但是比他女朋友的聲音還要年輕許多。

「我在浴室。」電話那頭的女孩說，她惶恐不安、痛苦的語氣與他一天前在富豪轎車後座看見雙眼哭得腫脹的青少年形象相符。

這是他第一次在被綁架的女孩沒有遭受酷刑的情況下聽到她的聲音。

「柔伊！你在哪裡？到底是在什麼地方？你知道地址嗎？」米蘭就這樣站在原地一步也不動，因為他唯一的光源就在他的耳邊，他現在只看得見黑影和朦朧不清的輪廓而已。

「不。我不知道。這裡是一間汽車旅館，在高速公路附近。」

高速公路。也就是說他們還在德國本土上。如果他們是真的想要往呂根島的話。

「你現在是從浴室打給我嗎？」

「浴室裡面有一支電話。雅各以為它壞掉了，但是只要把電話線接上就可以了。」

聰明的女孩。

「雅各現在在哪裡？」

「他睡在門的前面，這樣我就沒辦法出去了。媽媽現在躺在床上。」

媽媽。

這個字通常會和正面的事物連結在一起，諸如：愛、安全、溫暖以及活著，而不是和苦難、痛苦還有死亡聯想在一起。

所以，也就是說那個女綁架犯，事實上是柔伊的媽媽。

這真的是一起綁架事件嗎？

米蘭的雙眼逐漸適應了森林的陰影輪廓，所以他試著慢慢地再次走上那條小徑。

「我收到你的訊息了。恩德。這是你們的姓氏，對嗎？」

「對。」

「所以雅各是你的爸爸嗎？」

你們是一個家庭。一個死亡的家庭。

「不是。」那個女孩回答道，「這很複雜。」

這條路有一個半彎的拐彎，突然米蘭的看到了一個吸引他目光，讓他感到困惑的東西。

距離海岸大約兩百公尺距離的地方，有一道溫暖的光線穿過了樹枝，像是要指引他道路的樣子。米蘭不記得當年那個酒吧有這麼明顯的室外照明，然後在一股衝動下猶豫著到底要不要躲起來。

但是他為什麼要躲起來呢？那道光就靜靜地照射過來，一動也不動。那不是朝著他照射的光。

「雅各是誰？」他問道。

如果不是你爸的話，他又是什麼人？

柔伊的聲音聽起來非常不安，不安到沒有辦法專心聽他說話。

「拜託了，你可以過來接我嗎？」

「我不知道你在哪裡。但是你專心聽我說，我……我會竭盡所能地做我能做到的事情。你現在最好掛斷電話然後報警。」

「我必須掛斷電話了。」

「等等，不要掛斷電話。打一一〇說『救命』，然後就把話筒放在旁邊，警方會追蹤電話來源的。」

希望他們真的會這樣做。

「沒辦法，我聽見腳步聲了。」

不久後，通話突然中斷了。

米蘭跌到了，不管生理上或精神上都倒了下來。起初他還以為是某個襲擊者把他打倒，然而只是一個不知道從哪裡冒出來的籬笆讓他在後退的時候失去了平衡，絆倒了他。與此同時，他聽見女孩在電話掛斷之前說了四句話，而且她所說的最後一句像炸彈一樣在他的腦海中炸開。

「拜託，救救我！」柔伊說道。「拜託救救我，爸爸。」

43 雅各

他用力地將門往內推，力道大到讓門撞向浴缸的邊緣。

「這他媽的到底是什麼鬼？」他對著她大喊。這種**再次**被欺騙的感受，讓他心跳加速。

雅各從沒聽過「因為憤怒而盲目」這句話。每當他怒髮衝冠的時後，他會看得更清楚、更清晰，而且他的目光每一秒鐘都會發現能惹他更生氣的新細節。例如她眼中嘲弄般的火花、還有實際上應該對他心生畏懼的女孩臉上那抹不合時宜挖苦般的微笑。她應該要害怕他這個手裡拿著電鑽的魁武男人才對。

然而她卻用堅定而無所畏懼的眼神嘲笑他。

他媽的。他知道，只要他再向她靠近一步，就會想殺了她，然後一切就會結束了，因為沒有她在的話，他也沒辦法完成這件事情。所以他雙手緊緊地抓住門邊，彷彿他的憤怒是一場暴風雨，可以從後面緊緊抓住他，把他吹進旅館的浴室裡一樣。他痛恨自己的悲慘，對此他沒有辦法就這樣吞下他受傷的自尊。因為他知道當他對她大吼道：「為什麼你會叫他爸爸？**到—底—為—什—麼？**」的時候，一定會讓這個該死的女孩滿意地聽見他聲音中的傷害。

44

爸爸？

這個想法就像投了錢之後，卡在自動販賣機裡的可樂一樣，困在思考的迴圈當中。米蘭本來是想要用敲打那台卡住的自動販賣機外殼一樣大的力氣來敲打自己的額頭，但是他知道這於事無補。

這個想法根本就屹立不搖、毫不鬆動，甚至不會消除。不管在什麼情況下，這個想法都不會消失。

爸爸？

對啊，那個女孩說了爸爸，他並沒有聽錯，而且正常來說，這個字沒有什麼其他的解釋。即便如此，柔伊想要表達的應該不是那個意思。因為那個女孩幾歲了？**十三歲？十四歲？**

如果真的是他生了她，那當時應該和她現在差不多大。但是當時在呂根島上，伊馮娜根本沒有「給他機會證明」。在某天晚上，他們差點就要上床了。他們一起躺在他那間兒童房的床上，聽著浪漫的音樂。米蘭那時只穿了一件寬鬆的四角褲，伊馮娜穿著他那件對她來說太大的灰色長袖棉質運動衫，這是他用來讓她罩著的，因為那時房子裡面太冷了。當時對米蘭來說是個異常涼爽的夏日，是一個上帝贈與的禮物，上帝賜予他一個打開浪漫壁爐的機會。當他們上樓時（母親已經睡了），他可以擁抱著她，並撫摸她的身體讓她暖活起來。他輕撫著伊馮娜的雙臂、背部、解開的內衣下的肌膚。

要是米蘭沒有把「我真的是你初夜的對象嗎？」這個問題給搞砸的話，**那麼這一切就會不一樣了，不是嗎？今天我也許就是另外一個人了？**他幾乎沒有進入她，那時伊馮娜還笑了出來，嘲弄了他的童子之身一番。

至少他是這樣解釋她的笑聲的，他從來就沒有辦法很確定伊馮娜的笑是什麼意思。她的笑聲會讓人感到煩躁，她常常會在不合時宜的地方笑出來。在課堂上進行課堂測驗的時候，當大家看到電影裡的悲傷情節的時候。因為在她的思緒煙火當中已經快了十步，或是花時間盡情享受一個對他人來說早就發生過的時刻。

難道他不認為自己是唯一一個不同於那些因她的差異而感到有趣的人嗎？為什麼他只問了她這個不必要的問題，然後離開她了？最後破壞那個時刻以及那晚的人難道是他而不是她嗎？

當他今天回想起這件事情的時候，他的臉頰因為羞恥而轉紅。

羞恥？

還是，那時是憤怒呢？

有時候，他會在他的夢境中看見自己舉起手作勢要打人，聽見甩巴掌的霹啪聲，但是這不可能啊，對吧？那個時候他並沒有這樣做。

還是他就是這樣做了呢？

不對，他那個時候反應過度了，這是可以肯定的，但是他最後控制住了自己。那天晚上是他住在他父母房子中的最後一個晚上。

因為那晚還發生了火災。

不對。那天晚上發生了很多事情，但是沒有任何新生命出現。事情正好相反，有一條生命被奪走了。

他從那條森林中的路徑上重新爬了起來。他不可能是柔伊的爸爸。

他把注意力轉向了下一個更具體的謎團。他在剛剛直接撞到了它。

一道籬笆？

他搖了搖那個冰冷的金屬桿。

在他的童年時光裡，這裡並沒有這個東西。

這到底是要幹嘛？讓喝醉的人遠離酒精嗎？

米蘭沿著那道兩公尺高、加裝了鐵絲流刺網保護的路障，繼續往東走了大概三十步。然後接著他發現這不是他在過去幾年間錯過的唯一改變。

施圖本克魯格這間酒館已經不復存在。雖然那間酒管的木屋依舊存在，但是已經難以讓人聯想起島上居民們昔日碰面的地方了。曾經這裡是村莊中的年輕人、腳踏車騎士，還有那些對花俏旅遊紀念品商家不屑一顧的長期居民們碰面的地方。現在施圖本克魯格已經不再是什麼酒館了。當時客人對啤酒以及加水的烈酒嗤之以鼻的陰暗酒吧，變成一間五星級飯店。這間飯店還附設了一條與百萬富翁的高級別墅相配的迎賓車道。

米蘭邁步穿過了雙葉門，走在平整的礫石路上，通往一幢燈光不太明亮的主屋。這棟現代的水泥與玻璃建築就蓋在酒館的木屋周圍，礫石路的左右兩邊有著與膝蓋同高的戶外照明圍繞著車道。

米蘭可以看見像是有人細心照料的高爾夫球場草坪，樹木與平緩的小山丘群分散在草坪上。當年原本是戶外停車場的地方，現在有明亮的指示牌標示了網球場以及游泳池。以前摩托車直接停在酒館前面的區域，現在設置了通往玻璃自動大門的優雅石製階梯。

米蘭走進了那間部分被拆除的木屋，發現自己格格不入。他那雙骯髒的鞋子在如鏡子般光滑的大理石上，黑得像是他牛仔褲上的髒污一樣。

他聽到了細微的古典鋼琴音樂，還聞到了香草味的室內香氛，這個室內香氛可能比他送給安德拉當作生日禮物的那瓶貴重香水還要更貴。

米蘭背後的玻璃門再度關了起來，也擋住了風。環繞著他的舒適溫暖，讓他感到不寒而慄。

哇。大概是有建築師在這裡發怒吧。

他在接待櫃檯那裡環顧著四周，然後又發現了兩件事：施圖本克魯格這間酒館當年所使用的櫃臺被留下來做成了接待櫃檯所使用的櫃檯；他還認出了站在接待櫃檯後面那位一臉震驚的男子，顯然那名男子有擅長記住每個人名字的記憶力：「米蘭？米蘭・貝爾格？」那位接待櫃檯的人員開口笑了，還露出了與那張削瘦臉龐相襯的牙齒，對牙齒美白師來說，這些牙齒可能太白了。就連在天花板聚光燈的奶油色朦朧燈光中，那些牙齒的亮白就像迪斯可舞廳中的黑光燈一樣閃耀著。

「**你**到底是在這裡丟了什麼鳥東西？而且還是在這種時間點？」

米蘭想在褲子口袋裡找條手帕把他的鼻子擦乾淨，但怎麼找也找不到，於是走到了櫃檯。這位瘦弱、一頭紅髮的傢伙身上穿的深藍色的飯店制服好像是訂做的。米蘭小時候一定很常和他見面，話雖如此，但他卻一點也想不起他的名字。想當然耳，別在夾克上的黃銅色名牌也沒有什麼幫助。

馬丁・巴史元宀支人二其土斤其

「我需要一個房間。」米蘭說，並摸找著他的錢包，幸好錢包沒有放在忘在車裡的那件夾克裡。錢包裡的錢加上他爸爸給的那筆錢，包含了他爸爸的那張簽帳卡，現在他身上的財產總共有將近一百二十歐。

「你？想要在這裡訂一間房？你認真的嗎？」

那位接待櫃檯的人員把手伸向了一台電腦的滑鼠，然後眼睛盯著電腦螢幕看。同時舔了一下自己的上唇，然後就在這個時刻，米蘭想起來了。

「口水男史浦克！」他脫口而出地說道，然後在他說脫口而出了這句話的這一秒鐘，他後悔了。馬丁・史巴寇夫斯基，蔬菜店老闆的紅髮瘦皮猴兒子總是在課堂測驗中非常聚精會神，專心到口水都從嘴角低到了紙上。

「已經很久沒有人這樣叫我了。」史巴寇夫斯基的視線一點也沒有移開電腦螢幕地說道。

希望也沒有人叫你去吃「土耳其旋轉烤肉」了。這是學校裡頭那群喜歡打架的人之間流行的儀式，米蘭曾經有一段時間是這群人的老大。他們會找一片學校操場上的大片菩提樹葉，盡可能把越多塵土、泥土還有葉子搜集在那一大片樹葉上，然後把這一坨「土耳其旋轉烤肉」往受害者的臉上壓，直到受害者呼吸困難、急促地呼吸為止。曾經有過一段時間，這個土耳其旋轉烤肉是口水男史浦譜克「菜單」上排行很前面的菜色。

史巴寇夫斯基嘆了口氣，把頭從螢幕那抬了起來，很遺憾地說：「可惜房間都被訂滿了。」米蘭並沒有辦法聽出弦外之音，不知道他說的是實話，或者只是對他遲來的報復。

「已經客滿了的話，你還要盯著電腦看這麼久嗎？少來了！」

米蘭感到怒火油然而生，但是在他內心熊熊燃燒的怒火沒有機會繼續擴大，因為他有了一個有點荒謬而且難以置信的想法。或許柔伊說她在一間汽車旅館裡的時候，是她自己搞錯了。也許他們麻醉了柔伊，或遮住了她的雙眼，然後她把大海的聲音和高速公路上的車流聲給搞混了。

「今晚上是不是湊巧有一個家庭入住？爸爸、媽媽和一個孩子？也許是在你值班前的上一個班入住的？」史巴寇夫斯基看起來似乎被逗得很開心。「這裡是完全禁止兒童入住的。絕對不可能。這裡是十八歲以上才能入住的飯店。」

多討喜啊。

那個櫃檯的人員拉了拉自己的耳垂，裝作勉強才鬆口說出來的樣子。「你仔細聽，米蘭。看在昔日美好時光的份上……」

那段我常常取笑你的美好時光。

「我可以給你一間特別套房。只不過那間套房……」

「很貴？」

他搖了搖頭。「不是，正好相反。我只跟你收一半的房價。那間套房有一點，嗯，這樣說好了，有點亂。」

「沒整理過嗎？」

「是沒有精心地重新整修過。」

米蘭疑惑地皺起眉頭。

「有一位客人今天早上才從二一一號房搬進二一三號房。」史巴寇夫斯基解釋道，而且還降低了音量。「那個人最近這幾個星期把二一一號房弄得一塌糊塗。被扯壞的把手、火燒過的痕跡、壞掉的電視。這是已經習以為常的程序了。」

「什麼叫做那位客人搬到另一個房間？我希望你們把他給趕出去！」

史巴寇夫斯基聳了聳肩膀。「可以的話我們也很想啊，但是他付的錢很可觀。基本上他就住在這裡。」

「他住在這裡？」卡爾索夫太太的聲音迴盪在他的耳中，她的丈夫為了買那個房子付出太多太多錢了。

「真的是太荒唐了。那位賣家現在就住在島上最好的飯店套房裡。」

米蘭將身體前傾，然後輕聲說話，因為他知道豪華飯店裡面的某些資訊事實上是不能透露給別人的。但是當他問出問題的時候，口水男史浦克眼中最細微的反應對他來說也已經夠了：「這位長期居住的住客，不會剛好就叫法蘭克—埃博爾哈爾德特．恩德吧？」

45 安德拉

「我搞砸了。」安德拉說，然後把手機從冰冷的耳朵換到另一邊。她把她的迷你庫柏轎車停在帕爾克街上，然後跑了五十公尺到薩納醫院。

這棟現代化的盒形建築是這座島上唯一的醫院，這座島真的是他媽的非常大，大到讓安德拉在這個時間點還必須開近一個小時才能從羅梅到貝爾根。

「他在十二點〇五號房。」蘭佩爾特說，他的聲音是現在唯一能給她安慰的東西。一切都搞砸了。自從她離開以後，沒有一件事情是按照計畫進行的。先是米蘭看到蘭佩爾特傳來簡訊而顯示的聯絡人照片，對他們之間的聯絡感到驚訝。但是他沒有勇氣問她，沒過多久之後，他們忙於幫那個喪心病狂的瘋子把屍體藏在布蘭登堡的森林裡面。再來是與老卡爾索夫太太讓人驚慌失措的相遇。在米蘭父母家中的地下室裡，當她拿到那篇十四年前撰寫的文章時，安德拉變得異常憤怒。

縱火？根據不具名的指示：消防專家們再一次檢查起火的原因。

該死，她要怎麼把那個唸出來給米蘭聽？另一方面，她不應該失去冷靜的，但是在她今天不得不忍受一連串的錯誤與災難之後，失去冷靜也很合理。

「你怎麼那麼快就找出他住宿的地方？」她這樣問蘭佩爾特。

「君特打了一通電話，假裝自己是卡爾索夫家族的律師。他向醫院施壓，不準把任何關於企圖自殺的事情透露給媒體。他口才非常好，很能讓人信服，就像你知道的那樣。」

沒錯，他很能說服人。

「十二點〇五號房在二樓，內科。是主樓裡的一間單人房，這個房間應該是當時醫院老闆的房間。那裡有一個通往開放吸菸森林那側的緊急逃生出口。」

安德拉在正門上方有柱子支撐的門廊視線範圍中轉過身來。「我現在問的不是君特是從哪裡得知的。」

「從我這裡知道的。」浩克說。「我在島上有一家餐廳。」**哪裡沒有你的餐廳？**

「我的一位清潔婦也在醫院裡工作。她說如果你需要一件工作服的話，你可以在右邊第一扇門的緊急出口後面找到。」

「沒有偽裝的話也行得通。」

「確定嗎？如果你要等三個小時的話，君特會陪著你。」

「我自己一個人也可以辦到。」

她結束了通話，然後踏上階梯往上走。在經歷外面的冷冽之後，加溫過的空氣是一件舒適的事。然而她的鼻環和眉環就像慢慢解凍的肌膚下，在燃燒著的發熱的針。

找到那個走廊和浩克說的房間並不需要耗費太多時間。在這個時間點，走道上不會有人，不會有任何人看到她怎麼開門消失在那間單人房裡。

「教授先生？」

他平躺在床上，雙眼睜開地盯著房間天花板看。雙臂放在硬邦邦的棉被上，綁在手腕動脈上的止血帶清晰可見。

儘管吊著定量的點滴，但他的肌膚蒼白、毫無血色。

「你是？」他的呼吸聞起來有假牙和胃酸的味道。他看上去很疲倦，似乎並不驚訝會看到她。

「你為什麼要這樣做？」安德拉馬上開門見山地這樣問道。

他花了一些時間給了一個無奈的答案。「因為我找不到任何不這麼做的理由了。」

「我剛剛去找過你太太了。」

「所以呢？」他的眼神中既沒有好奇，也沒有驚訝。只有宿命而已。

「我覺得他認出我來了，她用非常特別的方式上下打量觀察我。」

安德拉看了看四周。在這個沒有什麼裝潢的病房裡，並沒有任何個人物品。卡爾索夫太太當時應該也沒辦法把裝滿她先生物品的袋子一起拿給救難隊才對。

「我應該要告訴她的。」卡爾索夫喃喃自語地道。「早知道我就不要把她排除在外了。婚姻就是為了這種事情而存在的，不是嗎？分享所有事物。」

安德拉聳了聳肩。「你很快就會有機會了啊，把一切都告訴她的機會。還有關於這件事情也是。」

她拿了那份從地下室帶出來的文章給他看。「為什麼你要留著這份文章？」

卡爾索夫咬了咬自己的下嘴唇，然後安德拉做了她稍早之前拒絕米蘭的事情。她讀道：

「在接到一則匿名舉報後，來自施特拉勒松德的消防專家們，再次檢視了兩週前發生在羅梅的獨棟住宅火災原因，該起大火造成一名女性身亡。據稱，一名目擊證人提供了縱火的證據，進而成為了可能的殺人犯罪行為證據。」

安德拉把那篇舊報紙上的文章轉了過來，好讓卡爾索夫可以看見那張編輯部為了這篇報導所選的照片。照片上是剛從島上醫院出院的庫爾特．貝爾格，也就是米蘭的父親。大概是因為媒體法的原因，所以他的臉被打上了馬賽克，但如果你知道你正在看誰的話，那個姿勢和體態是很明顯的。

「在那個男人後面，站在入口處的人是你嗎？」她指向一位躲避鏡頭、身穿白袍的男性。

卡爾索夫虛弱地點了點頭。

「所以你是當年那位匿名的目擊者嗎？」

他搖了搖頭。「不是。當年匿名報案的人不是我。」

但是儘管如此，那股罪惡感仍痛苦地折磨他，痛苦到讓他在十四年之後想要自殺。

卡爾索夫將手伸向她的手。他的手指頭就像雪一樣冰冷，他握手的力道弱得就像蹣跚學步的小孩子一樣。

「你為什麼要回來這裡呢？」

這就說來話長了。事實她和你一點直接關係都沒有，教授。

「我在找一個女孩。」她說道，然後拿出了另一張照片。這一次她給他看的是她和米蘭在柏林的那棟空無一人的別墅裡頭所找到的照片。

「她是那個女孩嗎？那個讓你產生愧疚的女孩？」

卡爾索夫把下巴壓向骨瘦如柴的胸口，同時凝視著柔伊的照片，什麼也沒說。最後他的眼角流出了眼淚，流到了他的臉頰上。

這對安德拉來說足以當作回答了。「她去過你的診所。是誰帶著她去的？她的媽媽，還是爸爸？」

他搖頭。「是她媽媽來找我的。」

「我可以在哪裡找到她？」

「在他們大家一起住的地方。奶奶、媽媽、繼父。」他輕聲說出那個地方的名字，但幾乎聽不見，然後他又重複說了一次：「她需要幫忙。」但是與之前相比，他的聲音更加虛弱和灰心。

安德拉伸手去拿床頭櫃上的玻璃水壺，然後把水倒進一個紙杯裡。

「來吧，教授。你需要喝點水才行。你失血過多了。」

他點了點頭，當她把杯子放到他嘴邊的時候，他張開了嘴巴。由於太過於無力，而且太過疲倦，讓他沒有注意到在他喝下第一口水之前，她把一顆很小的藥片放在他的舌頭上。

「好好喝下去吧。」她說。「然後睡個好覺，明天世界會更美好的。」

46

米蘭

鼻子隨著火爐裡木柴燒得劈劈啪啪的聲響骨折了，腳趾骨無聲地粉碎了，或者至少在那個男性的慘叫中蓋過了腳趾骨粉碎的聲音。

在米蘭用力地把鼻子往門片撞過去，然後把住在二一三號套房裡那位房客的腳趾撞進牆裡的時候，他根本沒有使出全力。

「**客房服務**。」他說。在敲了幾分鐘的門之後，掛有鍊條的門終於打開了。一張充滿皺紋、不修邊幅的臉孔出現在門縫中，面容醜陋而且還很憤怒，就像傑克・尼克遜在電影《鬼店》的斧頭場景中所飾演的那個面容醜陋的人。

「現在是早上七點。我什麼也沒有叫啊，你們這群白癡。」

「但你不就是法蘭克—埃博爾哈爾德特・恩德嗎？」

「是啊，而且那個法蘭克—埃博爾哈爾德特・恩德現在馬上就要扯開你的屁股。」那位年約六十歲的老人這樣回答道。米蘭在聽到那聲「是啊」之後，抓準了時間向後退了兩步，然後開始助跑，接著就這樣進行他在只睡了兩個小時後，在房間裡頭想出來的計畫：

第一步：敲門；第二步：衝撞；第三步：質問。

前兩點都已經完成了，現在法蘭克—埃博爾哈爾德特．恩德流著血躺在他面前的地毯上。其中一隻手壓在鼻子上，另一隻手壓著骨頭碎裂的腳趾，兩都沒無法阻止那些奶油色的長絨毛地毯被染成紅色。

「你賞奧位我做什麼？，你這個混帳！」恩德口齒不清地喊叫，幾乎無法聽懂他在說什麼。他頭上幾撮白髮就像頭頂揚起的帆一樣聳立著，那套閃亮的銀色睡衣在跌倒的時候被扯破了。米蘭可以看見他毛茸茸如氣球的肚子，還有一個尺寸會讓十六歲少女自豪的男性胸部。他的下半身赤裸，短小的陰莖幾乎被陰毛給遮住了。

「浪偶肘。」恩德咆哮道，但在米蘭緊緊地抓著他的衣領，將他拖進套房裡的門廊時，他幾乎沒有做什麼反抗。

平面圖就和他的套房一模一樣，只不過窗戶是面向海邊，而且傢俱還沒有被破壞。那張淺色的沙發還沒有燒過的痕跡，前面的那張玻璃桌沒有裂痕。那台像電影院布幕的曲面液晶螢幕電視還掛在牆上，而房間內的冰箱依舊鑲嵌在漂流木作成的系統櫃裡面，而不是被拉出來放在房間的中央。只是那個放在獨立臥室裡一公尺高的彈簧床被弄得很亂，荒謬地像是恩德在那堆枕頭之間跟一頭大象打完架一樣。

「你賞奧位我做什麼？」

臥室連通著臥室的浴室。米蘭用掛在門上的飯店浴袍腰帶，把恩德綁在電熱毛巾架的桿子上。

接著他打開蓮蓬頭以及浴缸的水。

「這樣一來你的叫聲就不會把其他住客吵醒了。」他向恩德解釋道。恩德因為憤怒而猙獰的目光由下而上地瞪著他。隨著他的疼痛減緩，力氣似乎也跟著回復了。他拉扯著束縛住的腰帶，那只會讓腰帶變得更緊而已。但是他眼中無畏的眼神告訴米蘭，他正在做對的事情。那個老傢伙沒有受過訓練，軟弱不結實，而且也沒有力氣。但是他有著瘋子的勇氣，所用的詞彙毫無理性可言。

就只是空有蠻力而已。

米蘭以前在街頭上常常遇到這類傢伙，對付這些人無法講道理，只能用蠻力來讓他們信服。充其量讓米蘭覺得驚訝的是，毆打一個陌生人對他來說竟然如此輕而易舉。

「他在哪？」

他把一張淋浴椅拉了過來，盡量靠近恩德，然後坐了下來，但沒有進入他赤腳的半徑範圍內，以防恩德想要踢他。

「誰？」

「你兒子在哪裡？」他明確地問道。

「你瘋了嗎？你知道你在惹誰嗎？」

「他—在—哪—裡？」

他沒有問他第三次，再問第三次也沒有必要。恩德翻了白眼，然後短促但很用力地咳了一下，用力到他雙手被綁住的身體，像是被進行訓練的人揮拳打中的沙包。「我怎麼會知道雅各跑到哪去了。你瘋了嗎？」

恩德的回答證實了兩個明顯的猜測：這個醜陋的胖子真的有一個兒子，柔伊把他的姓氏編寫成密碼藏在無障礙廁所的牆上留給米蘭。以及雅各決定放手一搏，而且不會留下任何目擊者，要不然他不會跟他透露出他真實的名字。

「在哪裡？」

「就我所知，他大概跟他的女人在一起。」恩德把鼻子抬高，米蘭等著他把血和鼻涕吞下去為止，然後說：「是啊。他確實是跟他的女人在一起。而且他還綁架了他們自己的孩子。」

「嗯，我不是律師。但是如果牽扯到自己的孩子的話，這還叫做綁架嗎？」恩德竭盡他那張被打爛的臉之所能地露出牙齒笑了。

「如果你兒子在呂根島上的話，能在哪裡找到他？」

「在索勒菲格家。」

「他老婆嗎？」

「其實比較像是他的奶奶。」恩德笑道。

「她住在這座島上嗎？」

「沒有，她住在馬尼拉，就在轉角那裡，你這個混蛋。」

雅各的父親當著他的面吐了一口口水，隨後米蘭離開了浴室。

「這是要做什麼？」恩德問道。米蘭從臥室走回來，然後把那支在床頭櫃上一疊色情雜誌旁邊找到的手機放在他斷掉的鼻子下。

「打給他。」

「啥？」

米蘭緊緊抓住恩德最後幾撮頭髮，然後把他的頭往後扯。

「聽不清楚嗎？現在給我打給你兒子！」

「不然你想怎麼樣？」

作為回應，米蘭把拇指放在他斷掉的鼻子上，然後把斷裂的鼻中隔推得更旁邊。他一直等到聲音大到蓋過不斷流洩水聲的尖叫變小為止，然後作勢要往恩德的腳踩過去，但是他早就已經開始大叫了：「好啦，好啦。我打給他。他媽的，我的天啊。我他媽的要跟他說什麼啊？」

「說你想要在這和他見面。叫他過來。馬上。」

恩德緊張地閉上了眼睛一會。

「老兄，我們不怎麼說話的，我們之間的關係不太好。他怎麼會想來見我？」

米蘭思考了一下。雅各爸爸的狀態不太好，他的呼吸聞起來有血和酒精的味道，所以不管他想或不想，都必須給他一些策略性的協助。

「雅各是做什麼工作的？」

「他是做遺產處理人的。」

由於鼻腔含糊地發音的關係，一開始米蘭誤會了他的意思。

「主理人？」

「要是真的是當主管就好了。我說的是處理人。雅各會清空房屋，把去世的人的傢具舊貨和器具拿去賣掉。有時候會做搬家的工作。」

米蘭思索著。

「跟他說飯店有一大筆訂單要給他做。」

恩德笑了，然後對他吐了一口摻雜著血的口水到他腳邊。

「這樣他會馬上掛掉電話的。除此之外，星期六一大早打給他的話，他根本就不會接話。雅各比昏迷的病患還更不喜歡工作，只有用中樂透彩券或是免費的妓女才能把他吸引出來。」

「那就這樣做吧。」

「什麼？」

「妓女。告訴他，你有個朋友包下了飯店的一整層樓，然後有一場性愛派對。叫他要快點過來。」

「為什麼？你想對他做什麼？」

「照我說的去做就對了。」

「一場性愛派對？他不可能會相信我的。」

「那就用更有說服力的方式跟他說，否則……」

米蘭把手快速地伸向前，然後停在他的鼻子前面。恩德嚇得猛烈後退，讓他的頭撞到了毛巾電熱架。

「混蛋。好吧。我做。」

米蘭把手機放在他面前，但因為鼻子斷裂和血的緣故，恩德沒有辦法用臉解鎖手機。

於是米蘭長按著右側邊的按鍵，直到帶有舒服女聲的 Siri 出現，這個輔助軟體很常在困境中解救他，譬如當他迷路而不得不問路或幫他撥電話。多虧這個軟體的協助，那些號碼才能儲存在他的聯絡人清單裡面。

「用 Siri 打電話給雅各。」他命令恩德，而他也如實照做了，然而前三次都沒有成功撥出電話。直到雅各的父親從鼻子擤出一大把的血後，他的聲音才變得稍微能聽得懂，然後 Siri 也接受了他的指令。

打給雅各的電話馬上就撥通了。

電話那頭發出了喀嚓聲，即便米蘭沒有把手機轉成擴音，但是電話那頭大聲且粗暴的「你想要幹嘛？」，讓他再次確認了綁架犯的聲音。

「嘿，你好，兒子。」爸爸用裝出來的快樂說道。「你不會相信這裡發生了什麼事情。」

他對米蘭眨了眨眼睛。

「你跟我說過的那個傢伙——米蘭·貝爾格。他真的來了。」

47

「被當成傀儡的感覺如何啊？」

米蘭從浴室走了出來，經過臥室走到套房的客廳。他的手緊緊地握著手機，緊到能聽見手機殼發出霹啪的聲響。

「我要殺了你。先殺了你爸，再來殺掉你，然後……」

「噓，噓，噓。我爸對我來說根本沒差，我不在乎。那個蠢貨覺得沒必要分給我任何一分錢。他在飯店裡過著像蘇丹和後宮妻妾般的生活，拒絕救濟我。你就幫我打瞎他的眼吧，我不在乎。」

米蘭走到窗邊，拉開窗簾，望向大海。

如果他沒記錯的話，幾百海里外的地方應該是瑞典于斯塔德，也就是韋蘭德犯罪小說系列中的主場景。如果可以的話，他很想讀讀看這個犯罪系列的紙本書，而不只是看電視播出的系列影集而已。暗潮會從那裡往陡峭的海岸前進，新落成的飯店就像燈塔一樣聳立在那陡峭的海岸上。正常的情況下，從這裡可以看見波羅的海上黎明到日出的變化，而且那美麗得令人屏息。但是米蘭已經不記得自己這一生中，什麼時候曾有過正常的狀態了。

「你想幹嘛？」他從齒縫擠出了這幾個字。

「兄弟，我不覺得你這麼健忘。米蘭，十六萬兩千三百六十六點四二歐元呀。既然我給你越多的時間，你就幹出越多蠢事，所以我要縮短最後通牒的時間。」

「這句話是什麼意思？」

米蘭凝視著一艘利用大清早工作的單桅漁船上的紅色信號燈，純粹是他需要一個基準點，好讓他把專注力放在綁架犯身上。

「我們今天就見面，下午五點半，也就是日落不久之後。」

這隻愚蠢的豬……「好，可以。隨便你想怎樣。告訴我在哪裡，我會過去的，但是我會空手過去。」米蘭試著讓這些話聽起來像是嘲諷，但他只是讓這變得更糟而已。

「那麼你就在現場看我們怎麼樣殺掉那個女孩吧！」

米蘭眼前的信號燈開始隨著他頸動脈的脈搏起舞。

「我們？」他氣急敗壞地說道。「你這個混帳，竟然和你的老婆一起折磨自己的孩子。」

雅各的笑聲就像賞了他一記耳光。

「我不想冒犯你，身為一個警探，你這副模樣實在太可悲了。」雅各的聲音低沉了下來。

「今天下午五點半，之後我再給你確定的地址。」

他瘋了，完全瘋了。對他提出合理的問題根本沒有意義，米蘭這樣想。儘管如此，他還是嘗試了最後一次：「但在那之前我到底要怎麼湊出這筆錢？」

「這點你就不用費心了。剩下的部分我會自己處理。」

通話中一陣短暫的霹啪聲響讓米蘭的耳朵耳鳴了。有好一會的時間，不管什麼聲音聽起來都很模糊沉悶的，突然恍若耳聾的感覺消失，接著他聽到的每一個聲響變得更大而且更清晰。飯店套房內的冰箱發出的隆隆聲響、暖氣的運作、浴室裡頭轉開的水龍頭。

「你這是什麼意思？」他問道。

「就像我說的那樣。準時過來。即便你現在還不相信我，但你一定會拿到那筆錢的。」

雅各志得意滿地咯咯笑了，他就像為了讓大家都理解爛笑話的笑點，而一再重複講述的人一樣：「你身上會有那筆錢的，米蘭。相信我。」

48

雅各

雅各掛斷了米蘭的電話，回到汽車旅館的床上躺在琳恩旁邊，然後閉上雙眼。柔伊用絕緣布膠帶綁在暖氣旁，而琳恩正在睡覺。幸好她剛剛沒聽到那段對話。

他沒興趣做事後檢討，那個臭娘們可以把她老成的評論省省。他覺得自己已經做了夠多的工作，反觀她只是慵懶地讓他載著在郊區兜風，彷彿自己是個女明星，只因為她想出了這個計畫。

但是，不好意思，一個沒有執行計畫的工人的計畫，算什麼計畫？要是只有建築師，但是沒有任何工人，那艾菲爾鐵塔、金字塔，**沒有獨特之處的該死組合屋**也永遠蓋不出來。

該死。

他與琳恩無法志同道合，但是也不能沒有對方。

他們之間的關係就好比海洛因和絕症患者。不管吃不吃它，你都會死。只是服用這種魔鬼的玩意，至少會讓你有幾個小時好受一些。

然而。

當然也有一些比較不危險的替代藥物。

如果沒有琳恩的話，至少他還有索勒菲格。

那個「奶奶」，就如他父親所說的那樣。當然，她不是最年輕的。但是俗語說得好，在老船上可以學習航行。**和成熟的女人在一起，自己的欲望就會成熟。**

噢對，他還會唱一首關於這個的歌，來自一個多聲部還會漸強的合唱團。

與索勒菲格相較之下，琳恩還缺少了一些經驗，但這也很合理。

雅各回想起他們的初次相遇，不自覺露出牙齒笑了，沒有注意到他的記憶慢慢變成了夢境。

突然間，他不再待在這個房間裡有髒汙的床墊，以及站在有圖案的地毯上太久就會長足癬的骯髒汽車旅館裡。

他再次回到十七歲，而且才剛來到波羅的海上的這個窮鄉僻壤三天而已，但是他現在就已經討厭它了。事實上他討厭整座島，這座島真是他媽的太大了，大到摩托車騎了好幾個小時都還看不到該死的海水。

真的，天啊，搞不好印度都比這裡更好，至少那裡的天氣比呂根島還暖和。晚上十四度，他媽的現在可是是夏天！

雅各騎著他的偉士牌機車，屁股都凍僵了。

這和柏林相比並沒什麼不同，但是至少那裡有妓院和脫衣舞酒吧在等著他。在薩斯倪茨這裡等著他的，只有在一棟裝潢不怎麼樣的六〇年代建物裡醉醺醺的父親而已。

同樣的，無異於他們匆忙搬家的「逃亡」根本沒必要，因為在柏林根本沒人覺得可疑。那個救護車上的菜鳥急救醫生確認死因為「心臟驟停」，彷彿在說，每個人的心臟都不會在某個時刻停止不動一樣。

因為母親本來就經常受嚴重的睡眠呼吸中止症所苦，所以沒有安排驗屍，保險也就理賠了。大概不會有人會知道，是這對父子用枕頭加速了這個慢性病

事實上只有兒子和枕頭。父親癡肥的臉只是掛著笑，手裡還拿著一瓶啤酒靜靜地站在床的旁邊，在雅各不得不做這種骯髒差事的同時下指示和評論而已。

明天我就要離開，他這樣想，然後騎著他的摩托車過彎。就算父親可能會朝他大聲咆哮道不能讓他獨自一人，但是你他媽的他已經十七歲了，那個酒鬼可以去舔自己的屁股了。為了不讓那個老頭馬上切斷他的金錢來源，他向他保證自己可以試著體驗島上的生活，並且和他一起來到這個地方。然後現在就和他想像的一樣糟糕透頂。島嶼上的東德猴子佬和那些退休的遊客們，負擔不起到模里西斯或馬爾地夫旅遊，伸手掂掂自己的口袋之後，寧願在這片被水母污染又冷得要命的波羅的海裡游泳，也不願意去印度洋。

不，他已經下定了決心。

再過一個晚上，他就要把這裡的帳篷給拆了。在艾迪酒吧當門口圍事的薪水，可能比父親從壽險裡願意分給他的還要多，反正壽險也不怎麼流行。十萬。用這筆錢可以到多遠的地

方去呢？一直到呂根島為止。然後就是終點站了。

順帶一提，終點站。

當他看到她站在家門口的時候，他正從折扣商店附近的主幹道彎進往海濱街的中間道路上。離他的目標還有兩戶人家的距離。早上他把垃圾拿出家門的時候，這個鄰居就已經吸引了他的注意。老天，早上她凹凸有致的緊實屁股搖來晃去的已經夠迷人了，現在她還穿著緊身的慢跑裝，更讓人想跟她上床。

而且還是以這個年紀來說！畢竟她至少三十歲了，不對，若是在路燈照射下仔細觀察她的話，她看起來更像是四十歲。儘管如此，她還是很迷人。

纖細的長腿，緊實有致的迷人屁股，堅挺如藥球的胸部。

她看起來猶豫不決地站在家門口，剛剛甚至還用力地去搖晃那扇門。所以他打算碰碰運氣，停在她的家門前。

「你需要幫忙嗎？」

也許用我的老二？

她轉過身看著他，起先一臉狐疑地，然後她認出他裝出謙虛的臉。

「嘿，你是我們的新鄰居，沒錯吧？」

「沒錯，雅各．恩德。我們就住在下面兩戶人家那裡。」

她深吸了一口氣，這讓運動衣底下的豐滿乳房像氣墊一樣起起伏伏。

「好吧，雅各．恩德，看起來我把自己鎖在門外了。門關起來了，鑰匙卻留在家裡。真蠢。」

「你老公呢？」他立起中柱停好他的偉士牌，然後脫下了安全帽。

「他在羅斯塔克的郵件配送中心值夜班，在午夜之前他是不會回來的。」

聽起來是你的倒霉日，卻是我的幸運日。

「該死，那你現在要怎麼辦？要打破窗戶嗎，還是要怎麼樣？」

她搖了搖頭。「要去跑步。我女兒有一把鑰匙，但她人在羅梅的男朋友家。」羅梅？他剛才正好騎車經過了那裡。

「那裡距離這裡至少六公里耶！」

「可以走捷徑穿過國家公園。我知道。但是我的汽車鑰匙也一樣在裡面。」她的手指向鎖上的家門。

「了解了。」

這位讓他自報名號的女人朝他走了過來。也許是剛剛在海灘跑步時留下的細小汗珠，在路燈下照射下如花粉般在她額頭上閃爍著。

「她沒有手機。我已經試過打家用電話了，但是她男友家沒人應答。」

「屋漏偏逢連夜雨，對吧？」雅各咧嘴笑了笑，根據他前女友的說法，就算他才剛被賞過巴掌，他的笑容仍然可以迷倒每一個女生。

中。

「我可以幫你去拿鑰匙。」他這樣建議，指了指他的摩托車。

「真的嗎，現在？」她對他笑了笑，他把她的笑容記了下來，保留在他自慰的性幻想中。

「當然，小事一樁。我要去哪裡找你女兒？」

「如果我們一起過去的話會更容易。」

「但是我沒有第二頂安全帽。」

「沒有冒險就沒有樂趣。」她說道，然後跨上機車用纖細的手臂環抱著他，她笑得更開了。她聞起來有慢跑的汗水味，還有口香糖與柑橘口味的香水味，他喜歡這種組合，也喜歡她在騎車時貼緊他的方式。

「順便說一下，我是索勒菲格。」當他催著油門時，她貼著他的脖子輕聲呼氣說道，他除了加速之外，也享受著讓他近乎疼痛的勃起。在將近十四年後，在一間位在高速公路旁的破舊汽車旅館房間中，在雅各進入一個沒有夢境的階段之前，他聽見索勒菲格又一次地笑著說：「讓我們來祈禱我女兒伊馮娜不要太關心這個米蘭。」

49

米蘭

米蘭沒有付任何一毛錢就離開了飯店，即使那間飯店套房只要一半的價格，他也負擔不起。而且他確信，口水男史浦克不會因為他騙了住宿費——在被損毀的房間裡用過的床上睡了幾個小時的住宿費——而報警抓他。他更可能因為清理客房的清潔員發現被綁在毛巾電熱架上的法蘭克－埃博哈爾德特．恩德而報警。

他不得不用截至目前還剩下的錢和時間，盡快到他毆打雅各父親得出名字的那個露營場去：**博登－布利克露營場**，這是奶奶的住處。似乎只要雅各．恩德沒有和他老婆或愛人綁架孩童來勒索贖金的時候，他就會跟奶奶一起住。這個地方位於一個狹長的小山丘上，從名字來看，這個地方被二九二號公路與葛萊弗斯瓦勒德爾淺海灣劃分開來。

露營場前面綿延了幾百公尺與波羅的海平行的公路，在波羅的海的海灘上就只有兩個養狗的人分享著他們晨型人的宿命。就連拉不拉多對濛濛細雨中的潮濕沙灘中也沒有興趣。依舊沒有穿外套的米蘭，也不想用計程車中的舒適溫暖來交換這種只有鼻腔噴霧劑和喉糖廠商才會感到高興的天氣。

「我們到了。」

那個超級放鬆、體魄結實的計程車司機關掉了不斷播放著德語流行歌的收音機，然後指著計程車計費跳表機。在近一小時的車程後，螢幕顯示大概八十五歐元。

「你可以在這裡等一下嗎？」米蘭問道，手放在錢包旁邊。

「要等多久呢？」

嗯，從一個完全沒興趣把自己祕密透露給我的人口中，痛打逼出實話需要多久呢？

剛剛在飯店裡花了半個小時，但那是因為和雅各通話而拖延了。

「也許二十分鐘吧。」米蘭說，然後摩擦著打到受傷的拳頭。

計程車司機惋惜地抽動了嘴角。「抱歉，朋友。我必須跑下一趟在賓茨的車了。但是這上面有車行的聯絡方式。」他遞了一張收據給他，向他收取車資。

「謝謝。」米蘭說道，然後把那張對他來說就是一張象形文字的紙揉成一團，下車後把它丟近露營區入口車道旁的垃圾桶裡。

那裡沒有柵欄，只有一個無人的警衛亭，它就像波羅的海上空低垂的雲一樣漆黑。

如果夏天的時候，不去考慮道路的嘈雜，專注在寬闊的海灘視野的話，這裡一定是如田園詩般的風光，大概會充滿了人潮。此時有六輛露營車斜斜地面向路面停在光禿枯槁樹木隔出來的停車格裡。而其中一輛特別小也特別髒的露營車的煙囪冒出了煙霧，這讓米蘭找起來更簡單了。沒有鋪設石磚或柏油的沙灘路，因為連日輪流降下的雪和雨而成了泥濘，米蘭必須注意不要讓運動鞋卡在爛泥之中。他在途中沒有看到任何一輛可以拉動露營車的車，由此他得出了結論，就是大部分的拖車是為了度過寒冬而被留了下來。

那輛讓他突如其來造訪、如腳指甲般黃的露營車，車身上寫了一段標語：「連最大的敵人也不送」。

連報廢場都會因為這輛露營車而變得難看，若他父親看到這些變形扭曲的牆面，還有會被用來修補這輛破車破洞屋頂的無用瀝青紙，一定會這樣說。甚至連其中一扇窗戶也是用瀝青紙釘死的。

那現在呢？

就在側邊的門向外打開的時候，米蘭還在思考是要敲門，還是馬上衝進去。

他繼續往前，跟隨著矛盾衝動下的腳步，一隻腳踏進了入口，車廂的內部都毀損了。

是要往回走，還是準備攻擊。是要放聲大叫，還是擁抱。

「進來吧。」這個他找不到，而且不奢望能再次在這座島上見到的女人這樣說道。

因為他希望至少能解決這個謎題，便跟著安德拉進了索勒菲格・恩德的露營車。

50

「我之後再跟你解釋這一切。」在讓他進來的同時，安德拉輕聲跟對他說。「我保證。我們現在就先冷靜地跟她聊聊吧，這更重要。」

安德拉沒必要說出最後一句話。米蘭一看見他為此前來的女士，在這個人性腐敗後散發出惡臭的露營車印象中時，只有一個的念頭。而他馬上就脫口而出了：

「雅各在哪裡？」

那個糟蹋來自聖經的名字，玩著神經病的綁架小遊戲的男人在哪裡？

索勒菲格坐在窗戶下的膚色塑膠沙發上，那張沙發以半圓的形狀圍繞著一張破舊油膩的折疊桌。她的身材纖瘦、結實，但這無法改變尼古丁、酒精和人生絕望在她削瘦的臉上留下的痕跡，連施打肉毒桿菌都沒辦法抹平。如同教授一般，她也讓米蘭隱約覺得有些熟悉。她看起來像是利用將自拍照變老的模擬軟體產生出的結果，不過在這些憂鬱憔悴的臉部特徵下，米蘭再也無法認出先前的版本了。

「雅各？」她的聲音聽起來像是她盡力有力地說話，根據米蘭的經驗來看這是明顯憂鬱的跡象。他沒有證明她有憂鬱症的醫學證據，但是他認為自己有注意到自己的情緒波動是如何影響聲帶的。

「我相信過他，相信這個王八蛋。但是這隻愛說謊的豬就這樣把我的富豪汽車和露營拖車都開走了，我現在坐在他的這堆垃圾裡，只能耐心等那個我其實真心不想再見到的混蛋回來。但我告訴你們，就算雅各只是在我的梅基裡面弄出一小道刮痕，他就要給我用舌頭把露營場的廁所馬桶舔乾淨。」

「梅基？」

「我的車。你不會幫你的車子取綽號嗎？」

「他連駕照都沒有呢。」安德拉試著讓緊繃的情況變得緩和一點。畢竟他們還想從這個女人身上打聽她那明顯是個虐待狂的孫子的住處。

「你是同性戀嗎？」

到底這和另一件事有什麼關係啊？米蘭本來想要這樣喝斥這個恐同的臭婊子，但他看見了冰箱上的照片。那張照片是十四年前拍的，但是在寶麗萊的拍立得底片上，索勒菲格看起來至少年輕了二十歲，而現在他終於認出她來了。

「你是伊馮娜的媽媽？」

他去伊馮娜家裡接她的時候只見過她兩三次而已，而且那時他稱她為「施呂特爾太太」。米蘭對她的名字根本不感興趣。

這不可能啊。

在尋找綁架柔伊的犯人老婆的過程中，他遇到了他第一個摯愛的母親。

他的腦袋像是被從外面敲打的蜂巢一樣。

但是這樣的話……索勒菲格就不可能是雅各的奶奶。

而且再更仔細地看過去，這真的不可能。她的年紀老歸老，而且還很疲憊，但是她充其量像是他母親而已。老恩德剛剛在飯店房間裡會笑得如此下流不是沒有原因的。「倒不如說是他奶奶。」他指的不是親戚的輩份，他是在開他兒子和一位老女人關係的玩笑。他在嘲弄這段關係，他與伊馮娜的母親！這個真相比安德拉剛剛在門口的目光更猝不及防地打擊了他。這些徵兆昭然若揭。

那本書。

那種暗號。

那一句「救救我，爸爸。」

柔伊是從哪裡知道這種暗號的？**如果不是從……？**

「她不叫伊馮娜很久了。」她母親樣說道，但是米蘭沒有再專心聽她說話了。他把那張照片從冰箱上撕下來，不小心把那張照片的邊緣撕破了一點，索勒菲格似乎覺得無關緊要。

這不可能啊。

「你不認得我了，我以前和你女兒交往過。」

「什麼時候？」

「很久之前的事了。十四年前。」

「米蘭？米蘭．貝爾格。」

她的身軀震了一下，猛地抽動。先前針對雅各的憤怒現在全力地轉向他。

「你給我滾！」她憤怒地發出嘶吼，從餐桌邊前傾的座位起身。「你給我滾出我的家！」

「這種地方你也稱之為家？」米蘭憤怒地站在她面前，讓她無法起身

「對蟑螂和跳蚤來說也許是個家，雖然……」他假裝環顧四周。「你和這個地方還真匹配。」

「米蘭，拜託。」安德拉小心翼翼地把手放到他的肩膀上，雖然他也在生她的氣，但她還是用這種熟悉的手勢讓他和緩了下來。

「伊馮娜有個女兒？」米蘭提出了這個顯而易見的問題。

爸爸。

「你問我這個問題？偏偏是你問？」

索勒菲格看起來憤怒到口沫快要噴出她的嘴巴了。

「你是什麼意思呢？」安德拉平靜地問。索勒菲格舉起食指，尖銳地戳破了她與米蘭之間令人窒息的空氣。

「他強暴了她。我的女孩。」

米蘭的身體震了一下。這個令人難以置信的指控，比索勒菲格話中讓他震驚的疼痛還要

小。

「他把我的一切都奪走了。在那之後她就再也無法像過去以前那樣了。」

「說謊！」他大喊道，索勒菲格更大聲地怒吼回道：「你強暴了她，你這個該死的狗娘養的混蛋。就在你殺了你媽的那一晚。」

51

他很想掐住她的脖子，壓住她的頸動脈讓氧氣無法輸送，如此一來她那酒醉的大腦就無法再產出那樣的謊言，而她那張對尼古丁上癮的嘴也無法繼續吐出這些誹謗的話。要是安德拉沒有抓住他的手臂，堅持把他拉開的話，索勒菲格就會遭受和法蘭克—埃博爾哈爾德特．恩德一樣的疼痛命運。

「你冷靜一點，米蘭。」他聽見安德拉這樣說，但是這無法阻止他對伊馮娜母親的咒罵。

「你瘋了嗎？你他媽的到底在那邊鬼扯什麼？」

另一方面，他還能對這個說謊的女騙子有什麼期待呢？

當時謠言流傳，傳聞說每當她老公在羅斯塔克值夜班的時候，她都讓她老公戴綠帽，而且總是沾上比她年輕的人。高年級的英格甚至以引為傲她讓他不再是處男。如今索勒菲格崩壞的外貌大概不會再傳出這個謠言了吧。

「對啊，沒有錯。好像你否認這一切會讓我覺得驚訝一樣。」她這樣大吼回去。「那時你就只是剛好走運沒人指證你而已，但是不要以為你的過去不會再找上你。」

米蘭的臉頰再次變得灼熱，彷彿她剛賞了他一記耳光。他下意識地伸手去摸那個灼熱的地方。

我—很—抱—歉—我—並—不—想—這—樣——！

「她在哪裡？」安德拉想知道，然後把她的背包放了下來。這段期間，他試圖擺脫那個從前不斷侵擾他的惡夢記憶。

索勒菲格指著米蘭。「我希望她會在那個可以遠離他、保持安全的地方。」

「我……」

安德拉打斷了他。「請你聽好，索勒菲格……恩德女士。我們合理推測你的孫女正處在巨大的危險中。」

「米蘭那個狗娘養的私生女？」她甚至吐了一口口水到沙發上。「這跟我沒有關係。那個小婊子是個來歷不明的人。有病，就跟她爸一個樣。」

米蘭雙手握緊了拳頭，準備向她揮過去。這件事情攸關一個莫名進入這個瘋狂的神經病家庭的女孩。被綁架、被擄走然後被弄得殘缺不全，現在可能已經被撕票了。

只是，為什麼呢？

這個問題讓他停了下來。這些對話只是浪費時間而已。索勒菲格糊塗錯亂、受傷、精神方面有問題，和她討論就像試圖跟在睡覺的人辯論哲學一樣。

「我能做什麼呢？」他筋疲力盡地問道，因為他不知道接下來該怎麼做了。就算是他承認這個謊言，然後在她面前下跪請求原諒一件他從來沒有犯下的錯誤，也不會改變什麼的。

「看在老天的份上，我要怎麼做你才肯幫忙？」

我－會－讓－這－一－切－再－次－變－好－的！

讓他震驚的是索勒菲格似乎認真在思考這個問題，然後她誇張地用鼻音真的給了他一個回應：「你是說你可以收買我？」

「不是。」他回應道。

「噢，才怪呢。你就是在做這件事情，每個男人都會做這種事情。那好吧。」她俯身靠著桌子，把胸部放在桌面上。

「那跟你說一下我的價格。十六萬兩千三百六十六點四二歐元。」

52

「你從哪裡知道這個金額的？你對雅各的計畫了解多少？」

米蘭再次握緊了之前痛毆過恩德的拳頭。「那個神經病在哪裡？」

索勒菲格輕蔑地哼了一聲。「這個你口中的神經病，可能是個全然的混蛋，但是他睪丸裡的聰明才智可比你整顆腦袋裡的還多。而且他還把你那個雜種照顧得比你還要好，如果你曾經照顧過她的話。」

神經病。

聰明才智。

雜種。

米蘭本來想要反駁些甚麼，但是他的思緒卡住了。他腦袋打結的部分慢慢地解開，同時劃分成不同的訊息區塊：

雅各不是和伊馮娜而是和她媽媽交往，而且綁架了一個小孩（柔伊）。這個小孩不是雅各的孩子，應該是其他男人的孩子。是伊馮娜在被強暴後生下來的。她爸爸是殺了我媽媽的兇手。

我的小孩。

這一切都不合理，卻絲毫不違和地加入這個他在過去幾個小時內，靜靜傾聽過的瘋子合唱團所唱出來的內容。

「這一切意味著什麼？」他問混合著奇異的同情和懷疑看待他的安德拉，直到幾分鐘之前，他在這件事情上才有更多的理由去懷疑她。

這到底是怎麼一回事？這一切有什麼關聯？

米蘭突然覺得沒有力氣站著，但是他不想和索勒菲格坐在一起，但是又沒有其他座位。

「我再問最後一次，為什麼是這個金額？」

「這筆金額是我應得的賠償金。」

「什麼的賠償金？」

十六萬兩千三百六十六點四二歐元。

「你們那該死的計畫是什麼？」

她笑了，是自從他踏進這個露營車以來的第一次。那是一抹真誠的惡毒尖酸微笑，那抹微笑也吸引住了他的目光。

「你怕了。很好，非常好。我希望你大便大到褲子裡，米蘭·貝爾格。因為你有充分的理由這樣做。你以為雅各應該要怕你嗎？你錯了。雅各只是個讓我活在這個地獄裡的混蛋而已。他還有你，米蘭。」

「不要叫我對你的生活負責，你這個可悲、自負又愛發牢騷的人。」

「噢，不對，我就是要這樣做。因為這一切都是從你開始的。你強暴了我的寶貝，你摧毀了她的心靈，你殺了我的伊馮娜，而且還讓她變成了一個崩壞的人。因為你強暴她而生下來的雜種沒有爸爸，雅各不得不肩負起父職，而這讓他更靠近我女兒。」她的聲音漸漸消失了，她所說的最後一個字像是塵埃四散空中熄滅的菸一樣。

靠太近了，米蘭這樣想。他覺得他慢慢了解索勒菲格究竟陷入了什麼樣的幻想。

她不想要接受事實，就是她遇到雅各這個錯誤的人，那個人先是誘騙了她，為的是之後用她來交換她的女兒。誰說那個人在得到伊馮娜身體的時候就停手了呢？那個虐待孩子的神經病一定也會她施暴。

他閉上雙眼，然後從他那照相機般的記憶力中，再次回想前一天的場景。**（我的天，那輛載著哭泣女孩的車子，不久前真的是停在戈茨柯沃夫斯基大橋上嗎？）**

他只有看見柔伊，之後在別墅前看見了雅各。但是當時那個和雅各一起綁架女孩的女人是誰呢？

他浮現出了一個同樣可怕而且荒唐的想法。

是伊馮娜嗎？

不對。

很好，他從來就沒有真正看見那個女綁架犯，只看到她的背影而已。她當時已經走入那棟房子裡了呀。

他媽的，伊馮娜是很奇怪沒有錯，但不是個會容忍自己小孩手指被人截斷的神經病，就算是那個女孩是個像雅各一樣的混蛋。

所以說坐在副駕駛座上的那個人是誰呢？雅各是和哪個女人一起上路的？

「要是沒有你的話，我的女兒也不會偏離正道變得墮落。」索勒菲格的聲音將他從思緒中拉了回來。

「在生完小孩之後，她的健康受到嚴重影響。她每天都會換名字，試圖自殺。我不得不放棄我的工作，好照顧那個你留下來的嬰兒。」

米蘭只是點了點頭而已。為了不打斷她說話的流暢度，他放任那些錯誤的指控與謊言安放在自己身上。不管怎麼樣，他大概都沒辦法說服索勒菲格，造成她落到這般田地的原因不是他，而是她自己做的致命決定。對米蘭來說，她不管怎樣都要和他溝通，證明了她只是需要一個發洩的出口。她得跟任何一個人說話，就算那個人強暴她女兒的嫌疑人。安德拉顯然也意識到了這點，她再一次試圖用多數人會因此被說服去做違背他們意志事情的論點。**錢。**

「我們沒有足夠的錢買一輛新的露營車，但應該足以負擔整修的費用。」

如果索勒菲格曾試圖掩飾眼中的貪得無厭的話，那麼她真的是一個非常爛的演員。

「多少錢？」她立刻問道。只差她沒有舔自己的嘴唇而已了。

安德拉打開了她的背包，而米蘭的視線落到了一綑剛印刷出來的紙鈔。

這他媽的是從哪裡來的……？

他沒有詢問來源的必要，安德拉的眼神對他來說就夠了。那個因為他明顯目瞪口呆，她用眼神對他發出「之後再說」的信號。

她給了索勒菲格兩張鈔票。

「就像我剛說過的，雅各是個混蛋。你還想知道什麼？」

「他在哪裡？」

「我不知道。」

「但是你知道他在打什麼如意算盤。」

「他有個盤算著得到教授的錢的計畫。在八個星期前，他幫教授搬家，而且在搬家的時候發現他有一大筆錢。」索勒菲格說道，然後伸手去拿紙鈔。

「卡爾索夫教授？」安德拉問，在索勒菲格點頭時才把錢放開。

「沒錯。雅各的爸爸幫他找了這份工作。畢竟。」她把鈔票摺了起來，然後將她毛衣的衣領從脖子拉了下來，以便把錢塞進她的胸罩裡。

「畢竟那是他的房子。」索勒菲格嘲諷地看著米蘭。「這對你來說一定很荒謬，偏偏是法蘭克買了那棟你在裡頭燒死你媽的房子。」

米蘭再也沒辦法控制住自己。「如果你不馬上停止你的謊話，我就把那些紙鈔淋上汽油塞進你愛說謊的嘴裡，然後點燃它們。聽懂了嗎？」

索勒菲格向安德拉點了點頭。「你看見了，懂我的意思了嗎？哪個正常男人會說出這種話？」

「哪個正常女人會用孫女的性命來賺錢？」

索勒菲格沒有回答，只是把手伸了出來。另一張一百歐元的紙鈔換了女主人。從背包被拿出來，然後被塞進胸罩裡面。

「無論如何，教授要不是很孤單就是很健談。」她繼續說道。「他很多疑，但我的雅各讓自己變得很有用。他為他處理了所有可能的事，譬如開車載他去買東西、載他去藥局和銀行。某次他就像蹣跚老人一樣，把他的帳戶明細表忘在明細表出口了。」

「讓我猜猜。」米蘭譏諷道。「雅各不小心看了一眼。」

「當然。教授的錢他也想分一杯羹。他老爸沒有分他任何一毛賣房子的所得，而是自己在豪華飯店裡揮霍，讓雅各為他處理骯髒的差事。不能怪他太好奇，但是那個老人的身上沒什麼錢了。」

那隻手又張開了。拿著安德拉的錢，索勒菲格現在有了近六百歐元，前提是她給的不是假鈔，米蘭大概也不會對此感到驚訝。

從昨晚開始，他幾乎信任他女朋友做的所有事情。**（她到底還是不是他女朋友？）**

「卡爾索夫的銀行轉帳帳戶是負的，而定存帳戶的明細顯示有近兩百歐元的餘額。」

「之前的戶頭裡面到底有多少錢？」

索勒菲格對安德拉表示認可地發出了哼的一聲。

「聰明的女孩。她不像你一樣蠢，米蘭。這是個正確的提問。」

「十六萬兩千三百六十六點四二歐元。」米蘭這樣說，主要是說給自己聽的。

「沒錯，這是上一筆轉帳的金額。」

然後現在雅各想要拿走這筆錢？但是為什麼要跟我要呢？

為了一個跟我毫無關係的小孩，不管這個狡猾的女人多頻繁地重申她的主張。

就算這些誹謗的內容都是真的，就算米蘭真的是柔伊的父親，他也沒有這筆錢。那個對生活感到厭倦的教授沒有留下任何東西給他。

只有服用後**就能再次閱讀**的那個藥。

雅各到底怎麼確信米蘭能為他籌出筆錢？再者，是什麼讓他產生這種可笑的假設，假設他身上真的有這筆荒唐金額，還會在十小時內把這筆錢交出去？

我從來就沒有收到過匯款。也到底為什麼會收到匯款呢？我根本就不認識那位教授啊。

但他很快地糾正了自己。**他幫我開過刀。在十四年前。**

「我猜想他在治療的過程中出了差錯，而這股罪惡感折磨著他。」卡爾索夫太太如此推測道。不過是什麼差錯呢？根據索勒菲格所說的，他根本就是一個怪物。他是一個強暴犯，也是一個殺人犯。

不只是他的思緒，米蘭也一直在原地旋轉。在他轉了三百六十度隻後，感覺到他如旋轉木馬般的思緒好像要重新開始新的一輪一樣，他的目光掠過了索勒菲格手中的鈔票，眼神掃過安德拉的背包。另一綑鈔票就在安德拉的背包裡面。他有了一個想法，這是他到現在怎麼樣也不敢想的想法。就和那句名言所說的一樣，不是做不到，而是不該做。

「有多少錢？」他問安德拉，然後把那筆錢從索勒菲格手上拿走。他把那筆錢和她的背包收在一起，好可以把這筆錢粗魯地丟出敞開的門，從小階梯滾下去然後進露營場的冷冽當中。

「裡面有多少錢？你跟誰睡了？」

53

他並沒有很用力地推她，但安德拉在潮濕的地板上失去平衡，往前跌進了泥濘當中。她馬上站了起來，然後朝米蘭丟了一塊泥巴。「你是怎麼了？」她大吼道。

「我怎麼了？」米蘭向她走近走了兩步。

「怎樣？」安德拉無所畏懼地把下巴伸向他。

「你想打我嗎？就像對裡面那個女人一樣？」

「我可沒對她做什麼事情。」

「但是你**想**這樣做。你差點就失控了，就像在飯店裡那樣。」

他沒有移動他的雙腿，只是把頭轉了過來，就像閃避對方猛力一拳的拳擊手一樣。

「你是怎麼……」

她轉身離開了他。米蘭在試圖抓住她的袖子的時候差點滑到了，這讓她掙脫了他。

在她走開的時候，她給了他一個答案。「我在找你，而且打電話給那些我覺得可能找到你的島上飯店。」施圖本克魯格飯店裡那個接待櫃檯的傢伙格外生氣。

他追上了她，現在才發現她那台停在露營車廂後面的迷你庫柏轎車。

安德拉不需要把汽車鑰匙拿出來，她只需要把鑰匙帶在身上或放在背包口袋裡，就可以把車門打開。

「如果不是你就那樣離開的話，我就永遠不會在那裡了。為什麼你要丟下我一個人？還有你他媽的到底哪裡來的這麼多錢。那裡有多少錢？」

他連珠砲似的快速提出他的問題，同時安德拉沒有拍掉手上、衣服上，或者傘兵靴上的泥巴就上車了。

米蘭阻止她關上駕駛座的車門，然後伸手去抓她放在大腿上的背包背帶。

「現在告訴我，安德拉！我有權利知道答案！」

「你？」她問道，然後不開心地笑了。「在你用謊言欺騙我兩年之後，你怎麼還敢跟我說**權利**？米蘭是個近視的人；米蘭是個健忘的人；米蘭是個會過敏的人。但是你他媽的什麼時候說過，米蘭是個文盲？」一輛卡車從公路上呼嘯而過，在那輛卡車轉彎的時候，米蘭看見它的煞車燈一閃一閃地閃爍著，以免直接開進大海。醞釀在海岸上的烏雲密佈整個天空，只剩下幾個地方還可以看見光。

「你不懂。」

「就像你不懂為什麼我必須按照現在的方式行事。米蘭，你相信我嗎？我不想傷害你。」

「那就把錢給我看。到底那裡面他媽的有多少錢？」他從她手扯下背包，因為背包仍打開著，而且安德拉並不是毫無抵抗地把背包拱手給他，背包的肩背帶轉了一圈，裡頭的東西掉了出來，掉到車子旁邊的泥巴裡。

不可能。

他眨了眨眼，彷彿在眼球上有異物，同時還插著一個刺激他雙眼的東西。然而不是在他的眼瞼下，而是在他腳前的泥濘中。三捆紙鈔，至少有一萬歐元。風吹拂在拆開的那捆鈔票上，紙鈔隨風四處飄揚。米蘭彎下了腰，並不是為了阻止那筆錢飄散在整個露營場。

反而是因為一個便宜的東西：一個沒有標籤的白色口香糖罐。事實上那不是什麼口香糖罐，而是一天前卡爾索夫教授放在餐廳桌上，用來裝藥物的容器。

「一個禮物。」

「你為什麼又把它從垃圾堆裡翻出來？」

他在手中轉著那個罐子。聽到罐子裡的內容物喀喀作響，然後看見被拆開的密封貼紙。

「如果你吃下這些藥的話，也許你就可以再次恢復閱讀能力了。」

「你動了什麼手腳？」

他跪在打開著的汽車駕駛座的車門上，看著安德拉那張不為所動的臉。

「你對我下藥？」

在來這裡的路上？

用那罐薑茶。那罐茶並不是因為泡太久，而是因為一個完全不同的原因才這麼難喝。

我把整瓶都喝完了。在那之後我睡著了。

「那不是毒藥。我不想傷害你，米蘭。」他聽到安德拉又說了一次這句話。那句話聽在他耳裡像是嘲諷一般，因為他在背包裡找到另一個會致人於死的東西。

「所以你才需要這個東西？」

他站起身來，然後把那把銀色短槍管的槍對準了她的胸膛。「因為你並不想傷害我？」

安德拉發動了引擎，然後打擋，再度把臉朝向米蘭。她先看著槍管，然後直視他的眼睛。

「上車。」

「為什麼我要上車？」

「因為我要把你載到真相裡。真相正在等著你。」

54

米蘭感很到困惑。在他為了不讓任何人扯下他的面具而努力的這些年、迷失的那幾個月、幾個星期，一直有個持續在他身邊的陪伴。對其他人來說，就像耳鳴一樣。他耳裡一支走音的音叉不願停止擺盪，無論他嘗試任何讓他靜下來的方式都沒有用。

這個聲音有時會出現輪廓，漸強變成一種低聲細語，惡意地震動著跟他說，他作為一個文盲有多麼沒有價值、無能以及不被需要。然而大部分的時間，那對他發出節奏強烈嗡嗡聲的陪伴，就只是潛意識中對他最大缺陷的永遠記憶。

拼寫白痴。字母殘障。ＡＢＣ廢物。

米蘭持續生活在恐懼當中，曾經害怕太過接近某個人，以至於讓他也能聽見那個聲響。這也就是他與人保持距離的原因。他幾乎沒有朋友，所以他也不想向安德拉吐露心聲，甚至害怕他晚上睡覺的時候會說話出賣自己。

然而現在他手裡握著武器坐在她旁邊的副駕駛座上，所以根本就不在乎自己看不懂導航系統上的目的地，昨天他還因為沒辦法輸入東西而感到慚愧。今天這個他畢生想要隱瞞的嗡嗡作響的同伴，卻完全靜默了。儘管過去的幾個小時非常難以忍受，但是有個好處，就像是透過音樂會或刺激的書籍來分散痛苦的病患一樣，他幾乎忘了自己不識字，自從……

是啊，到底是從什麼時候開始的呢？

她開過一個小村莊，此時就連看不懂入口標誌也不會讓他覺得不安。安全島上有圖示的指示牌、象形符號和路邊商家的商標對他來說就已經足夠了。銀行、藥局、藥妝店、理髮廳。在旅遊旺季之外，很多店在星期六都是不營業的，所以只有少數幾個行人走在路上。

所有的店家都是關著的，**除了⋯⋯**

「停一下。」米蘭說，指著兩間有啤酒花園座位餐廳前的小小停車位。那裡沒有遮棚或是遮傘，沒有任何預防天氣變化的措施，從十月開始一定就沒有人坐在外面了。

安德拉停在米蘭指定的位置，一個大水窪的中間，在偶然經過的行人們的視線範圍之外。

「你要做什麼？」當他彎腰進到腳踏的空間，武器仍然指向她的時候，她這樣問道。

「我要解開我的鞋帶。」

「要做什麼？」

「我身上沒有膠帶也沒有絕緣膠布。」

她看著他，彷彿他瘋了似的，但是當他要求她把雙手放到方向盤上時，她還是照著他的話去做了。

「我馬上回來。」他把她緊緊地綁在方向盤上之後說道。他伸手拿了那件放在汽車後座的外套，把武器放在外套內袋裡面，然後正想要下車。**等一下！**他差點就忘記拿走安德拉身上的電子汽車鑰匙了。當他終於在背包前的袋子裡面找到汽車鑰匙時，至少可以確定在他試著調查他的懷疑同時，她不會就這樣把車開走，或是按喇叭來引起注意。他要去調查一個在露營車裡，就在索勒菲格講述雅各幫忙卡爾索夫搬家時，初步成形的想法。

這個過程耗費不到五分鐘的時間，卻讓米蘭回到車上時覺得彷彿經歷過一場讓人身心俱疲的探險一樣。

「你剛剛去哪裡了？」她的目光看向他手裡的一小張紙，那張像她灰藍色頭髮的紙。她悲傷的眼神出賣了她。他不需要告訴她自己發現了什麼，她在他發現之前早就知道了。

「你知道我們現在要開到哪裡去嗎？」她問道。

他疲憊地把那張紙條揉成一團，然後嘆了口氣。「恐怕我知道。」

55

這棟小房子有個看起來像是異物一樣的車庫，是後來被隨意亂蓋在東側的。這個具有功能性、用噴置混凝土與鋁製屋頂建成的長方體，既沒有蘆葦屋頂，也沒舒適獨棟房子的樣貌與靈魂。車庫的電動門開著，在安德拉與米蘭開車進去後降了下來。

光電感測器打開了微弱的天花板燈，除了一組存放在塑膠套裡的冬季輪胎與一輛掛在牆上的淑女車之外，沒能照亮其他東西。除了站在通往主屋那扇門內的人。

早在車庫大門降下來之前，他的臉就出現在陰暗處了。

那個男人的深色休閒套裝平貼在他瘦弱的身體上，那是一件大量生產的衣服，就像平價服飾連鎖店的其他幾百萬個客人所穿的那種。然而米蘭一眼就認出來站在那裡等他的人是誰。

雖然他已經料想到了在這裡會看到那個人，他的喉嚨還是有種令人不快的發麻感覺，像是他吞下了一隻活生生的昆蟲一樣，一隻帶有尖爪，名為「叛徒」的甲蟲。

「把兩隻手伸出來！」米蘭命令道，然後再一次把安德拉綁了起來，這一次他把纏繞在她手腕和方向盤上的鞋帶綁得更緊了。

「你知道為什麼我會順從你嗎？」她問道。她的鼻翼顫抖著連鼻子裡的鼻環也跟著搖晃了起來。

「因為我有槍？」

她咬著下嘴唇，然後搖了搖頭。

「因為這是我第一對你心生畏懼，米蘭。你變了。」

「這能怪我嗎？」

「我不是你的敵人，米蘭。」她對著那個正在等候著的人點了點頭。「他會跟你解釋的。」

米蘭走下車。

那名男子也有了動作。他伸展了他的背，用手拂過那頭飄逸的頭髮。

「我們應該快點。」那名老人的聲音聽起來有些疲倦，而且還有些感冒的跡象，這讓他感覺起來更老了。一個原本應該躺在床上玩填字遊戲的老人，不該像個間諜跟蹤著自己的兒子到數百公里外的海邊，只為在這裡的黑暗當中埋伏等著他。

「卡爾索夫太太在醫院裡陪她的先生。我不知道她什麼時候會回來。」

「這是怎麼一回事？」米蘭問。「爸爸，你想對我做什麼？」

他父親幫他把門打開。「你很了解你自己。這裡變了很多，光是車庫就真的是一大恥辱。但是整個建築平面還是跟以前一樣，除了我們現在所在的通道，當年是一間儲藏室。」

「我昨天才到這裡的。」米蘭說。更確切地說是今天早上。

他們一起進到了廚房。就連這裡也還有沒有打開過的搬家用紙箱。

水槽裡只有一個盤子和兩個咖啡杯。從跳蚤市場上買回來的老舊、色彩鮮豔的舒適廚具沒有從那場大火中倖免於難，現在都被奶油白色鄉村風格的一體式廚房取代了。

「我知道。安德拉都跟我說過了。」

他父親用手指擦過了那張，以前在騎腳踏車去學校之前，他們一起吃早餐的廚房餐桌。這是過去唯一保留下的傢俱。

「安德拉把全部的事情都跟我說了。」

米蘭猶豫著要不要摸桌子的木頭。他的不安隨著每次呼吸而增加，並不是因為圍繞在他周圍的新傢俱，而是在他們之後的住戶。法蘭克—埃博爾哈爾德特·恩德，他買下了這棟房子，不管是什麼原因。那個把他逼瘋的神經病的父親。他的負面能量、仇恨以及所有他內在壞掉的東西都影響了這棟房子，而且在這裡加諸了一種令人不快、威脅要扼殺米蘭的氣息。庫爾特轉開了水槽的水龍頭，裝了一杯水。

「你們到底在跟我玩什麼遊戲？」

「這不是什麼遊戲，小子。我向你發誓，這不是演戲、不是測試或是任何類似的東西。這是一場災難。」

他父親喝了一口水，他的聲音聽起來沒有那麼嘶啞了，但是一樣緊張。「我從來就沒有想過要回來這裡。我已經斷絕了與這棟房子和這座該死的島的關係。」

「話雖如此，但你現在就站在這裡。」

「我在聽說發生了什麼事情之後，今天一早就搭火車過來了。」

「為什麼？」

冰箱的嗡嗡聲停了一會，然後米蘭因為暫停的嗡嗡聲才意識到那笨重的東西根本就沒有發出任何聲響。

「是什麼原因讓你來追我，爸爸？那個休息站裡的女人屍體，還是屍體口中女孩那根被切斷的手指？」

庫爾特的目光似乎看向了裡面。「是我的罪惡感。十四年來我從來不知道我內心有這種強烈的感受。」

罪惡感。

又是這個字。

米蘭仔細地看著他父親慌張喝水的動作，想知道一個他從前用來和消波塊相比的人會變成什麼樣子。小庫特仔，一個心地善良、品格好、強壯又有自信的傢伙，就算是身處最大的危機當中，還是有餘裕開愚蠢無聊的玩笑。

這種轉變非常明顯，因為米蘭在童年的時候就已經看過了。儘管場景改變了，他們仍在同一個地方，也就是他曾經的家鄉。在那張庫爾特和他一起笑、開玩笑與安慰他的那張桌子。光滑的盤子沒有什麼毀損的痕跡。不像他父親。

「你做了什麼？」

「小子，要是我能輕易地就跟你說出口的話，那我早就拿起電話打給你了。我費盡千辛萬苦地來到這裡，就是為了要讓你看看那個。」

「轉過身來，然後走去走廊。」

「你要去哪裡？」

他父親停了下來，一隻手放在樓梯扶手的球體上。

「上樓吧。去你當年的小孩房，那個邪惡開始的地方。」

56

雅各

「你跟他說了什麼？」

「跟誰？」

「不要把我當傻子。他從爸爸那邊拷問出我們的地址不是為了好玩而已。關於我們的事情你跟他透露了什麼？」雅各一拳打在露營車廂的牆壁上。

索勒菲格連肩膀都沒有瑟縮。一股甜美的香氣蓋住了雅各多年來身上的臭味。他禁止索勒菲格在這裡面抽煙大麻，她長期吸大麻導致她長起疹子，迫使他一年前搬出了梅基。愚蠢的是，他買不起那個四輪垃圾。

「嗯到底是什麼呢？」索勒菲格說。「他很想知道你在哪裡。」

「然後呢？」

「然後他媽的。我就是什麼都不知道啊。如果我跟他說你會回來這裡的話，他們還會離開這裡嗎？」索勒菲格冷靜地說，非常地放鬆。大麻的效果還在。「他還跟一個女孩子在一起。」

「我知道。」

「很漂亮小姑娘，但是她對你來說太有自信了，雅各。」他再次捶了牆壁，甚至用指關節在薄片層壓的露營車殼上留下了一個痕跡。

「繼續啊。弄壞你的車子。重點是你不能這樣對我的梅基，否則的話你會聽到劈啪的聲音，那可不是鼓掌。」她伸向他的手制止他。「鑰匙給我！」

雅各從那扇刮傷的塑膠窗戶往外看，看向索勒菲格的那輛露營車。漆黑的骯髒條紋還有鹽巴包覆的硬殼，見證了夜裡從柏林一路開到這裡的車程。

「我還要用那輛車，你今晚就能拿回車子了。」

「還有我的那一份。」

雅各離開了窗戶。「哪一份？」

索勒菲格從座位區的座位上站了起來，然後在他面前驕傲自大了起來。

「就算你沾了別的女人，我依舊還是你的老婆。我有權利。」

「權利？」

「沒錯。我們沒有簽任何婚前協議，所以你所賺到的所得有一半都是我的。」

他笑了，真心被逗樂了。「你到底有多白癡啊？你真的以為我會拿這筆贖金去報稅嗎？你要怎麼跟家事法庭解釋？我要申報塑膠餐盤、壞掉的電視，還有這筆八萬歐元的綁架贖金？」

索勒菲格思考了一下，然後說：「要是你什麼都不給我的話，我就去報警。」

我的天啊，這個女人到底是抽了什麼玩意？她比平常還要更神智不清。

雅各嘆了一口氣。「琳恩說得對。」

「什麼事情說得對？」

「不能再這樣拖下去了。」

索勒菲格把下巴往前伸，然後雙手插腰挑釁地說：「怎樣？你想離婚嗎？」

「沒錯。」雅各回答，把手伸向了褲子後面的口袋拿出了彈簧刀，然後把刀插進了她的眼睛。

57 米蘭

兒童房空蕩蕩的，連一個紙箱也沒有。

然而這是這棟房子裡第一間引起回憶氾濫的房間。

光是那棵至今依然可見的木蘭樹。每當米蘭坐在窗邊就會看到鄰居院子裡的那棵樹，在春天時綻放得非常漂亮，那棵樹光禿禿的樹冠現在也被風吹動而搖曳著。他有多少次看著這顆木蘭樹，讓自己的思緒神遊，幻想著進入陌生的世界、遙遠的國度，然後進入像伊馮娜的懷抱中。那棵木蘭樹的樹枝就像是他記憶畫面上的浮水印一樣。

「是在這裡發生的嗎？」他父親問道。在米蘭踏進這間有屋頂傾斜、格局方正的房間時，他一直都站在門口。

「什麼？」

「你跟我說啊。」

米蘭搖了搖頭。「爸爸，這是怎麼回事？你和這件我已經深陷其中二十四小時瘋狂的事情有什麼關係？」

「是已經十四年了。」庫爾特糾正道。

「什麼？」

「如果不是更久的話，至少十四年了。如你所說，這件瘋狂的事情是從你媽媽死掉的那一天開始的。就在這裡，在這間房間裡。」

米蘭眨了眨眼。現在才中午而已，而天色已經跟夏季的深夜一樣黑。房間的天花板上的燈座中沒有燈泡，或許對他父親來說這樣很適合。太過明亮、具有侵略性的燈光可能會沖散暮色中在米蘭眼前形成的回憶。

「你當時並不是一個人。」他的爸爸說。

「伊馮娜也在這裡，沒錯，但是……」

「拜託告訴我，你們那個時候做了什麼。」

「我們那時候都是青春期的青少年，你覺得呢？」

「你們……？」

他揮手表示否定。經過了這些年，米蘭還是一樣覺得不好意思談論這件事情。「沒有。什麼事情也沒發生，你知道的啊。」

「那為什麼她尖叫地裸著上半身跑出房子了呢？」

米蘭看向那顆木蘭樹，那個時候它就矗立在那裡，綻放著紫色的壯麗花朵。

我—很—抱—歉！

「我不確定。我在那晚摔下來之後，就沒辦法再想起這所有的一切了。」

「但是你們吵架了。」

他父親走進了房間。

「沒錯，就我所知道的是這樣沒錯。她嘲笑了我。我很受傷。但這無關緊要。她想要走，然後在樓梯上把那件長袖棉質運動衫脫掉了。」

「為什麼？」

我—當—時—並—不—想—這—樣！

米蘭閉上雙眼，畫面變得更清楚了。突然間他甚至以為自己能聞到伊馮娜充滿口香糖的氣位，還有因為沒有豐富經驗的接吻而產生的傷口。

「那件棉質長袖運動衫是我的，她不想繼續穿了。」

「然後呢？」

「我在他後面。然後……」

「然後發生什麼事了？」

米蘭再度張開了雙眼，然而那股氣味還在。不是伊馮娜的口香糖氣味，而是濃煙的味道。在他的回想下，那股濃煙的味道已經取代了那股舒服的芬芳。

我—會—讓—這—一—切—再—次—變—好—的！

「我不記得了。」他說。

「你是忘記了，還是不想想起來？」

米蘭憤怒了起來。「現在連你也要開始了嗎？跟索勒菲格一樣？」

庫爾特驚嚇地抽動了右邊的嘴角。

「伊馮娜的媽媽？她說了什麼？」

說我強暴了她的女兒，而且還讓她懷孕了。

庫爾特又向他靠近了一步。「你不敢把它說出來，是因為你害怕那件事情可能是真的。」

「我不說出來是因為我不想再說謊了。我知道我做了什麼，也知道我沒做什麼。」

「噢，是嗎？」庫爾特回答道。「你剛剛明明說了很多次你不記得所有事情了。那你是怎麼進去地下室的？」

米蘭轉過身來離開他，又往窗外看了出去，看向以前曾是腳踏車停車棚的地方，現在已經被花壇給取代了。

「不知道。我那時候一定走回樓上，然後睡著了，接著被煙霧給叫醒。然後我再走出去外面的路上，認錯門我就跌下去了。」

「不會有人被這種煙霧給叫醒的。」他聽見他父親在後頭這樣說道。「這是一種很常見的錯誤，很多人就是因為這樣死在睡夢中的。」

就像媽媽一樣。

「你不相信我嗎？」米蘭問道。一群黑鳥從海邊飛過屋頂，當牠們飛過屋頂時，讓外面又變得更黑了。

米蘭轉過身來面對他親父親，看不清他的臉。

「這不是關於我相信什麼。而是關於我做了什麼，米蘭。」

罪惡感。

你他媽的，他父親到底想跟他坦承什麼事情啊？

「我會跟你坦白一切，馬上。只要你先跟我說汀卡發生什麼事情了。」

「這和我們的貓有關？你現在是認真的嗎？」

「我拜託你，快說吧，就當作是為了我。」

米蘭呻吟道。

「老天，牠被捲進一台聯合收割機裡，然後被攪得支離破碎。」牠被發現的時候，已經被其他動物們分食掉了。這他媽的到底和這件事情有什麼關係？

到底這裡是有什麼原因發生了什麼事情？

「你當時是這樣跟我說的。但是，是你的老師在伊馮娜的置物櫃裡找到那隻貓之後，你才跟我說的。」

「你還是覺得是我把牠放進她置物櫃裡的嗎？」

再過了這些年之後？

「是伊馮娜找到牠的，然後不想把牠留在馬路邊。她知道汀卡對我們來說有多重要，她希望在清潔隊把牠收走之前能夠埋葬牠。」

「有哪個女孩會把身體被肢解一半又被鳥啄食過的貓咪屍體帶去學校？」

「但你兒子就會這麼做，不是嗎？爸爸！這件事情我一再解釋過了：你認識伊馮娜。她是個奇怪的人，她的腦袋不正常。要是其他人都不怕她的話，她就會是典型被霸凌的學校操場受害者。有些人覺得她動作很遲緩、沒有那麼聰明，但是她就只是常常活在自己的世界裡而已。而且在她的世界中，因為不想要太晚去參加數學考試，所以先把貓放進塑膠袋裡，再暫放在置物櫃裡面是沒什麼大不了的。」

「這仍然沒辦法解釋，為什麼你的老師會看到**你**是怎麼把那隻貓放進置物櫃裡的。」

「我沒有把牠放進置物櫃裡，我是想把牠拿出來。在伊馮娜跟我說了這件事情之後。所以我才會被抓到。伊馮娜當時也跟你證實了這所有的事情啊。」

「這件事情你都還記得那麼清楚？然而，不管是你媽媽唸給你聽的，或你自己解密情書的，你都忘記了！你難道不覺得這樣很奇怪嗎？」

「這又讓我們回到了原點：你不相信我。」

米蘭想離開房間了。趕快離開這裡吧，離開這個開始腐壞的回憶泡沫。但是他父親很用力地緊抓住他的手臂，這是他抵達這裡後的第一次肢體接觸。「我已經相信你很長一段時間了，米蘭。你媽媽也是。但是當時我們是唯一相信你的人。教師會議考慮要讓你退學。而且你因為虐待汀卡所以不能跟著全班去瓦勒斯羅德旅行，你知道嗎？這是第二次了！」

「你現在是要翻出我童年裡所有不愉快、難堪的事情嗎？第一次班級旅行是我自願留在家裡的。」

「因為你晚上會尿床，你覺得這很丟臉，不想讓其他人知道這件事。」

「你到底在說什麼啊？」

他父親仍然緊緊地抓著他，但是力道變小了。他彷彿注意到米蘭在每一秒的談話當中，變得越來越虛弱，阻力也越來越小了。

「那件棉質的長袖運動衫就在壁爐裡面，米蘭。你還記得嗎？」

伊馮娜。那場吵架。貓咪。班級旅行。

「我不懂這個關聯。」他輕聲說道。

「消防專家對那件棉質長袖運動衫做了徹底的調查。是那件運動衫引起了噴濺的火花，並因此引發客廳大火的。」

庫爾特只是小心翼翼地、幾乎是溫柔地觸摸他。

「你那件運動衫，孩子，就這樣丟進了火堆裡。但是有隻袖子還掛在外面。你能跟我解釋這件事情嗎？」

尿床。

虐待動物。

縱火。

這就是他想說的。精神病患者的三位一體。瘋狂的明顯標誌。

「你覺得我跟威利爺爺一樣嗎？」

反常。病態。邪惡？

米蘭向後退了一步。

「你覺得我殺了媽媽？」

庫爾特點了點頭。眼淚從他的眼中流了出來。

「這就是你在這裡的原因？為了指控我？」

米蘭想要吞口水，但是一條看不見的繩索勒緊了他的喉嚨。

「不是的。我來這裡就是為了向你坦白，我對你所做的一切。在你從一個不正常的綁架犯身上得知這件事情之前。」

「什麼？」

他的爸爸轉過身，面對著門。「我們走到地下室去吧。那裡會讓你更輕易地殺掉我，只要你一知道這件事情的話。」

58

雅各

天啊，這個老女人還真重。

死亡是體重增加器嗎？

索勒菲格生前不是很瘦嗎？

他媽的。

這就像是他要把裝滿水的充氣式戲水池拖過塑膠跑道一樣。琳恩沒有幫他，她拒絕伸出援手，儘管幹掉索勒菲格是她的主意。

「但不是這樣！」她在看那具屍體時，對他大喊道。「你怎麼會這麼笨啊？你為什麼沒有先把她騙出來，然後再做掉她？現在你看看，你要怎麼把她從你那輛該死的露營車裡拖出來？」

就這樣讓她躺在裡面不在選項之一。

後天就是星期一了，是站崗的警衛收月租的日子。除此之外，這並不符合琳恩打算將所有狗屁倒灶的事情都留給米蘭的計畫。所以索勒菲格一定要在柔伊的旁邊被發現才行。

「為什麼我不把柔伊就帶到她那裡去就好？」他還這樣問道，然後收到琳恩使得一個眼色，讓他覺得自己像被吐了口水。

「你是腦子退化了嗎？我們必須馬上繼續移動了。不能用這個輪胎上的簡陋廂屋來移動，只要我們移動它一公尺，它馬上就會瓦解。不行，索勒菲格必須在柔伊待的露營車廂裡面，而不是把柔伊放進來。」

琳恩是對的。他也很贊同琳恩的說法。

但雅各仍舊對他無力反駁感到惱火。現在他不得不用兩個方法完成這個骯髒的工作。首先把索勒菲格殺了，然後再背起她的屍體，用會發出嘎吱聲響的椎間盤，使勁地把她背到門那裡去。

畢竟他把梅基停得相當靠近，讓雅各不會被人從街上和車道上注意到。但是天氣變得越來越不好了，降雨轉成了下雪。

「把她放進富豪的後車廂吧。」琳恩透過放下來的副駕駛座車窗這樣說道，沒有離開車子的掩蔽。

「該死，我不能就這樣把她丟進梅基的後車廂嗎？」

「不可以。我不想要讓柔伊完全失去理智。我們還需要她。」

「好吧。」

隨便你想怎麼樣，寶貝。但是如果你以為在這所有的鳥事做完之後，我還會五五拆帳的

話，那你就有得受的了。

在他執行完琳恩的命令後，回到了駕駛座的位置，他還需要一段時間平緩呼吸。

「然後現在呢？」他脫下手套，然後擦乾汗水和額頭上的雪水。「現在要去哪裡？」

「開往普洛拉的方向。」

他發動了引擎。輪胎在倒車時轉了一圈，胎紋終於找回了抓地力，慢慢地向後推動這輛發出嘎吱聲的露營車。

「確切來說要去哪裡？」

她把地址給了他。

「他媽的，要是我們受困於這種該死天氣的話，我們就永遠離不開那個地方了。」

「我們也不一定要離開那個地方啊。」

「啥？」

「等我們到那裡的時候，你就會明白了。」琳恩回答，然後從副駕駛座上，將雅各的手機開至擴音模式。

59

米蘭

第二次來到卡爾索夫的地下室讓米蘭覺得更不真實，他彷彿正看著教授困惑的腦袋，更糟的是，他甚至就像站在他混亂的腦室裡環顧四周。

他依然無法將詞彙、符號及字母放在一個合乎邏輯的語境當中。牆上的文章、剪報和筆記在他眼裡依舊毫無意義，即便安德拉可能讓他吃了卡爾索夫的藥也是一樣。任何的其他事物本來也都可能是個奇蹟，但不管她用了什麼方法讓他吃下藥，都無法治療文盲。

「你知道卡爾索夫喜歡什麼嗎？」他父親問。米蘭再次走下通往地下室的樓梯。倒數第三階的階梯發出來的嘎吱聲，是唯一一個引起某個細微的回憶的元素——那回憶中的畫面是一位消防員伸手將他抱了起來，然後背著他走上去。

他再次是唯一一個站在房間裡的人，但是這一次他隨心所欲地穿著沒有鞋帶的鞋在便條紙上來回走動，此時庫爾特倚著敞開大門的門框，那張臉又再次籠罩在蒼白色天花板照明的陰影中。

庫爾特。

米蘭注意到了，他現在叫的是他父親的名字。

這是他以前每次聽到小孩子不叫自己的父母爸爸、媽媽，反而以名字稱呼他們時，所感到的奇怪距離感。

這是開始以尊稱對話的預備。過去幾個小時所發生的事情，動搖了他們之間的關係，他們曾緊密相連的密切關係與信任已經受到破壞，無法再挽回了。

「學者症候群研究。」米蘭回答道。「他老婆跟我們說了。」

「你是天才嗎？」

「你把自己如相機般的記憶力告訴她了嗎？」

米蘭搖了搖頭，這讓他父親逮到機會長篇大論了一番。「卡爾索夫有一套理論。很多學者症候群的患者，都是因為意外，通常是腦部受損，才會具有那種不可思議的能力。他們可能頭部受到重擊、在某個特殊區域長了一顆腫瘤，然後突然間在一小時內學會一種外語，或者乘坐直升機飛過大街小巷之後，就能夠忠實描繪出所有大街小巷的細節。問題是，這些學者症候群的患者大多只會做一件事情，而且在很多其他領域都不聽使喚。有些人在數樹上有幾片葉子的同時，甚至會尿褲子。」

「庫爾特。我想要你的答案。」

卡爾索夫。安德拉。回憶。這一切怎麼會牽扯在一起？

庫爾特接著繼續說下去，彷彿沒聽到米蘭在中途打斷他的話。

「起初，大家認為這種新獲得的能力會讓他們在其他領域、精神與心靈上受到傷害。但這當然是種傷害，因為這些創傷讓他們無法成為社會中正常的一份子。他們的才能只是這種疾病的症狀而已。」

「你聽起來就像個教授。」米蘭說，並不由自主對「創傷」這個用詞感到驚訝。

「我和某個人談論這件事很久了。」

他父親指著教授的貼滿相片的牆和瘋子的便條紙壁貼。

「卡爾索夫原本的研究領域是鑑識神經科學。他的論點是，精神病患的巨大疾病障礙無法透過治療來治癒，頂多只能利用藥物來抑制。但是未來可能死亡或被強暴的被害者生命，不應該取決於精神病患者是否有老實地吃藥。」

庫爾特清了清喉嚨。地下室的空氣充滿塵土而且很乾燥，但這不是他嗓音突然變得沙啞的原因。米蘭懷疑他父親在邁向真相的道路終點前卻步了，越接近他的自白，他就越難開口。

「卡爾索夫在尋找一種利用一次性外科手術將邪惡永久消除的方法。」

「把它切除嗎？」

庫爾特嘆了口氣。「這樣是行不通的，因為在我們腦中找不到確切能定位出來的邪惡位置。卡爾索夫選擇了另一種方法。他受到學者症候群患者研究的啟發，他在病患的腦袋中誘發了一個比舊有損傷還要嚴重的人為創傷。他稱之為負負得正療法。因為他想要利用一個負，也就是一個損傷，來產生一個正向的結果。」

米蘭的頭皮發麻，像是頭皮通了電一樣。

「他的理論是：如果解決了精神病患大腦持續性的衝突，那他就不會再出現策劃與實行暴力計畫的力量了。」

「他對我做了什麼？」米蘭問，他的聲音現在變得和他父親一樣微弱。

「不多。」

庫爾特呼吸變得困難，然後沉默著。然而米蘭謹慎地不要填補這段空白，他知道他父親已經準備說出真相了。

「卡爾索夫來找我。在那場大火後你動了一場手術，但出現了併發症。腦出血。必須動第二次手術。他認識我，知道你是管理員的兒子。而且他也知道那個傳言：你因為虐待動物差點被退學，你的運動衫引起火災。他問我你是不是會尿？你是不是很聰明，但是有閱讀書寫的障礙？家族裡是不是有其他精神病史？差不多在同一時間，伊馮娜的媽媽開始散播她女兒被強暴的傳言。」

米蘭像被擊倒倒數中的拳擊手，步伐踉蹌。每一句，每一字，都在不同的敏感點擊中他。

庫爾特的話一結束，對米蘭而言就像比賽回合中的中場休息。米蘭用盡全力將他的問題一個字一個字擠了出來：

「他—對—我—做—了—什—麼？」

「卡爾索夫跟我說，你很有可能會變成殺人犯，而且我們的時間非常有限。」

「什麼事情的時間？」

「為了要引出那個東西。」

「什麼東西？」

「顱內出血。」

米蘭看也不看地伸手抓下一堆牆上的便利貼，將他們撕碎並且揉成一團，只是想做點什麼事，而不是傻愣、呆滯地站著聽他父親令人難以置信的自白。

「顱內出血？」

「卡爾索夫說，他無法預測這個損傷會產生哪些影響，但是可能會有很大機率失明之類的。如果真的發生了這種事情的話，你就再也不會是什麼危害了。」

危害？對什麼人而言是危害……？

「就像剛才說的，你的腦部第一次手術結束後出現了出血的情況。這些出血可能會因為靜置而沒有任何影響，但是卡爾索夫額外給了你讓血液稀釋的藥物。因此出血變得更多，並且擠壓到腦內組織，這導致了併發症。所以你從麻醉中醒過來之後，有一部分的記憶消失了。我是外行人，不知道自己是不是正確地理解了這些事。但你沒有變成瞎子。雖然腦中有損傷，但是你的語言中樞依舊完好無缺，只是你的語言中樞無法再和視覺中樞連結在一起，這也是你無法再閱讀和書寫的原因。」

「你們把我變成殘廢嗎？」

米蘭很想大叫，卻發不出聲音。

「我很對不起你。」

「你很**對不起**我？嗯，那這樣一切都搞清楚了，沒事的。午餐要吃什麼？」

他試著揚起諷刺的微笑，卻失敗了。米蘭感覺到自己的嘴角扭曲成一張難看的臉孔。

「小子，我沒有一天不譴責我自己，所以我從來沒有碰過那筆錢。」

「什麼錢？」

米蘭不知道自己還能不能承受更多，在一連串重擊之後，他渴望一個結束比賽的敲鈴；但是他懷疑，他父親還沒停止重擊他。

「因為我同意進行這項被禁止的實驗，教授給了我七萬五千歐元，這筆錢跟房子大火後的修繕費用一樣多。但是我不想再待在呂根島上了，而且我也不想要帳戶裡有任何做了虧心事而獲得的金錢。」

十六萬兩千六十六點四二歐元。

「卡爾索夫給了我這筆錢。」庫爾特說道。

「為什麼？」

「他也被罪惡感折磨著，因為當年他做得太過火了。」

米蘭的聲音回來了，然後大喊道：「我是說：為—什—麼！這些年來你對這件事情隻字未提？」

「小子，你不知道被痛苦的真相壓得喘不過氣是什麼滋味。有時候一無所知是世界上最大的禮物，希望你有天能明白這一點！」

米蘭走了三步到他父親的身邊，用力地抓住他父親的衣領，將他提了起來，讓庫爾特不得不踮起腳尖。

「你們把變成一個精神殘廢！」他朝他父親臉上吐口水。

「我們把你治好了。」

「你在說什麼？你到底在說什麼？剛才你還想道歉，而現在……」

治好？

「我說了我很對不起你，而且我很自責。但是我從來沒說要為此道歉。」

米蘭把他父親拉向左邊，然後把他壓在牆上，牆上的報紙掉了下來。

「卡爾索夫現在可能認為當年他對你做了錯誤的分析。要進行測試的人不應該是你才對。」

「為什麼？」米蘭大吼道。

「這你必須去問安德拉。她找到他了。顯然卡爾索夫的罪惡感快把他逼瘋了，他想要讓這一切回到原本的樣子。這就是為什麼他在這裡買了一棟房子給我們，也把他剩下的財產都給了我。如此一來我們才能再次回到這裡。」

米蘭認為他不可能讓一切恢復原狀，但是他更加憤怒了，因為他父親再一次誤解了他：「我的問題是，為什麼卡爾索夫比我自己的父親更相信我？」

「你問我這個？認真的嗎？」

儘管米蘭壓制的力道越來越大，庫爾特也逐漸呼吸不到空氣了，但是他還是有足夠的力氣發出歇斯底里的笑聲。「你看看你自己！你在認識安德拉之前，可是靠著搶劫和詐騙在過活的。」

庫爾特嘴裡的口水越來越多。「你追蹤那些罪犯，然後為了保全自己而把屍體藏在森林裡面。你毆打、折磨他們；還對你自己的爸爸動手，同時還把你女朋友綁在她車上，就在車庫裡！」

米蘭推開了他，被這些話產生的影響給嚇到了。

為此我要殺了他，他這樣想，然後把武器指向他父親的頭。

庫爾特點了點頭，就像在等他開槍，然後捏了捏自己的脖子。

「不要跟我說這樣做讓你覺得不好受，小子。現在，就是這一刻。你很喜歡這種時刻，不是嗎？」

「不對！」

「安德拉在電話上跟我說你變了。你知道你是從什麼時候開始變成這樣子的嗎？從你不再需要每天每時每刻費盡心思抵抗讓你不識字那一刻開始。現在你的思緒都自由了，而且在壓力之下展現出你真實的自我。我的意思是，你還需要什麼證據來佐證卡爾索夫的理論呢？我根本不敢想像，沒有創傷的你會變成什麼樣子。」

米蘭感覺到雙眼一股刺痛，這可能是因為眼淚。然而眼淚並沒有讓他覺得解脫，反而更激怒了他。

「會變得正常。我本來也會成為一個正常、快樂的人，庫爾特。」

「胡說八道。根據事實和實情來推斷吧，小子。我爸爸，也就是你的威利爺爺，以前就是教科書上說的那種精神病患。我很幸運地在基因樂透中贏了大獎，所以能倖免於難。然而邪惡在跳過了一代之後，像接力棒一樣傳給了你。」

負負會得正。

「我才不邪惡。」米蘭說道，同時抵抗著內心那股按下板機的衝動。

「所以就是因為這樣，你剛剛才會拿著一把已經上膛的槍對著我。誠實面對自己吧。你想要殺掉我，不是嗎？也許這就是我沉默了這麼久的原因，因為一旦你知道了一切，我就會開始害怕起死亡。但是當卡爾索夫昨天想來找我的時候，我就知道沒辦法再隱瞞這個真相多久了。早在柏林的時候我就想告訴你，但是你接著就帶著這個綁架故事來找我了。嗯，現在一切就緒，呂根島在某種程度上也很合適，在這個一切開始的地方結束這一切，開槍吧，小子。露出你的真面目。扣下板機吧。」

庫爾特微微前傾，向米蘭露出了他的頭。

米蘭的食指像他右邊的眼皮一樣抽動著，就像他那道傷疤下面的頭皮，就像他褲子口袋裡的手機。

手機發出嘎嘎的聲響，而且還震動著，至少收到十則訊息的同時還有斷斷續續的通知鈴聲。他在初始幾秒沒有任何動作，然而他的手機大概在收不到信號的地下室範圍中找到了缺口。

一個微小的訊號連結，在訊號死角顯示出有六通未接來電。

「你待在原地不要動。」米蘭說，把他父親推到一邊，然後急急忙忙地走上地下室的樓梯，好讓他可以知道那個殺人兇手想要他做什麼。

60 雅各

「終於接了啊？你這個白癡人在哪裡？」

他們離開了通往賓莢方向的二十九號公路，然後往北朝普洛拉的方向開去。雖然風速被道路與海灘間好幾排的連棟住宅給減緩了，但是雅各仍然必須雙手握住汽車的方向盤，因為陣陣狂風猛烈地吹拉著汽車與拖曳著的露營車。

「我的手機沒有訊號。」米蘭說。

「你的疏忽可能會害死人質。」

「她還活著嗎？」

「你有錢嗎？」雅各問，收到了琳恩誇讚的眼神。琳恩藉由擴音模式也一起聽著，此時正用一把軟銼刀磨著她的指甲。

沒有任何討論。沒有任何對話。「你」來決定節奏。

「我現在知道錢在某個帳戶裡。」米蘭說。

「很好。」

非常好。這是一大進展。

「我們有一台筆電。」雅各說。他們經過了通往東德國家人民軍博物館的指示牌。「把你的簽帳卡和個人識別碼帶過來就是了。」

他的呼吸讓擋風玻璃下方三分之一的部分蒙上了霧氣，高速運轉的風扇也沒有任何幫助。

「你們要怎麼在不被發現的情況下轉移這一大筆錢？」

「你該擔心的是不要遲到。現在不要再浪費時間了。我們最晚下午四點在露營區的沙灘上碰頭。」

「哪一個沙灘？」米蘭問，雖然他知道是哪一個沙灘。

琳恩按下中控台觸控螢幕上的掛斷符號，然後滿意地點了點頭。

「非常好。」

「謝謝。」雅各說道，真心對這罕見的稱讚而感到開心。他不得不把腳從油門移開，因為有一輛遊覽車從對向開了過來，在超車過程中停留在他們的車道上有點太久了。

「但是他說得沒錯。」他說，就在他們在快到新穆卡蘭之前往右轉，而幾乎已經可以看到目的地了。

「什麼沒錯？」琳恩問。這輛富豪汽車在通往沙灘的海德路上，因為不平整的路面而顛簸搖晃，猶如暴風雨中的一艘划槳船。在這條路前的露營場，比他們出發時的露營場更為荒涼，每年在這個季節就像是孤兒一般。

「我的意思是，即便米蘭的父親沒有轉帳限制，個人識別碼對我們的用途是什麼？我們至少需要一份交易號碼清單，或是一台奇怪的機器。我們在這個窮鄉僻壤，在風暴的中間，到底收不收得到訊號啊？」

「這讓我來操心就好了。」

「很好，但是那筆款項應該要匯到哪一個戶頭？」雅各往右看向琳恩，看得時間比這段顛簸路段搖晃得更久。「現在不要跟我說比特幣或是任何一間在加勒比海的數位帳戶。我不相信這些方式。」

「我想，有些事情你並不信任我。」琳恩微笑地仔細注視著他。要是他打開窗戶讓雪雨飄近來的話，他就比較不會發抖了。

「像是？」他問，然後看回前方，壓制了顫抖的衝動。

他們剛剛經過了一間又大又漆黑的棚屋，它在旅遊旺季時會被當作盥洗室，附有公共淋浴間以及廁所。

「一直以來，我沒有一秒在乎過那筆糟糕的錢。」

「不然你在乎什麼？」

「我的家人。」琳恩說，然後伸手去抓住方向盤。她的另一隻手中，突然出現了剛剛插進索勒菲格眼睛裡的那把刀子。

「和你在一起很開心，親愛的。」琳恩笑著說，然後把刀子捅進雅各的肚子。

61
安德拉

「我們在哪裡？」安德拉來回揉著手腕問，就像在腫脹的手指留下痕跡的戒指一樣，鞋帶也在她的皮膚上留下了切痕。從米蘭鬆綁了她，用槍命令她走出車庫進入地下室後，才過了幾分鐘。在這幾分鐘的時間中，血液慢慢地恢復循環，帶來刺痛和發癢的副作用。

「這裡以前是地下室洗衣房。」庫爾特說，然後指著地磚褪成不同色澤的方形區域，那裡應該曾經矗立著洗衣機和烘衣機。現在這個小小的空間裡只有一個洗手台，沒有水龍頭，只剩一條不知目的為何，懸掛在天花板上無用的短管。

「這裡之前和地下鍋爐室相接，但是不知道為什麼他們把通道給堵起來了。」

「該死，沒錯。」

安德拉將拳頭打在內牆上，確信了那道牆的結實程度。她問米蘭父親是否還有其他出口可以從他們受困的地方出去。

「你是說除了這個我兒子鎖上的門之外的出口嗎？」看來法蘭克—埃博爾哈爾德特・恩德似乎在搬走之前，把鑰匙都留在每扇門上了，然後卡爾索夫一家還沒有動過這些鑰匙。所以米蘭隨意地選擇，把安德拉推進地下室洗衣間的他父親旁邊。

老，是她看見庫特仔蹲在地板上時的第一個想法。在他們首次在尼可拉斯湖老人安養院中的房間見面之後，現在他明顯變得蒼老許多，甚至比君特在監視米蘭父親時所拍下的那張照片還要更老。

即便庫爾特·貝爾格那時就已經臉色蒼白，還會顫抖。但是今天，他的身體彷彿對他本人而言大了一號似的，沒有刮鬍子的脖子像皺巴巴的餐巾一樣從下巴垂下來。而且他擔心她會聞到味道。有些人會像狗一樣對壓力產生反應，散發出一股甜酸的氣味。庫爾特顯然就是其中之一。

「我們大概得一直等到卡爾索夫太太回來了。」他說。

「她什麼時候會回來？」

「很難說。如果我們夠幸運的話，她半小時內會回來；不夠幸運的話，她明天早上或是晚上才會回來。我來的時候她剛要出門，所以她才允許我進來。總之她無法承受這種痛苦，也不知道她能不能再撐一個晚上。」

「這個意思是，最糟的情況下我們會被餓死在這裡嗎？」

「在最糟的情況下我們不會是最先死掉的人。」

嗯，太棒了。

安德拉下意識地伸手去找她的手機，她明明知道米蘭把她的手機拿走了

「這裡面是廢水嗎？」她指向一根通往外牆、漆成灰色的粗管子。

庫爾特點了點頭。「沒錯，這是一條通往外面的路。但是就像你看到的那樣，這根管子不夠粗，連貓都沒辦法藏在裡面。而且我們沒有任何工具，除了我的鑰匙圈以外。如果你在考慮這個……」

安德拉愣住了。「等等，你剛剛說什麼？」

「我的口袋裡有一個鑰匙圈……」

「不是，其他句的內容。」

藏起來！

庫爾特感到很困惑，以至於法回答她，但是也已經沒有必要了。

「這裡曾經是洗衣房對嗎？」

「沒錯。」

她看向天花板，然後看向出口對面的那面牆。因為牆壁上有很多髒污的關係，所以安德拉一開始沒有注意到隔牆有一條細小的裂縫通向鍋爐室，她誤把缺口看作許多蜘蛛網了。

「是那間有衣物豎井的洗衣房，米蘭小時候曾卡著的那個豎井？」

「他跟你說了這件事嗎？」庫爾特點了點頭證實道。

好，機會並不大。但是這是我們唯一的機會了。安德拉蹲了下來，然後解開她那雙傘兵靴的鞋帶。

「你打算要做什麼？」庫爾特驚訝地問道。

「這看起來像要做什麼呢？」她反問，然後把毛衣脫掉。接著解開褲子的皮帶。

「我要把衣服脫掉。對不起。你會看見我脫得精光。但是穿著衣服的話，我們就不可能成功地從這裡出去。」

62

米蘭

「現在是下午四點四十三分。」

語音助理 Siri 報時的同時，米蘭正努力在變得越來越厚的積雪中踩著踏板前進。

該死。

要是他在情緒激動的時候沒有那麼愚蠢的話，他本來能開安德拉那輛車的。畢竟他從她身上拿走了手機。但是他把車鑰匙留給她了，而且在他把地下室那扇門的鑰匙故意弄斷之後，他就再也沒有辦法拿到汽車鑰匙了。因為這樣，他現在不得不在一輛腳踏車上對抗暴風；也因為這樣，他耳裡的耳機就像每分每秒變得越來越冰的冰塊。

雪下得非常大，那種小時候會把舌頭伸出來舔的大片雪花，在他試圖更快往前騎的時候遮蔽了他的視線。

「您今天沒有其他約會了。」

當然啊。

Apple 和 Google 公司的程式設計師大概是覺得，他們創造出的 Siri、Alexa 不管叫什麼的人工智慧，對用戶的了解比對自己的了解還要多。然而對米蘭來說，他們徹頭徹尾地錯了。

他的確有一場約會，甚至可能是他人生中的最後一場赴約。

除此之外，他耳裡語音助理的女聲並不知道，當他從車庫拿出那輛老舊的淑女車，跨上腳踏車坐墊的時候，就已經離開中歐的時區了。從現在開始，米蘭把手機時間調整為祖魯時區。

這種世界協調的時間是軍方在戰爭時所使用的，為的是不要產生對於時間的誤解。不論是身處在美國、伊拉克、俄羅斯或者阿富汗，祖魯時間在這整個地球上都是一致的。就連在呂根島上也是一樣，也就是米蘭現在投身對抗敵手的地方，只要米蘭和他爭論越久，對他的企圖就了解得越來越少。

露營場沙灘！

這也不可能是巧合。雅各刻意選擇了這個交付贖金的地點。

這個在穆卡蘭與普洛拉中間，他與伊馮娜變得更親近的地點。他會和她在這片涼爽、夏天偶爾呈現碧綠色的水中游泳，他在沙灘旁的淋浴間裡第一次親吻她。在弗雷迪沙灘販賣亭幫她買可樂，他還用從他父親客廳吧台裡偷來的少量萊姆酒讓可樂變得更好喝。他們舒適地在有遮陽傘的海灘椅上相互依偎，在那個老舊、半腐朽、從來就不會有人佔的位子裡，更不用說是在春天，晚上會變得和其他地方的秋天一樣涼爽的時候。對他們來說，面對著大海依偎在毯子裡，然後一起看那本米蘭從圖書館偷出來的書，非常完美。

K4A3W1W20A23W17，他又再次想起這組暗號。表達「我愛你」的暗號。

他當時是自己解開那組暗號的嗎？根據他父親告訴他的那些事情，卡爾索夫說的很有可能是真的，他真的曾經有過一段可以識字閱讀的時期。在那場大火之前。在摔下樓之前。

在他把我弄成殘廢之前。

但是儘管他用盡了全力，他還是想不起來。他的大腦現在似乎比他必須在半小時內騎完這段路程所需的身體肌肉都還要更劇烈地運作著。以往，這在好天氣之下可能不是什麼問題，畢竟羅梅和新穆卡蘭之間的距離不到十六公里。然而他從來沒有在下暴風雪的時候騎過這段路，而且從來也不需要帶著現在所背負著的行李：可以肯定的是他被自己最信任的人背叛了。

被安德拉。

被他父親。

而且——最糟糕的是——可能還有他自己。

他太早放棄了嗎？他不應該這麼早回來這裡來追根究底嗎？

為什麼我要接受我的命運呢？

這些年來，他都出於某種原因把自己不識字的原因歸咎在自己身上。太笨了、太懶惰了，和那些不會把字母X朦混成字母U的「正常人」太過不同了。當米蘭從鄉間小路彎進以前他最希望終點直線抵達的那條路時，他甚至還沒開始整理自己的想法。

在沙灘和朋友見面這裡遇到他的朋友。玩得很愉快。親吻一個女孩。

十四年後的今天，那條坑坑巴巴的路已經變成了一條死路。他沒有煞車地直接快速騎向那條死路的盡頭，就算只是在想像中也好。

事實上，他從腳踏車上下來，然後隨意地讓那台腳踏車倒在路邊。

祖魯時間，他這樣想著。

這裡發生了什麼事？

這看起來真的像是發生過一場戰爭。他不是來到一個露營場的沙灘，而是來到一個戰場。那輛富豪轎車翻車了，側面像是一輛翻車的坦克車一動也不動。那輛車就倒在小沙丘上，駕駛座的車門敞開著，後車廂的蓋子也開著。車頭大燈仍完好無缺地照映著曾經拖在車後面，但現在在它前面的露營車。它順著海岸線停在沙灘上，稍微傾斜，但是還是在四顆輪子上。

這是一個圈套，米蘭這樣想，同時他的視線看到把將露營場沙灘徹底變成猶如戰地現場的東西：受傷的人。在浸濕的沙灘上，距離海浪約十公尺遠。

但是救援似乎為時已晚。米蘭越靠近那個女性軀體，臉色越沒有生氣。沒有任何一個還有呼吸的人會這樣躺在那裡，軀體如此扭曲，頭幾乎是在背上，雙腿在大概多處骨折的臀部位置。沒有任何還活著的人，會在風揚起的雪以及沙如砂紙磨擦眼球的時候，還會把唯一一隻眼睛睜得這麼開。

米蘭彎下身靠近那具屍體，證實了他的推測。他認識那個女人。

他今天白天才和她見過面。雖然他不喜歡她，即便她鄙視他並羞辱了他，但看到她的這個樣子，還是讓他感到很沉痛。索勒菲格！

你看吧，爸爸。我有一些情感。我並不邪惡。

不是天生的。

他聽見露營車的門發出啪啪聲響。大概是風讓那扇門砰地關上了。

儘管如此……

那扇門剛剛不是關上的嗎？

而且在他跪向索勒菲格的時候，他不是也沒有看到任何人影嗎？他把那個影子當作隨風揚起的雪，這讓沙灘上的朦朧天色又更加晦暗了。

也許是他搞錯了。

「雅各是你嗎？」他轉過身來。

不對，米蘭心想。**不是雅各**。

消失在露營車裡，而且還讓門砰地一聲關上的不是他的影子。

那個影子根本**不可能**是他。

因為雅各就站在他面前。

他身上濕透的衣物不是被雪或雨水弄濕的，而是被更黑、更黏稠的液體浸濕的。那個液體像是鞭痕，流過他的額頭與臉頰，也流到那隻握著槍的那隻手上。

他用那隻手開了一槍。

63

琳恩

「媽媽，拜託，救救我。」

柔伊輕聲地懇求道。小聲到她也無法在穿過露營車薄薄牆面傳來的狂風暴雨和大浪中聽見自己的聲音。但是正好要關上門的琳恩能夠看見她的唇語。

「你到底哪根筋不對？你這個愛哭鬼。你現在是認真在跟你媽求救嗎？」

這也太噁心了。

讓人無法接受的是，她們正如大家所說的流著相同的血。不，這幾乎無法想像。

琳恩不希望她的血脈中有人表現得像柔伊，嚎啕大哭地抵抗著她自己的命運。她出身自一個戰士的家族。不像柔伊全身顫抖地跪在地上，在生命危在旦夕的時候屈尊自貶。祈禱的雙手交叉著，琳恩彷彿是救世主，而不是執行者。

「起來！」她命令柔伊。此時，一聲槍響響徹露營場沙灘上空。試圖站起身來的柔伊，比預料到類似事情的琳恩嚇了更大一跳。

雅各很結實，所以他沒有失血過多，血從她的手滴到地毯上。

也很好。

當她將刀子從雅各的腹部抽出來的時候，血液就像噴水池一樣噴濺到汽車擋風玻璃上。事實上她還以為他大概會就這樣死了，然後同時把他的腳從油門上移開。但是他在垂死掙扎中作出了非常荒謬的反應，像個瘋子一樣加速。

於是車子失去控制，然後翻車了。幸運的是，露營拖車在此之前就已經脫離，而且還繼續滑行，在離拍打在岸邊的浪潮只有幾公尺遠的地方停了下來。

如果是電影，全部早就爆炸了，而不會只有那個該死的安全氣囊爆開而已，爆開的安全氣囊讓離開敞開的副駕駛座變得有些困難。一想到這裡琳恩就心滿意足地笑了，因為基本上這一切都順利地完成了；因為瘀青、腫脹和擦傷非常適合她；因為那輛富豪汽車還沒有完全壞掉，它的車燈還為她照亮了露營車的方向，**照向柔伊**。因為雅各的血非常大量地噴濺在她的身上，讓她彷彿像在血泊裡泡過澡一樣。一切都按照計畫進行。

「拜託，求求你，不要這樣。」當柔伊看見琳恩拿著電動釘槍的時候，恐慌地乞求道。

「雅各是從左邊還是右邊抓住你的？」琳恩問。「我忘記問他了，而且可惜他已經死了，我也沒有辦法問他。」

「他死了嗎？」

「對。」琳恩說道，然後看見有碎片卡在柔伊左手拇指上的臨時的包紮上。「事實上，不管是右邊還是左邊都沒差。」

琳恩咬緊了牙關，然後把針刺進自己左手的拇指指甲裡，就像雅各對柔伊做的那樣。

先是短暫的灼燒感，彷彿像她把一根灼熱的釘子射進了肌膚，然後在從一開始的驚恐回過神來之後，一股疼痛的浪潮襲捲了她的身體，要是她不放聲大叫的話，根本無法忍受那股疼痛。

該死，甚至沒有失去意識昏過去。

「你為什麼要這樣做？」柔伊尖叫道，她依舊跪在地板上。

「因為這樣才不會看起來像雅各只有折磨你而已。」她坦率地說。說話的時候牙齒發出了打顫聲。疼痛就像發燒一樣在她體內肆虐。

但是為了家庭必須有所犧牲，不是嗎？

她看著自己的拇指，然後驚訝於拇指不像感覺起來那麼大。至少和藥球一樣大，但是也不像保齡球那樣。

隨便了。

她短暫地屏住了呼吸，然後試著深呼吸來減緩疼痛，但她完全不知道這有什麼意義，然後她確定了——一下這裡痛苦，一下那裡痛苦——她沒有時間了。她朝柔伊跪了下去。

「現在輪到你了。」琳恩說道，丟掉了釘槍，然後從褲子口袋裡拿出了刀子。

64

雅各

他無法理解那些他以前當作蠢蛋和騙子而不予理會的人。

現在他明白，每次他們說明自己又再一次被「召回」時候的惱火，所指的是什麼意思了。那些真正的瀕臨死亡、復活、已經看見那道光，而且還跟站在最後道路的已故親朋友致意的那些人。

在雅各胃裡的疼痛在他閉上雙眼之前突然爆發時，他除了完全平和的寧靜之外，什麼都感覺不到，幾乎瀕死的狀態將他帶回了青少年時期中其中一個最美好的回憶裡。

而現在又結束了。

現在他又得忍受寒冷、潮濕生活中的醜陋，忍受暴風直接吹拂臉龐，忍受手因為手槍的後座力而感到麻木。他突然想到，也許風就是在他生命的最後幾秒鐘的時候，碰巧讓他回想起那一趟摩托車之旅的觸發。回想起緊抓著他的索勒菲格，在他騎車時撫摸他的大腿，手放在非常靠近因勃起而把褲子弄得鼓起的地方。他們一起出發前往羅梅，去她女兒伊馮娜那裡。她和米蘭玩得太開心了，以至於他沒有去接電話，這也是為什麼索勒菲格沒辦法告訴她女兒自己被鎖在門外。

多麼幸運啊！

雅各看向旁邊。看向那台翻車的富豪轎車，還有沾滿血跡、膨脹的安全氣囊。也許是安全氣囊爆開的火藥引起了他對於煙霧的記憶，也因為這樣，瀕死前所看到的人生跑馬燈跳到了伊馮娜在街上朝他們跑過來的那一秒。

「等一下，寶貝。」索勒菲格說，那時她看出了女兒有些不對勁，儘管她的聲調聽起來還是很色情。

伊馮娜沒有全身赤裸，可能也不是如此，但是她沒有穿上衣，只穿了胸罩，這對成熟的胸部來說不是什麼壞事，但是這看起來讓人覺得太驚駭了。除此之外她還哭了。索勒菲格一邊問道「到底怎麼一回事啊？我的女孩。」（「發生什麼事了？／他對你做了什麼？」），一邊照顧她的女兒。與此同時，雅各走了一小段路到了那間索勒菲格跟他說過門牌號碼的房子。

庫爾特．貝爾格以及尤塔．貝爾格的住處。

客廳裡有一盞奇怪的燈，而且門是半開著的。正當雅各走進走廊的時候，有燒焦的木頭味道，但是那時還沒有濃煙，至少在他瀕死的人生跑馬燈裡沒有。米蘭站在門口。滿臉青春痘，頭髮比今天的他還要長很多。他似乎想去追伊馮娜，赤腳，穿著半解開的牛仔褲。

「你是誰？」他問雅各。

「滾開！」雅各沒有回應的同時，他這樣說道。雅各無法忍受這種侮辱，因此一拳揮向了米蘭的臉。

然後最好的事情發生了：米蘭向後倒。他沒有撐住自己，沒有任何防衛動作，直接穿過這棟該死的小房子裡敞開的地下室的門。

並且發出喀嚓聲、劈啪聲，還有嘎吱碎裂聲。米蘭的身體就躺在地下室樓梯底部。

然而這個非常美麗的景象沒有無限循環重複播放。或是轉換到另一段回憶。**或是進入死亡。**

顯然死亡還不想帶走雅各，不幸的是，風就像一條濕毛巾一樣拍打著他，而且喚醒了讓他無法想像的、難以承受的疼痛。然而，牢獄生活更難以想像。

琳恩，**這個貪婪的婊子**，想要獨吞那筆錢。

好。然而她想獨吞那筆錢，應該把刀子確實插進去的，應該要刺他個兩、三次。而不是僅是讓他無法攻擊的那種劃傷而已。**他媽的。**

要是他留在車裡的話，她就可以找到他，然後幫他把傷口治療到適合入獄的程度。

絕對不行。

這個想法讓他有了要用同樣的手段對付琳恩和爬出車子的力氣。

米蘭彎著身體倚著索勒菲格的屍體的景象，更讓他產生了復活重生的奇蹟。在某種意義上來說的確是，雅各至少有一小段時間真的能夠站起身來，把手槍從他掛在皮帶上的手槍皮套中拿出來，然後在米蘭轉過身來面對他的時候，朝米蘭的胸膛開了一槍。

那一槍讓那個文盲猛然地向後退，彷彿擊中他的不是子彈，而是某個看不見的拳頭抓住了他，將他拉起來往後丟一樣。

「為什麼？」在雅各朝米蘭彎下腰時，米蘭帶著非常痛苦到歪曲變形了臉問道。

他無法理解自己的命運，至少雅各對此還是覺得滿意。

「因為我不想讓琳恩這樣對我。」雅各回答道，然後把手槍抵在米蘭的額頭上。

「如果我拿不到一分一毫的話，她也別想拿到半毛錢。」

他在扣下板機之前看到了閃光，而那是一個錯誤。這不可能。

雅各先是把頭抬了起來，然後回頭看。他往旁邊走了一步，然後意識到那個閃光不是什麼閃電。

接著他笑了。

又開始了。瀕死的人生跑馬燈只是暫停了片刻而已。儘管胃部產生的疼痛沒有減弱地繼續肆虐，但是他再一次看見了那道光。

只是這一次他並沒有朝那道光前進，這一次是那道光朝他靠了過來。

快速。無情。發出短而尖銳的叫聲。而且這次沒有辦法回頭。

因為這次真的是會致命的。

65

安德拉

她從前面衝撞了雅各。他就那樣一動也不動地站著，彷彿穿上了一雙鉛做的鞋一樣。這好像連雙臂也被套上了鉛製的袖子，因為他甚至沒有舉起槍瞄她，或是朝輪胎開槍。這讓安德拉在撞擊之前，還在思考著是不是應該轉向、是不是應該要繞道，或者是不是應該煞車。這猛力的撞擊讓她的擋風玻璃爆裂了。然而，她目睹了他如何把槍抵在米蘭的額頭上。

就是他。那個殺人兇手。他想要殺了米蘭。

不管是什麼阻止了那個滿臉鮮血的瘋子扣下板機，都給了她唯一的機會，在生命危險之前的一小段時間。

不好好把握這段時間就等於被判了死刑。

如果不是我的死刑的話，那一定就是米蘭的死刑。

雅各甚至還幫了她一把，往旁邊走了一步，讓她實際上只撞到了兇手，而沒有撞到她的男朋友。

雅各的膝蓋被撞碎了，上半身像個娃娃一樣彎折到了臀部，頭撞在擋風玻璃上。而迷你庫柏裡所有鬆散的物品都被拋了出去——她的手套、一瓶空的礦泉水瓶、米蘭用來解開暗號的那本該死的書。雅各滑到了前輪底下。車子停了下來，發出了一陣很大聲的壓碎聲響。

「米蘭？」

安德拉解開了安全帶，快速打開了車門，然後不斷抵抗著咆哮聲越來越強烈的風，大聲呼喊著米蘭的名字。在過去他身邊的路上，她偶然發現了一雙腿，一雙不屬於雅各的腿，因為他就躺在她的車子底下啊。

我的老天，我剛剛到底在這裡碾過了幾個人啊？

那雙腿穿著一條慢跑緊身褲，那件褲子讓她覺得有點熟悉但不太確定，接著她認出她來了，那是索勒菲格。就連她也死了。她不能停下來，至少不是現在。也許是在……

「**米蘭？**」

她撲向了他前面的沙攤上。光著腳，因為她在情急之下只穿了避免裸露的必要衣物。

「該死，不要這樣子對我。」

她看見他胸部上的槍傷。不對，更確切地說是在肩膀上，而且是在右邊，這是一個好兆頭。還有她能感覺到他的脈搏以及顫動的雙唇。

「怎麼……？從哪裡……」米蘭問道。他雙眼的眼皮顫抖著。

我是怎麼從地下室出來的？我怎麼知道在哪裡找到你？

「之後再說。」現在不是跟他解釋她記得他那個髒衣物豎井故事的時候。他在十一歲的時候躲在那個豎井裡，而且肩膀還脫臼了。那根管子被藏在一道薄薄的石膏板牆後面。庫爾特在灰泥底下把那個管子給挖了出來。她為了在那個聯通了每一層樓的豎井裡往上爬，除了內衣褲都脫掉了，好讓她不會像米蘭當年一樣被卡在裡面。

「是從哪裡……」米蘭又開始說道。

「我看到了車庫前雪地裡的腳踏車車痕。」她感覺米蘭快要從她身上滑落，還是給了他一個回應。她必須阻止他睡著。

「你們的會面地點應該就在附近了。我很確定兇手會把你引導到對你來說有意義的地方，正如同每一個我們在過去幾個小時去過的地點都有意義。」

庫爾特跟她說了三個對童年時期米蘭來說很重要的地點，而且這三個地點當中有一個騎腳踏車就到得了的地方。

「這裡就是你常和伊馮娜見面的地方嗎？」安德拉溫和地問道。

他點了點頭，然後想要起身。

「別起身。拜託繼續躺著吧。我已經叫了警察，他們隨時都會和救護車……」安德拉沒有繼續說下去。

因為她和米蘭一樣聽到了尖叫聲。尖銳、刺耳。充滿對死亡的恐懼。

一個年輕女孩的尖叫聲，要是那個尖叫聲沒有被十公尺外的露營車牆壁所減弱的話，那個尖叫會更長、更大聲還有更讓人覺得痛苦。

66 米蘭

安德拉看見露營車裡面的景象時尖叫了起來。

該死，我們太晚來了，米蘭心想，而安德拉則是受到驚嚇地又走回車門那裡，他剛剛才拖著腳步走出來的那扇車門。

她無法承受這種事情。

而米蘭想要跟著她。**滾出去。**滾出露營車。滾出地獄。

血。

就算是屠宰場也不會如此。米蘭看見軀體、刀子、頭髮還有血。太多太多了。彷彿一桶桶往這些一動也不動、相互堆疊的人倒下去一樣，在垂死的掙扎中團結起來。

「柔伊？」他有些遲疑地問。他不希望她聽見他的呼喊，要是他大叫卻沒有得到她的回答他，他就會知道真的沒有希望了。既沒有救贖，也不再有解釋。這個愚蠢的想法可能會以無法解釋的惡夢結束。

然而，儘管他只是小聲地發出聲音，其中一個軀體還是晃動了一下。躺在上方的人晃動著，接著動了起來。她把頭抬高，從明顯是一具屍體的下方鑽了出來。一把刀插在那個沒有生命跡象的人胸口左側。

米蘭不由自主地抓著自己被射穿的傷口上。這個傷口迫切需要治療，但是當前還有更重要的事情。

現在這裡有一個還能動的人。還會呼吸。還能眨眼睛。然後注視著他。

「柔伊？」

顯然她就是柔伊。儘管她流了有很多血，儘管眼裡有淚水，儘管嘴巴前還有口沫，儘管因痛苦與折磨扭曲了她整張臉。

米蘭一眼就能認出她來，她看起來就跟在那張他在那棟空無一人的別墅電話旁所找到的照片一模一樣。

柔伊，夏天在海邊。

當然她的年紀更大；光是今天短短幾小時內就老了好幾歲。

外表看起來是十三歲。但內心一定承受了好幾生的痛苦。

然而在飽受折磨的外表裡，毫無疑問是那個有著憂鬱的眼神的金髮女孩，而且她的眼中表現出的憂鬱，和他產生了心靈上的共鳴。

這種由心靈上的暴行所聯繫而成的連結紐帶。

在米蘭初次看見她的那一刻，就感覺到了這個共通的連結。昨天。在那輛停在戈茨柯沃夫斯基大橋的富豪汽車後座上。在不知道她壓在車窗上的紙條上寫了些什麼的情況下，他看出了她臉上的困境。但是他沒有預料到的是，這個困境會如此加劇，變得如此殘酷和野蠻。

「我在這裡。我在這裡！」他說道，然後跪在她身旁，拉起她身體將她抱在懷裡。女孩胸骨下劇烈的心跳讓他肩膀得疼痛得到了緩解。

「現在一切都會好起來的。」本來他也想避免說這種空洞的安慰，但是除此之外他還能說什麼呢？在這種時刻還有什麼話能減緩痛苦、可以減輕不幸呢？沒有。

「天啊，他到底對你們做了什麼？」

「雅各。」女孩哭著說道。他點了點頭。

這隻豬殺了他們所有人。

那個在休息站無障礙廁所裡的女人。索勒菲格。最後還有……

「那是你媽媽嗎？」他問道，然後看向那具屍體。她點頭。然後啜泣。然後點頭。然後把所有她的疼痛對著他的肩膀大聲哭喊。

「我剛剛……，我剛剛……」

「噓……」他試著讓她冷靜下來，如果邀請她跳一支舞可以讓她冷靜下來的話也不錯。

「你想說什麼？你有什麼話想要跟我說是嗎？」

米蘭想把手鬆開，這樣才能看看柔伊是受傷了，還是只是沾滿了她媽媽的血。或者是沾滿了他的血。

「我不得不……用那把刀子……」

她在說話的時候幾乎過度換氣了。她的呼吸就像是剛衝刺完，或是跑完一場對抗著跟精神病患的馬拉松一樣。

「你用那把刀子做了什麼？你想要跟我說什麼？柔伊。」

那個女孩搖了搖頭。

然後她說出了一句改變這一切的話，只是米蘭在那一刻沒能理解。完全無法理解：

「我的名字不叫柔伊。」她說。

67

米蘭眨了眨眼。他的胃攪在一起，額頭冒著汗。他把這些身體反應歸咎到那個他無法再忽略太久的槍傷。

「我的名字是琳恩。」

「但是……」

這怎麼可能呢？

有那麼一會，米蘭以為自己又要面對一個新的無解謎題，但是這一次他想到了解答。

那張照片！他們以為那張照片背面寫的就是那個小孩的名字。但是為什麼要留下大家都能看出來的內容呢？這也是筆跡那麼像小孩子的原因。那個女孩把攝影師的名字寫在背面上：她的母親，柔伊。米蘭放開了女孩，然後用膝蓋往側邊滑到地板上的那具女性屍體的旁邊。

把手伸向那具屍體。把那些像是窗簾一樣蓋住的血淋淋頭髮從臉上撥開。揭開那死亡的面紗，然後認出了她。

不！他心裡想著，卻沒有辦法放聲大叫，他被自己的悲傷給淹沒了。

他已經十四年沒有見過她了，歲月在她身上留下了痕跡。儘管她在死亡狀態下睜大了雙眼，就像她的嘴巴一樣，驚恐地、疑惑地、尖叫地張開著，他還是認得她：伊馮娜。他難以忘懷的初戀情人。那個允許他親吻她、撫摸她還有觸摸她的女孩。那個把自己名字拋下，然後幫自己取了一個新名字的伊馮娜。

柔伊。就像是書中裡的女英雄一樣，那本為他們青少年時期的愛情暗號提供參考的書，而這個愛情的暗號在多年後被她用來當作是求援的呼叫。

「伊馮娜。」他說道，然後把那個女孩再一次拉到自己身邊。

「我認識你媽媽的時候，她用的是另外一個名字。」

「我知道。」琳恩啜泣道。「她跟我說了很多關於你的事情。」

「噢，親愛的！琳恩，我很抱歉。」米蘭說道，情感完全淹沒了他。他渴望闔上雙眼，屈服在那股越來越大聲地敲著他意識的昏昏欲睡。但是現在，在他第一次講出那個女孩真正的名字之後，琳恩滔滔不絕地開口說著話。一開始吞吞吐吐地，然後結結巴巴地，最後帶著憤怒說：「雅各折磨了我們。她把我媽媽的手指砍斷了，用釘槍把釘子打進我的拇指裡。這裡。」她把她血淋淋的手抬了起來。

「他很邪惡，他就是很邪惡。」

「我知道。」

「他今天還刺了我奶奶。還有媽媽。」琳恩想從米蘭的手臂中脫身，但是他沒有放開她。

「我應該坐在前座，坐在他身邊的。」她哭著說道。「那時候我在車上發現了刀子。我把那把刀子捅進了他的胃，這也就是我們翻車的原因。就在我要找媽媽的時候，就看到她躺在這裡了。她死了嗎？」

她用手肘抵住他的胸膛。傷口的疼痛太痛了，米蘭不得不把她推開。

「媽媽死了嗎？」她又再一次問道，這讓他感到心碎。「噢天啊，是我做的嗎？是我殺了她嗎？因為翻車的關係嗎？」

「不是的。」米蘭說道。他思索著，接下來說的話很重要。如果要停止並克服這種命中注定的創傷，那這些話必須值得相信並且有說服力。

她需要希望。需要確定會有人相信她。確定她不會背負任何罪惡。

「不是的，琳恩。」他說道，就在他聽見那些太晚過來的警笛越來越靠近的同時。這場戰鬥結束了。「你這一切都做得很對。」

紅藍相間閃爍的燈，從外面越過了那片露營場的沙灘，閃爍穿過了骯髒的露營車窗戶照了進來。當在他們後面的那扇門被打開的時候，變得更亮了。

「你媽媽被雅各殺了。」米蘭成功地說了出口，然後感覺到有一隻手放在他的肩膀上。

「不幸的是，在你在發現她的時候，她就已經死了。」

「這不是你的責任。」他還說出了這句話。接著他就昏了過去。

68

琳恩，三小時之後

一名捲髮女警帶著撲鼻的菸草與潮濕空氣的味道走了進來。

「很抱歉打擾你，琳恩。」她在自我介紹完了兩個名字以後說道，最後一個字應該是她的姓氏。安娜葛雷特・弗勞克，她是凶殺案調查組的調查員。到目前為止，所有人都將琳恩如雞蛋般溫和地捧著，從救護車上陪她到醫院急診室的俊俏急救人員，一直到那位聲音嘶啞、治療她的拇指並且幫她洗掉身上血跡的過胖女醫生，還有捲髮吸附煙味的安娜葛雷特似乎也明顯努力著，盡可能謹慎地開始進行審問。

「這不會花太多時間的，結束之後你就可以睡覺了。」

顯然這位女警聞到沾附在皮外套和頭髮上剛抽的香菸味道，她打開了一扇琳恩根本無法看出去的傾斜窗戶。反正外面已經天黑了，而且她也被自己的思緒分散了注意力。琳恩用快樂填滿的正面思緒。

「我可以坐這邊嗎？」

調查員拉了一張椅子過來，但是接著發現這是一個壞主意。琳恩雙腿搖來晃去地，而且只穿著一件睡袍坐在調查桌上，就在安娜葛雷特正要坐下的時候，她看向了琳恩的膝蓋，而不是她的雙眼。所以這位調查員只是將外套掛在椅背上，然後繼續站著。她表現出善解人意的態度，開始進行了那些細心制定，但是基本上可笑至極的問題。

「你還好嗎？」

「嗯，我必須想一下。正式來說，我失去了我的媽媽柔伊和我的外婆索勒菲格，他們被我有精神問題的爺爺雅各殺了。你覺得我現在應該要怎麼回答你這個問題呢？」

「我們能打給某個人嗎？」

「當然可以。這是一個自由的國家，你想打給誰都可以。」

「你有我們可以通知的親戚嗎？」

「噢，有啊。但是如果我跟你們說出那個名字的話，我可能也會馬上承認是我殺了我媽媽。不是雅各。」

琳恩對這位女警的所有問題都予以保留，一直到下面的這個問題：

「你知道我們可以在哪裡找到你爸爸嗎？」

至此她無法再保留不說話了。她傷心地輕聲說道：

「我想，應該是那個你們放全部屍體的地方吧。」這位女警的雙眼瞪大，然後下意識拉著她左耳上的捲髮。**她本來也可以看起來很秀氣的**，琳恩心想，要不是她因為抽菸而讓她的皮膚和牙齒嚴重受損的話，工作和壓力不會這麼快讓皮膚暗沈。琳恩打賭，安娜葛雷特在她擔任島上警察的職業生涯當中，從來沒遇過像這次事件如此折磨精神的事情。

「你是想說……？」

「雅各．恩德是我爸爸。沒錯。我媽媽……」為了不洩露出她不斷的竊笑，琳恩不得不在話說到一半的時候就停了下來。調查員將她那顫動的下唇與顫抖的聲音解釋為即將嚎哭的跡象，於是握住了她的手安撫她。

「我媽媽跟我說過，」琳恩接著繼續往下說。

「當時雅各強暴了她。而強暴後的結果就坐在你面前。」

琳恩吸了吸鼻涕，然後露出一抹扭曲的微笑。冷冽的空氣透過傾斜式窗戶的縫隙吹了進來，這樣很好，因為琳恩必須透過這種方式而冷得發抖，這樣才能符合她的描述。

「雅各的強暴行為和那之後發生的事情，我的意思是，不得不和他生活在同一個屋簷下讓她遭受折磨。不知道什麼時候開始，媽媽失去理智發瘋了，反正我的外婆索勒菲格是這樣跟我說的。她天天都不希望別人叫她伊馮娜，而是叫她柔伊，不管是為了什麼原因。我想，這就是大家所說的逃避現實吧？」她成熟地補充道。

調查員深深地吸了一口氣，讓空氣中瀰漫了菸草的味道。接著她道歉，然後走出這個房間。就在她關上了身後那一扇門的時候，琳恩開始咯咯地竊笑，然後咬住自己的虎口以免笑出聲來。

萬萬沒有想到她的計畫奏效了。從她在柏林坐在那輛富豪轎車後座上，把那張紙條壓在車窗玻璃上的那一刻開始，一直到米蘭跟他說，她不需要背負任何罪惡的那一瞬間。好吧，有一次她的小把戲做得太過火了。在高速公路的汽車旅館裡，她從浴室打電話給米蘭，還對他假裝自己是一個可憐兮兮、被綁架的女孩。這個舉動大大地刺激了雅各，**但是這個白痴是要偷聽什麼？**俗語說得好：嫉妒是一種熱切渴望尋找痛苦的熱情。這要怪他自己不好，**那個愚蠢的男人**。

整體來說，琳恩不得不自信滿滿地說，她已經實現了自己所想的一切。

那扇門打開了，一頭菸草捲髮的調查員回來了，和之前照顧過她的女醫生帕烏勒森博士一起。她像是一個有很多腰間贅肉，以及有皺紋雙下巴的媽媽類型的人。她們兩人都掛著一抹形同父母般羞愧的微笑，這樣子的人都想要試圖說服他們所保護的人去做一些為自己好，而不是根據自己喜好所做的事情。

「你同意進行親子鑑定嗎？」調查員這樣問道。

「可以啊，為什麼不同意？」琳恩說，不得不再次壓抑不要咧嘴笑出來。

醫師把棉花棒放進口腔裡面，很快地在口腔裡塗刮，完全不會痛。**可惜**。

琳恩在這方面大概也與常人不一樣，因為她不介意去咬紙、棉花或甚至是羊毛。每次在看耳鼻喉科的時候，她會伸出舌頭，因為使用壓舌棒而產生作嘔的衝動，她甚至很喜歡這樣。如果剛剛帕烏勒森博士用棉花棒在她的喉嚨裡面翻找唾液樣本的話就更好了。

「到我們拿到鑑定的結果還需要一個星期的時間。」那位醫生說，把棉花棒整理放進一個架子裡面。琳恩聳了聳肩。

「我現在會怎麼樣呢？」她問道，純粹因為她覺得大家都會期待一個孤兒這樣問。

這兩個女人，不管是醫生還是調查員都悲傷地看著她，琳恩不得不再次抵抗那個扯開嗓子當著她們的面嘲笑她們的欲望。她本來很想看看她們的反應，吃驚地茫然不解。當她把刀子捅進雅各腹部的時候，這種吃驚地茫然也短暫地閃過雅各的眼睛。

「噢，我的小傢伙。」帕烏勒森博士嘆息道，然後用手拂過她的頭髮。「我根本無法想像你經歷了些什麼事情。」

你當然可以。

「而且恐怕這件事情還沒有結束。」那位女調查員這樣補充道。

這就是我所希望的。

「也許兒童與青少年福利局會先照顧你。我們已經通報他們了。」

琳恩點了點頭。她看起來相當失落，但內心卻開心地雀躍了起來。即便是現在，一切都還是按照計畫在進行。她迫不及待地想完成這個計畫。**而且已經不再需要太多條件了**，她這樣心想，與此同時帕烏勒森博士又再一次地拂平她的頭髮。

不再需要太多條件了。

只剩下一個人必須死。

69

米蘭，三十二小時之後

「但是，是什麼東西讓這個世界融為一體呢？」

米蘭在他的夢境中倒在地下室樓梯的底部，顱骨骨折，又再一次回到十四歲。一個人影彎腰俯向他，手裡拿著一本書，那本書看起來和他從學校圖書館裡偷走的那本一模一樣。

但是，就像每次在他的夢境裡那樣，每當看到那本灰色的書就會有一股恐懼朝米蘭襲來。因為就在此刻這種無意識的情況下，他的大腦能成功辦到一些在正常生活中沒辦法做到的事情。他可以閱讀。

《禮物》這兩個字出現在精裝的封面上。一本長篇冒險小說。

他回想起這本書的封底上所寫的最後一句話，他父親也許無意識地在他們的最後一次對話中引用了這句話：**「有時候，一無所知是世界上最大的禮物。」**這就是這本書的目的，書裡的小孩能發展出暗號的原因。為的就是要將其他人蒙在鼓裡，只有他們才可以分享那些連結他們的祕密。這個故事以悲劇收場。柔伊從她最好的朋友那裡得知的最後一個祕密，就是他罹患了絕症，而且就要離開她了。突然之間，這不再是其他人的一無所知了。最後，她多希望自己能有一無所知這份禮物。

「米蘭？」

那個女人（那個身影顯然是個女人）打開了那本書，然後把那本書拿到他的面前。《**浮士德，悲劇第一部**》，米蘭讀了出來，同時聽見了自己的聲音。他的聲音就像一塊劃傷他理智的碎玻璃，尖銳且鋒利。「**柔伊對德語課並什麼興趣，對於是什麼東西讓這個世界融為一體這個陳腐無聊的簡單問題也提不起勁。『那就是邪惡』如果有機會的話，她想這樣回答歌德。『我們抵抗邪惡的戰鬥會使我們團結起來。』**」

「伊馮娜？」米蘭問道，因為那個女人逐漸有了熟悉的輪廓。和他一樣，他的女朋友再次變成了青少年。她微笑了，但是搖了搖頭。

「我的名字叫柔伊。」她說道，然後把那本書闔上。一陣如打雷般的轟鳴，就像雪崩一樣漸強，變得越來越大聲，然後劇烈地晃動著米蘭的身體，猛力地搖晃著他，直到他因頭部傷口與槍傷而疼痛尖叫，大概就像米蘭自己一樣猛烈——他被自己的吼叫聲給驚醒了。

「貝爾格先生？」

他滿身大汗地睜開雙眼。面前出現一張陌生的臉孔。那張臉從他的視野中消失了，而米蘭不得不閉上雙眼，因為他直視著訪客的頭剛剛遮住的電燈。

「我在哪裡？」

他感覺到自己躺在一張床上，而且被褥下除了一件睡衣外一絲不掛。即使是最輕微的移動也使他產生一種，彷彿有人把他胸膛上的繃帶扯下來，並把酸倒進傷口裡的感覺。

「這裡是薩納醫院。你動完手術了。一切都很順利。」

「你是醫生嗎？」米蘭一臉狐疑地問道，因為這個一頭灰稍微波浪捲灰髮的高個子男人，穿著一件昂貴的量身訂製條紋西裝。他的袖扣肯定是白金製的，而不是低廉的銀製，因為它剛拋光而閃耀著。他身上散發著一股剃完鬍子用的木質調乳液的味道，儘管他有修剪整齊的指甲，但只有他額頭上的抬頭紋讓他看起來不像是打扮光鮮亮麗的傲慢蠢小子。除此之外，他眼下有著幾乎消沉抑鬱的陰影。

「我叫羅伯．史坦。我是刑事辯護律師。」

「我並沒有請求任何辯護律師。」

而且就這小子外表看起來的樣子，他一定完全負擔不起他的訴訟費。

「是你老闆委託我的。哈拉德．蘭佩爾特。」

浩克。

米蘭閉上了雙眼思考著。

想到了那一具米蘭把她放在她自己那台汽車的後車廂裡，然後載到布蘭登堡森林裡的屍體上有他的指紋；想到了索勒菲格被殺之前，可能看過他曾經待在她家的目擊者；想到了安德拉，在他把她綁起來、威脅她，然後把她和他父親一起鎖在地下室之後，她可能不會是他最好的辯方證人；他到起了所有在他衣物上的血，當然還想到了那個朝他開槍的雅各。

「我牽涉這件鳥事有多深？」他這樣問律師。

「我遇過各式各樣的客戶，這個沒有深到無法把你拉出來的地步。」

等待，米蘭想。他把下巴往胸口壓，這是唯一一個可以忍受的動作，而且確認了自己住的是單人病房。窗戶看出去的景色並沒有帶來什麼進一步的發現。窗戶玻璃漆黑得像是關掉的電視一樣。在這種季節裡，現在可能是清晨、傍晚或者是深夜。

「你聽著，我還不了解這一切。」米蘭說道。

「在我給你我的版本之前，你先給我答案的話也許會更好。」

「你想知道什麼？」

這位律師拉了一張椅子坐了下來，然後打開皮革的文件公事包。「我們就從最重要的問題開始吧：雅各是誰？」

這個把我變成他變態遊戲對象的傢伙是誰？

「那個男人突然出現在我面前對我開槍的時候，是我第一次見到他。」

史坦從他的公事包裡拿出一個棕色的紙板文件夾，快速瞥了一眼後，完全不用任何筆記地進行報告。

「在你母親去世之後，雅各．恩德在十七歲的時候和他父親爸從柏林搬到呂根，恰好在你離開這座島，從呂根搬到柏林不久之前。在大火之後，雅各的父親法蘭克—埃博爾哈爾德特．恩德買下並整修了你父母親的房子，這是你們之間的連結。融資的資金來自他妻子死後的壽險理賠。」

「還有什麼其他連結？」

「雅各・恩德在十二年前娶了索勒菲格・施呂特爾，這造成了一個大話題。其一是因為索勒菲格為了和他結婚而和她丈夫離婚了，她丈夫是當地非常受歡迎的人，但最主要的原因還是年齡差距。雅各這一生都當臨時工，他的收入只能夠勉強過活而已。酒精和毒品更導致了整個家庭的破碎。索勒菲格放棄了在超市的兼職工作，作為家庭主婦和母親，來照顧她懷有身孕的女兒，也就是你所熟識的柔伊。」

「她叫伊馮娜。」米蘭輕聲地將話說了一半。

「根據出生證明顯示，沒錯。但是沒有人在用那個名字叫她了。據說從她女兒琳恩出生後，她堅持要別人以柔伊這個名字稱呼她。她十五歲的時候偷尿布被抓到，順便說一下，這是她第一次，也是唯一一次被告發。當年進行審訊的時候，她留下了紀錄說，只有她女兒的爸爸才會知道她從現在起要叫自己柔伊的真正原因。」**柔伊。那本書裡的女英雄**。古希臘語的意思是「『對於』每個生命而言都一樣的單純生命事實。」

史坦為了重溫他的記憶，不得不看了一眼檔案。

「一開始她還在薩斯倪茨生活了一段時間，但是在和她的第一任丈夫離婚之後，索勒菲格就不得不搬出去。社會階級的向下流動，最終導致她得在露營場沙灘上生活。雅各、索勒菲格、她女兒伊馮娜，還有伊馮娜的女兒琳恩。這種悲慘的關係並沒有引起兒童與青少年福利局的注意，但顯然他們照顧孩子的狀況似乎也沒那麼糟糕。」

不知道是什麼機器被從一個房間移動到另一個房間，機器的輪子在走廊上發出了嘎吱的聲響。也許是一台呼吸器、一台可攜式心電圖，或者只是配餐車而已。

「照這樣看來，隨著年紀越來越大，最終還是走入了歧途。」史坦繼續說道。「我認識一個在警察局工作的調查員，私下偷偷跟我說了目前所理解的狀態。」

「那是？」

又看了檔案一眼。「雅各．恩德逼迫柔伊和琳恩參與他的計畫，從貝爾格先生你身上勒索一筆天價的金額。」為了讓你配合，他必須表現出他是認真的。於是他開始輪番折磨他的人質。他截斷了柔伊的一根手指，硬是把釘書針釘在琳恩和柔伊拇指裡。

米蘭憤怒地咬緊牙關。他曾經聽過雅各把釘書針釘進拇指的聲音。

「他為了你把那隻斷指藏在一個休息站裡，並且在那個休息站殺了一位女性目擊者。引誘你到呂根島的計畫成功了，然而交付款項的步驟卻在最後的幾百公尺失敗了。在雅各想要除掉他的受害者的時候，琳恩與她的繼父之間發生的衝突。女孩成功造成了雅各一個嚴重但是不致命的傷害，他失去了對車輛的控制。她用盡最後的力氣拖著自己身體到露營車裡的母親身邊，然而她母親的傷勢太嚴重了，最後死在她女兒的懷裡。」

米蘭握緊了右拳。「那個女孩一定經歷了地獄。」他憤怒又悲傷地說。

「這是肯定的。除了調查員很快就會來找你審訊的詳細問題外，還有一個特別引人注意的問題。」

「什麼問題？」

「對於雅各．恩德偏偏找上你，你有什麼頭緒嗎？」

有啊。很不幸地，我知道他為什麼要找上我。

「索勒菲格認為我是琳恩的爸爸。」米蘭說。

史坦維持著他那張辯護律師的撲克臉。「不只是索勒菲格。我的律師事務所雇用了私家偵探，貝爾格先生。我們利用你在這裡進行治療的時間四處打聽。附近還住著一些能夠回想起那場大火的人，例如你當年的學校同學，馬丁．史巴寇夫斯基。」

口水男。噢沒錯，米蘭諷刺地想著。**在我住進施圖本克魯格飯店之後，他成了我的最佳的辯方證人。**

「他說有一個謠言。伊馮娜，也就是柔伊聲稱你在發生大火那天強暴了她。」

米蘭試著用手肘撐起身體。消失的疼痛完全沒有改善他的心情。

「我不相信。有相關的正式紀錄嗎？我的意思是，伊馮娜有去報警嗎？」

「沒有。而且和那起大火不一樣，這起事件沒有展開任何調查。在這方面，當時他們調查了匿名舉報，認為你可能要為那起大火，以及導致你母親的死亡負責。然而，這起調查就只能明確證明這起大火是由一件運動衫引起的。但是永遠無法確定是被誰故意丟進火爐裡面，而且還刻意把袖子放在壁爐外面的。」

不意外。

「那是一場意外。」米蘭說道。「我才不需要為我媽媽的死負什麼責任。而且非常肯定的是，我不是小孩子的爸爸。」

「非常好。」

史坦把檔案收回到他的公事包裡面，然後站了起來。

「什麼**非常好**？」

「就是你陳述的部分內容和卡爾索夫教授的部分供詞是一致的。」

「卡爾索夫？」

米蘭一臉困惑，看到史坦即將離開病房。

「那個瘋子說了什麼。」他在他背後大喊道。

史坦走到門前，打開了門，然後對走廊上的某一個人點頭示意。「請你進來。」他說，然後轉過身來，再次面對米蘭走進了病房。「卡爾索夫教授請求我讓他親自跟你說。」

70

這個老人必須由史坦攙扶著。他看起來非常脆弱，醫生允許他離開病床也是一個奇蹟。在他尚未開口之前，米蘭很清楚卡爾索夫的衰弱，不只是因為自殺未遂。有什麼東西將他從內部掏空了。一隻名為罪惡感的蟲，吞噬了這個男人曾經有過的力量與意志。

「我很抱歉。」是他坐在病床旁的訪客椅上開口說出的一句話。史坦保持一段距離，靠在廁所的門上。

「你他媽的在這裡想幹嘛？」米蘭擠出這句話說。

「我犯了一個錯。我很抱歉。真的真的非常地抱歉。」

「你把我弄成殘廢了。」他意識到自己早已不像聽起來那麼憤慨了。他只覺得筋疲力盡。

「沒錯。我當初被蒙蔽而失去了理智，沉迷在我自己的理論當中。」

米蘭覺得這就是人類的問題。他們不知道為什麼自己會出生到這個世界上，但是他們一致認為人生必定有某個意義。而且為了要維持這個希望是有意義的人生，他們會摧毀其他人的人生。儘管有縝密的計畫，卻完全沒有惡意。

因為通往地獄的道路本來就不只是由善意所鋪成的，還要加上付諸實行的盲目行為——

然後造成了真正的痛苦。

「我真的認為你可能是一個適當的人選。」

虐待動物。

縱火。

尿床。

「當時我根據實際的情況進行判斷，然後產出了三個人選。」

卡爾索夫呼吸了口氣，但是那件他套在睡衣上的毛衣卻一動也不動。那件毛衣對他來說太大了，就像是他不再適合的生活一樣。

「我知道這是不道德的。而且沒有什麼可以原諒我曾經的所作所為。我增加腦出血的事實是……」他一時語塞，然後重新開始繼續講。

「我真的覺得自己可以幫助你，貝爾格先生。我所產生的障礙是平衡另一個障礙的補償。我想要阻止不好的事情，所以產生了更糟糕的事情。」

負負根本就不會得正。

「為什麼你會改變對我的想法？」米蘭問道。

和我爸爸不一樣。

史坦的電話響了，但是他立即調低了音量，並忽略了那通電話。

卡爾索夫只是繼續說下去：「柔伊在八月初的時候來找過我。她飽受暈眩和平衡的問題所苦，沒有什麼戲劇性。我猜那是個藉口。」

「什麼藉口？」

「那時她知道雅各想要利用謠傳的強暴來敲詐。她跟我說，他想提出撫養費的賠償訴訟。如果這樣行不通的話，他就會找另外一個方法。於是在她內心產生了一股最終要把事情弄清楚的衝動。就我看來，她這些年來都忘不了你，貝爾格先生。」**我也是**，米蘭痛苦地這樣想。她女兒琳恩的眼神，日日夜夜讓他想起她的這個謊言。

「當時這股罪惡感全部壓在她的身上，就如同今天壓在我身上一樣。她跟我說了我這些年有所懷疑卻自我壓抑下來的事情。她坦承她當時說謊了。伊馮娜，她本來就是叫這個名字的，杜撰了強暴的事情。」

卡爾索夫舔了一下自己乾燥而裂開的雙唇。

「我當下嚇壞了，畢竟當時根據所有的證據來看，就是你不顧她的意願而讓她懷孕的，這也是讓我付諸行動的導火線。她親口告訴我，我必須知道這一切全都是捏造出來的。」

米蘭不得不把頭往右還有往左轉動，好減輕他頸部的緊繃感。同時他繃帶下的疼痛又再次發作了起來。

「為什麼伊馮娜當時要騙你？」他問。

他一直以為，因為他們最後一晚的爭吵，讓她不想要再和他有任何關係。但是那次的吵架根本也不至於嚴重到她因此在島上到處污衊他啊！

卡爾索夫的眼中閃著晶瑩的淚光。「她不只是騙了我。還騙了你父親、你母親。騙了所有人。她對你的愛轉變成了憤怒。她本身就是個衝動且脾氣暴躁的人。她說，你們會起爭執是因為你以為伊馮娜在取笑你，但是她當時根本就不是那個意思。她因為自己愚蠢嬉鬧的笑，破壞了那個浪漫的情境，所以她對自己感到很憤怒，然後氣沖沖地跑出了房子。」

「然後在跑出房子之前，她把運動衫丟進了火爐。」米蘭說。這是一個確定的推斷。不是什麼疑問。

卡爾索夫點點頭。

「她大概是擔心事情被發現。基本上她應該要為你母親的死負責。」

「然後在她被證明有罪之前，寧願罪加諸於我？」

教授聳了聳肩。「她會那樣做是為人所逼。她月經沒有來的時候，她母親索勒菲格強迫她，把這個按照他們說法是『恥辱』的事件轉嫁到你身上，貝爾格先生。想當然，這一定不是伊馮娜自己的意願。她愛著你，然而愛變成了絕望。先是對自己絕望，再來是對你感到絕望，因為你搬走了。」

從呂根島搬到柏林。

「回想過去，我應該意識到那些跡象的。在你離開以後，她大概是在自暴自棄的情況下屈身於第二個比較好的男人。伊馮娜一直認為自己有罪，不只是對於你們的爭吵有責任，更是對於你母親的死有責任。因為要是沒有爭吵的話，就永遠不會發生這樣的事情了。」

卡爾索夫的下嘴唇顫抖著。他不是不知道該說些什麼，而是試著恢復鎮定。

就和米蘭自己一樣。

「懷孕讓她的憂鬱變得更嚴重，然後又屈服於她母親的壓力。我猜她會這樣做也是為了懲罰自己。」

米蘭眨了眨眼。「我不明白為什麼她要這樣做。」

「她想阻止你回來，然而她卻透過謊言來維持你們之間的連繫。」

米蘭一直將他母親的死還有離開呂根島視為他人生中很重大的轉折。他清楚知道，他和伊馮娜與他的童年遺留下了某種重要的東西。但是他怎麼樣也沒有想到，那個重要的東西是他自己的身份。

他握緊了雙拳，感覺到痛苦的自我懷疑正在找一個出口，然後在他對卡爾索夫的憤怒中找到了。

「那在柏林的時候，那個藥是怎麼一回事？」他問這位正在回頭看史坦的醫生。顯然他認為談話已經結束了。

「你應該要服用那些藥物的。」卡爾索夫說道，他的聲音中有著堅定。既然談論到醫療話題，現在似乎回到了安全領域。「真的。原本專注於下半身癱瘓治療的幹細胞研究報告顯示，有一種蛋白質的混合物可以修復受損的大腦組織。我希望，在你這種狀況下的受損大腦區域也能再一次活躍起來。」

「如果你吃下這些藥的話，貝爾格先生，也許你就可以再次恢復閱讀能力了。」

「那是我能抓住的救命稻草。除了給你和你父親應得的金錢賠償之外，我也在尋找可扭轉我醫療過失的方法。」

蛋白質？

米蘭差點就要笑出來了。**彌補過失**。這也是一種人類為了不要失去理智所想出來的把戲。並不存在彌補過失這種事情。從來就沒有存在過。一個人不可能會變成沒被強暴過、沒受傷過或是沒有被殺死過。

「拜託，我覺得有點虛弱，我想離開了。」卡爾索夫說道，然後站起身來。

米蘭問了一個問題，讓他再次回到椅子上：「安德拉和這整件事情有什麼關係？」

「那個女孩是上帝所贈與的禮物。」他說道，甚至還微微地笑了。

「因為她偷偷讓我吃了你的藥？」

「根據我所聽說的，她在沙灘上救了你一命。」卡爾索夫反駁，並悄聲補充道：「在某種意義上，她也救了我。」

「這是什麼意思？」

「我已經停止服用抗憂鬱藥物了。在你父親和你都不願接受我的賠償，我認為繼續這樣做不再有什麼意義了。」

卡爾索夫看著自己的手，彷彿他才剛剛注意到自己的手長大了一樣。他顫抖地拂過自己的頭髮，再舔了一次雙唇，然後繼續說。

「你女朋友曾經來到我的病床前拜訪過我。她想要再次確認，我是否真的確信你是清白的。然後她塞了一顆西酞普蘭到我的嘴裡。她把藥盒打開放在那裡，而且還附上了一張寫著『我服用這種藥物已經很多年了，而且我不應該停藥』的紙條給醫生。」

他嘟起嘴巴，好像馬上要吹口哨一樣，但是米蘭看見他眼角的抽動，可以看出他正收緊臉部的肌肉，以忍住即將掉下的眼淚。

「你們是怎麼認識對方的？熟到她知道你服用的藥物？」

卡爾索夫揮了揮手。「噢，我們碰過面也聊過天，她很能專注傾聽。她擁有傑出女心理學家的才能。我向她傾訴了很多一般人不會馬上跟陌生人說的事情，但是跟她聊天讓我受益良多。」

「但你們是怎麼認識的？」

他溫和地笑了。「很抱歉。但是這個我不能跟你說。我不允許這樣做。我已經跟安德拉保證過了，而我不想再一次濫用他人的信任。就這方面而言，我存放錯誤的戶頭已經滿了。」

他站起身來，儘管米蘭還有一百萬個問題，卻默默地看著史坦攙扶這位老人離開病房。

「然後呢？接下來會怎麼樣？」在律師關上教授身後的那扇門之後，米蘭這樣問律師。

史坦走到床邊。「卡爾索夫將會發表一份聲明，然後因為嚴重且危險的身體傷害面臨刑事責任。」

「我是說我會怎麼樣？」

「我們會再給你一天的時間，接著你將接受警方的訊問，我沒辦法再推遲了，貝爾格先生。」

他把一張印有凸起銀色字體的名片放到床頭櫃上，然後跟米蘭說明不管白天或晚上都可以隨時聯絡他的事務所。

「啊，還有一件事。」他說，他的手已經放在門把上了。「他們為了進行比對，從雅各的屍體上採集了ＤＮＡ樣本。你也會也向相關人員繳交唾液樣本吧？只有這樣我們才能完全確定誰才是琳恩的爸爸。」

71

六個星期過後，十二月二十二日

在這個美好的冬季早晨，陽光透過莫阿比特老舊建築的大窗戶灑了進來，挑高的診療室充滿了溫暖、明亮的光線。陽光照亮了大部分的傢飾——那張他和安德拉正坐著的紅色沙發、門邊的青銅色女性雕像、書架上許多專業書籍護貝的封面；然而陽光在赫恩莉耶特．羅森菲爾斯身上卻產生了相反的效果。這位伴侶治療師的臉色就像石灰牆一樣白。現在她已經聽了大概是她遇到過最奇怪的病患對談半個小時了，臉上還帶著不敢置信的神情，她已經無法像初次會面時一樣保持專業而且鎮定的神色。

「讓我來總結一下。」她在米蘭結束他長篇的獨白後說道。「你是文盲，你對你的女朋友隱瞞了這件事很多年，就像她對你有所隱瞞一樣。」她的目光轉向了安德拉，「隱瞞自己是那個……叫做什麼的團體成員？」

「罪惡天使。」安德拉回答道。「我們試著建立罪惡的平衡。」

米蘭笑了。在安德拉向米蘭解釋的時候，他看起來一定像現在這位伴侶治療治療師一樣困惑。

在五個半星期前。他們在路德維希教堂廣場邊的一間咖啡廳碰面，以便在雅座上不受打擾地聊天。他們沉默了很長的一段時間——她的咖啡早就已經涼掉，他的拿鐵瑪其朵泡沫也已經消散了——她把手伸向米蘭的手。

「我已經跟你解釋過我不再搭計程車的原因了。」

「你當著一位孕婦的面搶走了她的計程車，所以她只好自行開車。因為開始出現陣痛，所以造成了一場意外，然後身亡。」

「沒錯。這說明了我為什麼我會對她的死感到內疚。但我沒有跟你說過那是誰的老婆。」

我的天啊。

安德拉試圖將他的手握得更緊，但是米蘭突然明白了她想要跟他說什麼，而意識到這件事情讓他反射性地往後抽動了一下。

「浩克？」

「所以蘭佩爾特才會每個星期五都到墓園去。」咖啡廳裡的所有聲音似乎都沉默了。

安德拉和他像是坐在一個看不見的鐘下面，那個鐘過濾掉了其他客人不斷交頭接耳的聲音、咖啡機研磨時所發出來的刺耳聲響，以及餐具的碰撞聲。

「他當時找到了我。但是不是要對我大吼、打我，或者是威脅要告我。而是為了給我一個彌補的機會。」

她對他解釋，蘭佩爾特靠著房地產和餐廳賺到了錢。

「他想要用他的錢來幫助那些陷入困境的無辜人們，但這些人不會知道。同時也應該幫助那些犯過某些錯的人。不是在法律方面，而是在道德方面。這也就是為什麼他會把我們稱為他的罪惡天使。」

「我們？」米蘭提出了他一連串無止盡問題中的第一個問題。

「他餐廳裡的大部分員工都有過一段故事。他雇用了我們。但是，例如我作為女服務生只是為了應付賦稅的藉口而已，實際上他付薪水給我，是要我檢查候選人。我應該為那些值得拯救的靈魂睜大我的雙眼和耳朵。」

「那些像我一樣的人們？」

咖啡廳的聲音慢慢地回來了，隨著那些聲音回來的，還有意識到，這對安德拉來說就只是一個工作而已。不是夥伴，而是受害者。

「老實說，浩克更希望找那些被跟蹤、強暴事件與受家庭暴力所苦的人；沒辦法維持自己生活的窮人；無辜陷入困境的人們；還有偶爾闖進餐廳裡的人。完全合法，從大門進來，不像你頭上帶著滑雪面具。」

米蘭伸向拿起他的杯子，但是沒有喝任何一口。

「如果我們覺得已經找到了一個需要幫忙的、誠實而且正直的人選的話，我們就會去調查那個人。君特會在那個人不知情的的情況下檢查那個人的背景。」

君特。原來這是他真正的工作。一個不是在探尋邪惡，而是在尋找好人的私家偵探。

「當我們確認那些人真的在他們所遭受的困境中是無辜的話，那我們就會向那些人伸出援手，但也同樣是在他們不知情的情況下。」

「所以你跟在我身邊，是為了償還你對浩克妻子以和未出世孩子的死的內疚嗎？」

儘管米蘭再一次地覺得被被安德拉背叛，但是他無法否認，他對於她所說的話有受到一些吸引。畢竟她的動機，如果她說的是事實的話，是無私而且善良的。

「不是。至少剛開始的時候我的目標並不是這樣的。我喜歡你。我真的問了我自己，為什麼這麼有創意的一個人會浪費他的聰明才智，變成一個罪犯。當我向蘭佩爾特為你爭取工作的時候，他是反對的。畢竟你是一個搶匪，也因為這點，你和我們在正常情況下所認為的合適人選完全相反。」

「人選？像在遊戲節目裡面那樣？」

「你更想要用『受害者』這個詞嗎？」

不是的，米蘭心想，然後好奇「受害者」什麼時候成了髒話，而「兇手」卻得到了一個 Netflix 的影集。

「蘭佩爾特讓人對你進行了例行檢查，就像對他的每一個員工一樣。君特和我一起接手了對你的檢查，而且這項調查讓我們多次前往呂根島，把我們帶到了卡爾索夫教授那裡，並因此知道了你的過往。我和他見過很多次面，最後一次是在夏天的時候。然後，沒錯，透過我們的調查，我們知道你也是一位受害者。所以我們幫助了你。」

那是安德拉的最後一句話。不久後，米蘭突然跳了起來，把她留在咖啡廳的座位上。然後漫無目的地在夏洛騰堡到處亂閒晃了兩個小時，最後發現自己是一間空蕩蕩的電影院放映廳裡唯一的客人，放映廳裡面播著帶有字幕的西班牙電影，反正他也不在乎內容是什麼。

他花了兩個星期的時間才又再次跟安德拉聯絡，為的是要問她其他的問題。然後又過了十天，直到他意識到自己仍舊非常喜歡她，而無法結束這段關係。當他同意重新開始進行伴侶治療的時候，他意識到羅森費爾斯博士大概會無情地對他們提出過分的要求。老實說他會因此部分投入治療當中，是因為他想親眼看看這個治療師的反應。撇開她脖子上因為熱過敏而引起的斑點和她顫抖的聲音不談的話，她到目前為止都做得很好。

「所以你會向你口所說的客戶們提供援助，在他們不知情的情況下？」她這樣問安德拉。

「沒有錯。」

「安德拉則是給了我一份體面的工作，還有不那麼體面的性生活。」米蘭說道。「但是後者發生的時候也不是完全不會察覺到。」

「混蛋。性生活這一點差點要把你從名單上給剔除。蘭佩爾特有一條不成文的規定，那就是天使和客戶之間不可以有任何關係。」

她用手指著米蘭的胸膛，差不多是被雅各子彈擊中的位置。傷勢恢復得非常好，只有在一次拿太多袋子的時候會產生疼痛。

「如果你真的想知道更詳細的話，我們幫你找了一份工作，還幫你爸爸在老人安養院裡安排了一個名額。」

「不好意思，**什麼？**」

「你不要露出一副狒狒在大便的表情。你真的以為安德爾雷爾威瑟的豪華機構，會讓一個前醫院管理員入住嗎？這一切都是蘭佩爾特支出的。」

一股沉重的沉默充滿了診療室。

米蘭的臉頰灼熱了起來，感覺像是被打了一巴掌。

「是啊。我幾乎不敢再問了。」羅森費爾斯博士說，但還是這樣做了：「還有什麼是你們兩位互相隱瞞的祕密嗎？」

「沒有了。」安德拉回答道，然後防禦性地抬高了雙手。

「沒有了。」米蘭也這樣說道，然而接著卻面有難色地清了清嗓子。「也許除了那份ＤＮＡ鑑定的結果，那個ＤＮＡ鑑定已經困擾我好幾天了。」

72

十二月二十三日

休息中，餐廳入口放上了不接客人的牌子，即便今天是星期六，而且第十九的那三位客人人無法攤平浩克因為提早打烊的的營業額虧損。尤其其中兩個人還是他自己的員工。

米蘭是最後一個到的，當他看到蘭佩爾特找了什麼人來當第三個客人的時候，他便轉身往回走了。

「坐下來啊！」這位老闆大喊道，然後手指向板凳上的一個位置。「坐下吧。我讓你們兩個人獨處。」

滔滔不絕對浩克來說非比尋常，讓人沒有辦法反駁，所以米蘭也照著他老闆的命令去做了。即便他這個對話毫無興趣。

傷口還太新了。尤其是那些不在他肩上，而是在他靈魂深處的傷口。

「我不知道哪一件事情是更糟糕的。」在他父親把頭抬起來看著他的眼睛的時候，米蘭這樣說道。「是你同意卡爾索夫對我所做的事，還是你依然認為自己是對的。」

庫爾特就像是小男孩在要去睡覺之前，隨意洗臉那樣用手抹了抹自己的臉。他看起來比米蘭所感覺到得還要更疲累。

「我早就已經不再那樣子了。孩子，也許我是個小丑，但我不是蠢蛋。」

「像我這樣的？」

他發出很大的聲音，吸了一口氣。「不要這麼說。」庫爾特看了看四周，然而正當他想要點些什麼來喝的時候，他很不走運。浩克已經偷偷走回辦公室了。雖然米蘭知道君特在外面抽菸，但是他寧願直接把咖啡從咖啡機裡面倒出來到嘴巴裡，也不想要充當服務生。

「安德拉打了電話給我。」庫爾特說道。

「顯然你們之間常常聯絡。」

他父親的嘴唇顫抖著。眼角流出了眼淚。

「她跟我說了親子鑑定的事情。我很抱歉。」

「很抱歉知道我不是琳恩的爸爸？」不吻合。親子鑑定的結果是陰性的，與雅各的親子鑑定正好相反。琳恩是她的女兒。他的律師羅伯·史坦把鑑定的結果跟他說了。這個垃圾早在好幾年前就讓自己的繼女懷孕，也許是強暴了她。

「我很對不起，這些年來我都一直懷疑你。我真的以為，你……」

他父親的胸口劇烈的起伏著，接著大聲抽泣，使他無法繼續說下去。

「說出來啊。你認為你自己的兒子就是一個強暴犯以及縱火犯。是一個會虐待動物的人。還會尿床。一個大家最好把他眼睛給戳瞎的神經病，這樣一來他就不會看到受害者了。

如果這樣做行不通的話，那麼，嘿，我們就乾脆讓他變成文盲吧。我很幸運，我的問題就只是要在閱讀識字的人的世界裡奮鬥。我想你們也該讓我半身癱瘓的。」

緊接而來開始的沉默持續得越久，迴盪在米蘭耳中的聲音就越大。通常放在入口處的台點唱機至少會放出風靡六〇年代以及七〇年代的熱門歌曲。但是浩克連那台點唱機也關了。

「我來這裡不是為了吵架的。」

「那是為了什麼？」

「為了要把禮物給你。明天就是聖誕節了，孩子。」

相同的地點，甚至是同一張桌子。

而且再一次又有一個老人想要給米蘭一些他沒有要求過的東西。

「一台 iPad？」米蘭問道。他父親剛剛還把那台 iPad 放在自己身邊，然後現在把它拿到桌上。

「你可以收下它。事實上這只是包裝而已。裡面的內容是我當年自己錄下來的，你知道的，用那台尤塔送我當作生日禮物的相機錄的。我本來想要給你們驚喜，想要開你們玩笑。像是隱藏相機之類的。」

庫特仔這個喜歡開玩笑的人，也會讓玩笑跨過好笑的界線。米蘭想起了有段時間他父親沒有帶相機就不會出門，因為他必須為他「有趣」的影片蒐集素材，譬如媽媽洗頭的尷尬畫面，或者是他在早上搶走米蘭棉被的影片。

庫爾特接著說他得去上一下洗手間，從桌子後方走了出去。米蘭目送著他離開，然後點了一下觸控螢幕。螢幕的中間出現了一個箭頭。

播放。

米蘭試著抵抗誘惑。撐了大概十秒鐘，然後他點下了播放的圖示。

影片的開頭是一陣猛烈晃動，螢幕上飄忽著一個明亮的污點，就像一道吞噬照片的火焰一樣。接下來，很明顯知道相機是放在什麼地方，以及相機錄到了什麼東西。米蘭感覺到一陣噁心。他的膝蓋在桌子底下顫抖著，雙手也一樣顫抖著無法再拿著平板電腦了，所以他不得不把那台平板放到他面前的桌子上。

畢竟。

這段影片大概已經超過十四年之久了。伊馮娜看起來和他們年輕時戀愛的最後那天一模一樣。她又穿著一件圓點圖案的上衣，和她幾天後與他那件棉質長袖運動衫交換的那件衣服是同一件。米蘭坐在她旁邊，一隻手摟著她，兩人坐在露營場沙灘上的篷式海灘椅裡面。

庫爾特當時可能是想逮到他們擁吻的畫面。他可能很失望，只看到一本打開的書放在伊馮娜的懷裡。而且他也沒有記錄到任何發出聲響的親吻，甚至一般的親吻都沒有。除了背景的平靜海浪聲與海鷗的叫聲之外，只有米蘭年輕時的聲音。

「**……隨著明白理解，她會感到開心而且自由。**」他在影片中這樣說道。吱吱唔唔地有一點遲鈍，而且沒有正確的抑揚頓挫，就像罹患失讀症的人一樣。**真是令人難以相信**。米蘭做了這件讓十四年後的他感到背脊發涼的事情。這讓他觸景傷情流下了眼淚，而且還觸動了他內心最深處糾纏著他的呻吟。

我怎麼會不記得了？

影片中他沒有和伊馮娜聊天。他沒有表達出任何自己的想法，相機也沒有錄到任何對話的片段。只有半句米蘭**唸出來**的句子。

卡爾索夫說得沒錯，米蘭心想。

他真的有一段能夠閱讀的時間。

「爸爸？」

他把頭抬了起來，但是他父親還沒有回來。反而是君特離開了吧台，他剛剛在外面抽菸的味道也伴隨而來，雙手放在那件量身定做的運動套裝口袋裡面。他踩著重重的腳步走到桌前，讓米蘭更想要離開他。

「你爸不在廁所裡。」米蘭點了點頭。他也已經預料到了。

他走掉了。

他太全神貫注於那部影片了，以至於沒有注意到庫爾特是怎麼離開的，也沒有注意到君特回到了餐廳裡面。

「你想聊聊嗎？」君特指著那台平板電腦說道。米蘭思索了一會兒，猶豫是不是要引用一段流行歌曲的歌詞，但就連君特大概也看出來了，米蘭現在沒有心情玩音樂猜謎。

他搖了搖頭。

不要。我不想要和任何人說話。

「好吧，但是不了。聖誕節快樂。」

米蘭差點就忘記了他上星期跟君特拜託了什麼東西。但是現在君特把那個給他的包裹放在桌上，讓他又再一次想起來了。

「給琳恩的？」

「你們明天還要一起慶祝嗎？」君特問。

「計畫是這樣子的沒錯。」

「那這個正好適合。我幫你為她準備了這份禮物，如你所想要的那樣。」

當米蘭回到家，然後再次回想起呂根島上的那段駭人時光的時候，他想到了這個。回憶起雅各所說過的其中一句話讓他想到了這個。

「你確定琳恩需要這個禮物嗎？」君特問道。

「我也不知道。」米蘭回答，然後站了起來。「在交換禮物之前我會決定，是不是真的要把這個禮物送給她。」

73

十二月二十四日，平安夜

他們甚至還有一棵聖誕樹。起初米蘭提議要買一棵塑膠製的聖誕樹，安德拉還一本正經地開玩笑回答道：「那你跟充氣娃娃一起過聖誕節好了，不要跟我一起過。」

因此安德拉的樓中樓公寓在交換禮物結束很久之後，還聞得到冷杉葉和樹脂的味道，儘管他們挑選的藍葉雲衫並沒有特別大棵。在那棵藍葉雲杉頂端的紅色星星，以及現代化經濟繁榮時期的老舊石膏花式天花板之間，大概還能放得下安德拉送給米蘭當作禮物的行李箱。

「要是我們可以正常旅行一次的話……」她這樣說道，然後快樂地看著兩個女孩在聖誕樹下上演一場持久戰。

雖然安置琳恩的那間兒童之家說這是一次例外，但是事實上負責的專員也沒有太過刁難。即使這個女孩是幾個星期以前在嚴重創傷的情況下搬進去的，但是基本上沒什麼好反對她和這些救了她的這些人一起過聖誕節。

而且相反的是，兒童之家人滿為患。因為在假期這段期間，可以預期有比平常還要多的婚姻以及家庭危機，也就是說會有更多未成年的小孩被從原生家庭接收過來，而這需要更多空床位。

而且任何在交換禮物時與交換禮物後的晚餐上觀察過琳恩的人，大概都會和安德拉得出相同的結論：「她和我們在一起的時候很開心，甚至跟露易莎很合得來。」

起初安德拉還很擔心，擔心她的女兒看見琳恩可能會在內心深處出現競爭心態，因為在這個連米蘭也沒有馬上融入的家庭中看見一個外來者。但是這兩個青少年笑著互相展示彼此的禮物，還分享了米蘭放到烤肉架上的最後一塊牛排。

平安夜的天氣很溫暖，這讓米蘭在陽台上使用那台炭火烤肉架。香料的氣味仍充滿他的鼻腔，但是今天他不必去考慮火，至少不是這麼表面的。

在看完一起選的電影《星際異攻隊》之後，女孩們幾乎在沙發上睡著了。因此兩個女孩就順理成章地一起在露易莎的房間裡過夜，甚至是在同一張床上。

米蘭很快也要上樓到安德拉那裡，她因為不習慣喝太多葡萄酒而感到有點頭痛，所以先回房間休息去了。

在這之前，他想要再獨處一下，與自己和自己的想法獨處。在他的小家庭的其他成員進入夢鄉之後，他拿出了那個他父親送給他的禮物。

「……**一無所知有時候是最偉大的禮物。**」他聽到了自己的聲音，彷彿穿越時空旅行的聲音。

他站起身來走到書架邊，安德拉把書架上的作者按照字母的排序整理好了，不像他十四年前似乎可以閱讀那樣，現在這些書中沒有任何一本是米蘭看得懂的。

我可以閱讀。那個時候。在另一個人生中。

當然，他沒有再服用卡爾索夫的藥了。那些藥物是虛構捏造的，沒有任何功效，只是一個走投無路的最後希望，卡爾索夫一直堅持著的希望。要是他能服用抗癌的藻類化合物的話，也會有一樣的效果。**而且就算是**，他這樣想，就算這些藥物會刺激血液尋魂，讓他的大腦區域再一次正確連接起來，**這是我會想要的嗎？**

他拿起了一本書，那本書放在書架上醒目的位置，就在他和安德拉的合照旁邊。這是唯一一本對他來說有些意義的書。不管是當時還是現在，都是一把通往事實的鑰匙。

米蘭喜歡那股打開書本撲鼻而來的味道，即便這本書的版本不是當年他從學校圖書館裡偷出來的那個版本，但是這本書聞起來還是跟當年一樣。聞起來有紙張的味道、碳的味道、灰塵的味道，還有學校的味道。

有一張小紙條在兩張書頁間掉了下來，米蘭笑了。他認出這是安德拉的筆記。顯然她已經預料到他會一再翻閱這本書，所以留了一則訊息給他。

K66A2W2-K7A12W17-K58A3W2B2-K54A7W3-K50A9W6-K52A8W19-K46A5W8

幸運的是，這本書和安德拉開來輾過雅各的汽車裡的所有用具被沒收了之後，他們從證物保管處拿回了這本書。他們也在露營車裡面找到了柔伊的那一本，但是沾滿的血跡讓書頁黏在一起了。

K66A2W2-K7A12W17-K58A3W2B2-K54A7W3-K50A9W6-K52A8W19-K46A5W8

他必須晚點再解開這組暗號了。

「你也睡不著嗎？」

他嚇了一跳，不小心把那張字條和書一起用力闔上了。

「琳恩。」

「對不起，我不是故意要嚇你的。」

這個女孩穿著從露易莎那裡借來的睡衣。她梳理過的金髮，在她的肩膀上捲曲著。

「我有一個禮物要給你，但我不想把它放在聖誕樹下。」她光著腳，雙手交叉在背後，笑著慢慢走向他。米蘭仍站在書架旁。

「這是什麼？」當她伸出左手的時候，他問。

「一根小管子。不是試管，但是你明白這個象徵意義是什麼。」

她看著她右邊的聖誕樹，聖誕樹上的電子燈飾串還亮著。

「我不希望你在其他人面前打開它。」

「什麼？」

琳恩微笑著。她看上去柔弱、善良又有禮貌，但是不知道為什麼這一切好像有哪裡不對勁。她走近了又一步，距離米蘭只有半公尺的距離遠而已。

「他們那時在薩納醫院裡從你身上採集了唾液樣本用來做親子鑑定。」

「然後呢？」

「也從我身上採集了唾液樣本。」她說道。「很合理。他們就是必須要進行比對啊。」

「我不懂你想跟我說什麼？」

米蘭感覺像被逼到了牆角。在他後面是書架，在他的左邊則是聖誕樹，然後在他面前是琳恩，儘管她身型嬌小，卻突然間感覺很有威脅性。

……。

然後她所說的話，加深了米蘭往右走出客廳的欲望。通過門。走向階梯。**往上走，去**

「他們單獨把我和那些樣本留在一起了，然後我調換了試管。」

每一個字就像針扎一般。最後一個字刺穿了米蘭的神經，刺穿了那條負責感受恐懼的神經。

「你說謊。」

琳恩笑了笑。「開心吧，爸爸。你的樣本是雅各的樣本，而雅各的樣本是你的樣本。」

米蘭想跨步向前，然後盡可能離琳恩遠一點。但是那個女孩站的方式，讓她可以在每次米蘭移動的時候，不費吹灰之力地阻擋在他前面。

「你是我的爸爸，米蘭。我一開始就知道了。這是我做了這一切的原因。」

「一切？」他問，但不想聽見她的回答。

她笑了。「不要裝傻了。這是我的計畫，雅各只是我的工具而已。把紙條壓在車窗玻璃上是我的點子。我告訴雅各什麼時候應該什麼時候打電話給你，還有應該要跟你說什麼。他還以為這一切都是為了錢，但是我只是想靠近你而已。」

你這個笨蛋。你有希望。你今天見到她的時候，你是多麼開心地和露易莎玩在一起。在桌上。在沙發上。你還以為……

「我們是一家人。媽媽跟我說了很多關於你的事情。我必須找到一個方法來擺脫所有人。」

所有人。雅各。索勒菲格。伊馮娜。

米蘭內心的一切都糾結在一起。真相的打擊令人震驚。

我的天啊，她真的殺死了自己的媽媽。

「為的就是我們能夠團圓。作為父親以及女兒。」

「你瘋了。」

米蘭脫口而出。一個如此清楚而且冷靜計算自己的行為，而且很會擺布他人而且很有說服力的人，可以區別出善與惡、對與錯。

「我跟你一樣。」琳恩回答。「我們是同一個模子刻出來的，性格完全如出一轍，大家不都是這樣說的嗎？沒有人了解我們，沒有人了解我們的感受。」

米蘭手中仍然拿著那一本書，但是現在那本書變得很重，讓他不得不把它放下來。

「我不相信你說的任何一個字。」

「我也是這麼想。所以讓我們來做個測試吧。」

他眨了眨眼，無法理解她的想法，因為她補充說道：「讓我們來做親子鑑定吧。現在，就在這裡。」

「這要怎麼做？」米蘭問，他楞在這殺死他深愛初戀情人的殺人兇手面前。

同時他想知道為什麼琳恩在這段時間一直把右手藏在背後。

「我已經把一切都安排好了。」她說。

「這是我給你的禮物。順便再次謝謝你送的圍巾。我為你準備的驚喜是更為私人的東西。某種程度上來說，可以說是手工製作的。」她走向餐桌。「來吧。」

米蘭思索著是不是應該利用這個機會離開，但是琳恩有一個計畫。在他知道哪裡有陷阱之前，遠離她好像沒有意義。

「你有注意到什麼嗎？」他聽到她這樣說道。

她現在是背對著他站著，右手在腹部前面，然後穿過那扇門往陽台看去。

「注意到什麼？」

「在你去浴室，然後其他人都已經在樓上的時候，我走了下來，然後拿了這個東西。」

米蘭站到她的身邊。

該死。不會吧……

雖然他把通往陽台的那扇門打開了，而且一股冷空氣朝他吹來，他仍然覺得全身熱了起來。

「它在哪裡？」他轉過身面向她。

她把那個烤肉架弄到哪裡去了？

「烤肉架在露易莎的房間裡面。而且，不……！」

米蘭想要跑過她身邊，衝上樓梯上樓，但是他不得不停下腳步，因為琳恩拿著一把手槍對準著他。

她不再隱藏著她的右手。

「感謝你把這把手槍毫不隱藏地留在床頭櫃裡。」她說道。「這讓我省了一些力氣。」

「你想做什麼？」他問道。離她只有兩步之遙。

「我已經說過了，我想要做一個測試。」

她把手槍交替瞄準米蘭的頭部和胸膛。隨著槍管所指的方向改變，他顱骨上及肩膀上的傷疤交替地疼痛了起來，而他也無力阻止。

「讓我考慮一下。」琳恩嘴唇上帶著一抹輕挑的微笑。「我已經重新把烤肉架裡的碳燒得通紅，那個烤肉架放在露易莎的房間裡大概有十分鐘了。我猜，到她一氧化碳中毒身亡之前，你們最多還剩下一個小時。就像當年你所愛的媽媽一樣。」

天啊！米蘭試著尋找和他所看到件的那條不一樣的出路，但是他找不到。

「琳恩，你不會想變成孤兒。如果我真的是你的爸爸，你也不會對我開槍。」

她點了點頭。「我不會開槍射你。不會。這就是測試，而且測試就是這樣進行的。」

她把槍管抵住自己的下巴，然後繼續平靜地說。「一旦你向我靠近，我馬上就會對**我自己**開槍，就算只是一步。這是**你**的測試。讓我們來看看，你會站在哪一邊。」

「這是哪門子狗屁倒灶的測試？」米蘭大喊，希望可以叫醒樓上任何一個可以報警的人。

「你會選擇誰呢？米蘭。選擇我，你的親生女兒？還是選擇一個陌生人的小孩，露易莎？」琳恩不再露出笑容了。她變得嚴肅了起來。比一個十四歲的人該有的樣子還要嚴肅。

「如果你真的很認真的話，那你的內心深處就會明白我們兩個人是一體的。你毫不猶豫地救了我，你感受到了我們之間的連結，不是嗎？從你第一次見到我的那一刻開始。就在我把紙條壓到車窗玻璃上的時候。你就感覺到了，就像我一樣。我們屬於彼此。」

「是啊。」米蘭說道，因為他沒有看任何的其他選擇。

「你知道的，不是嗎？」

他點頭。

是啊。他自己也不是很確定。不是百分之百確定。但是他預料到了。

雅各跟他說過了。早在幾個星期以前。

「**因為我不想讓琳恩這樣對我。**」在雅各殺掉米蘭之前，他這樣說道。

他說的是**琳恩**。不是**柔伊**！

「如果我拿不到一分一毫的話，她也別想拿到半毛錢。」

「我們是同一個模子刻出來的，性格完全如出一徹。」米蘭說道，而這讓琳恩再次露出了笑容。真誠地、坦率地以及放鬆地。

她的最後一抹微笑，果不其然。

在米蘭衝向琳恩的時候，她扣下了板機。

74

今天，柏林泰格爾監獄

「所以你殺了她？」

宙斯的聲音迴盪在監獄洗衣房。

他似乎過於震驚。

「我一直在聽這個一千〇一個惡夢之夜的故事，最後才發現你真的有罪，**女孩殺手？**」

「她是開槍自殺的。」

「我應該相信這個嗎？」

宙斯叫了熨斗仔還有他不該忘記的熨斗，但是米蘭沒有聽到門外有什麼動靜。

所以宙斯走近，向他靠了過來。

噢，老天，他真的是受夠這些老人了。他父親、卡爾索夫，還有現在這個卑鄙粗劣的監獄黑手黨。米蘭打算把那個頭髮分邊的花花公子的眼鏡，從頭上打下來。至少在他下次被打或是被強暴之前，甚至是被殺之前，他想這麼做。

「你知道我在想什麼嗎？」宙斯問。他的呼吸散發著腐壞的味道，聲音聽起來沙啞，同時米蘭還有時間去聊他的人生。

「我覺得你講了個狗屁倒灶的故事，浪費了我一個晚上，所以現在熨斗仔要讓你的屁股開花。你—到—底—在—哪—裡！」

他說了一句「啊，終於。」然後轉過身去，因為監獄洗衣房的門開了。然後他氣急敗壞地怒斥有著啤酒肚的獄警，對宙斯而言他是個不速之客：「你在這裡幹嘛？我另外訂了這個房間兩個小時。」

身穿制服的男人伸手抓住他的警棍，這是一個即將出現暴力行為的常見儀式，可能他自己也沒有意識到。

「他的律師來了。」他眯著眼說道。

他對於看見米蘭坐在沾了血毛巾上，並且明顯有被教訓的傷口，似乎覺得不滿意。

「去他的律師，他想幹嘛？」

「他帶了一份文件來。羅伯・史坦，如果他能在凌晨辦理出獄的話，那他肯定是個不得了的傢伙。」

這位獄警示意米蘭該起身了。但是宙斯對他比了一個覺得他瘋了的手勢。「我剛剛聽到出獄嗎？」

「沒錯。那個女孩恢復意識了。顯然她證實了這個瘋狂的故事。」

琳恩。

米蘭一再地在夢境中看見自己成功地讓子彈只擦過下顎；然而不幸的是，現實卻比他睡夢中的惡夢更殘酷。雖然他實際上奪走了那把抵在她下巴的手槍，但是奪走手槍的同時她正扣下板機，而槍管正好在太陽穴的上方。醫生們都說她沒辦法活下來。顯然他們都錯了。

「但是他的指紋！」宙斯抗議道。「這是他的武器。」

「我怎麼知道呢？」啤酒肚男獄警轉向米蘭，然後大喊：「給我站起來！」

米蘭掙扎地站起身來的時候，感覺彷彿有人用他的腸子在拔河一樣。

「快、快、快，貝爾格！」這位獄警丟了一套監獄的連身囚服給他。「還是你想要在這裡待更久？你到底是怎麼來這裡的啊？」他虛情假意地問道。

疼痛非常劇烈，然而米蘭不知道怎麼地快速穿上了那套連身囚服。他打著赤腳，像在生雞蛋上保持平衡那樣昂首闊步地走，就在他先經過宙斯再經過那位獄警的時候，他的胯下和其他部位都很癢。同時那個獄警小聲地跟他說：

「我的人找了你一整晚了，貝爾格。嗯，我不想這樣，也不想把企圖逃跑的罪硬加在你身上，只要我們都不繼續追究這件事情了。我們都同意嗎？」

75

星期五，下午五點。
森林墓園

沒有其他他可能找到她的地方，也沒有比這裡更適合他出獄後的第一次出遊。畢竟他才剛剛對死神吐口水；而且如果不是在墓園的話，還有什麼地方能意識到自己的生命以及死亡？

就算宙斯與他的手下今天沒有這樣做，那也只是時間早晚的問題而已。那些殺害小孩子的殺人犯在坐牢的時候可沒有任何休息時間，不論他們有沒有罪。

天氣陰鬱又寒冷。自從聖誕節以來，柏林的氣溫持續低迷，意外地呼應著季節。米蘭搭著計程車來到這裡，他拉高了衣領，繼續走到森林墓園的入口。

他不知道蘭佩爾特家族的墓園在什麼地方，但是要找出他們在哪裡並不是問題。在垂柳附近圍繞在一塊黑色墓碑周圍的三人組中，經常伴隨浩克左右的陪同人君特就像是當中的巨石一樣突出。從遠處看過去，他看起來就像是一位送同事回家的抬棺手，因為他可以獨自一人把棺材拖出來。

安德拉與蘭佩爾特站在他旁邊都像是侏儒一樣。

米蘭保持著距離，靠在十公尺外的樺樹上，然而君特的直覺對遠處看向他背後視線有了反應。他離開了其他兩人，走向米蘭。他憤怒的神情正好與灰濛濛的天空和周遭環境相呼應，當他出現在米蘭面前時，那張憤怒的神情並沒有露出喜悅。

「我想要活下去，直到嚥下最後一口氣。」君特悄聲說。

為什麼大部分的人在墓園的時候，都會低聲細語呢？他們是害怕吵醒死者嗎？

「提姆・本茨寇，我不是機器，索尼音樂，二〇一六年發行。」米蘭回答道。「你會對這段歌詞感到生氣是因為每個人都要活到嚥下最後一口氣為止，不管那個人願不願意。」

「哼。」君特滿意地發出哼的一聲。他指向他剛從那邊走來的墓地。「蘭佩爾特在這裡不想要被人打擾。」

米蘭搖了搖頭。「我來這裡不是要找他的，我是想要找你。」

「為什麼？」

如果是這樣的話，頂多就只有眉毛輕微地抽動了一下，透露出君特的驚訝。

「我必須再次感謝你幫我張羅的禮物。」

「我還在想，送手槍給琳恩當禮物？」

米蘭注意到安德拉往這邊看了過來。從遠處看過去，她似乎在向蘭佩爾特竊竊私語，可能是在道別，因為她現在正轉身走離開他。

「我不是很確定我是不是真的幫了你這個忙。」君特說，然後走回他老闆的身邊。

就像是換人站崗一樣，安德拉與君特在礫石路上擦身而過的時候，眼神短暫地交會在一起。

「嘿。」安德拉在靠米蘭近到可以和他握手的時候說。她的手比米蘭的手還要溫暖，雖然她在戶外寒風中的時間比他還要久。

「我應該要去接你的，但是沒有人跟我說什麼時候……」

「沒事的，沒有關係。你現在有空嗎？」

「當然。」

他們往森林墓園的更深處走了過去。經過了大部分有人細心照料的墓地，只有部分例外，冰凍的植物或是棕色的長青植物，遮住了墓碑的名字名字。他本來想看看墓碑上的文字。那塊墓碑上刻的大概是**「該來的還是會來」**，很久以前他就覺得這是一個笑話，但現在他不是很確定這段話是否真的是這個意思了。

「琳恩還好嗎？」安德拉問。她的呼吸在削瘦的臉龐前形成了一片濃厚的霧氣。她戴著一頂蓋住耳朵的灰藍色毛帽，顏色與帽子底下的頭髮很相襯。她的鼻環就像冰一樣閃閃發亮，可能感覺也像冰一樣。

「史坦說她會撐下來的，但是可能會終生失明。」

「噢，天啊。」

安德拉停了下來看著米蘭。「我不知道該說些什麼。我的意思是她殺了她自己的媽媽，事情看起來就是這樣。」她難以置信地搖了搖頭。她的傘兵靴在礫石上發出了嘎札嘎札的踩踏聲，聽起來像是在踩碎堅果一樣。「然而她就只是個孩子。」

「她生來骨子裡就很邪惡。」米蘭反駁道。

「不要這樣說。沒有人天生是這樣的。」

噢才不是呢。如果你知道的話。

他停下了腳步，然後伸手拉住了安德拉的另一隻手。他們面對面地站著，像是兩個第一堂舞蹈課上沒有安全感的學生一樣。

「我早就知道了。」

「知道什麼？」

「我早就知道琳恩騙了我。」

騙了我。騙了醫生。騙了警方。

她幾乎就要用這種方式成功了。

安德拉一句話也沒有說。她給了米蘭所需要的空間，好讓他向她解釋，他是如何有意識地把他們所有人的生命置於危險之中。

「你知道，在呂根島的時候，就在雅各想要殺了我的時候。他已經把他的武器抵在我的額頭上了。要是你沒有趕過來的話……」

他放下她的手，然後繼續走。

「那時雅各告訴了我。他說琳恩愚弄了他，而且他一毛也拿不到。在他告訴我的同時，我當下根本沒有辦法思考。但是不久之後，雅各的最後幾句話在我的腦海中揮之不去。」

「你為什麼都不跟我說？」

安德拉很不高興。這也是可以理解的。她抓住了他的手臂，光是這個輕微的觸碰就讓他覺得肩膀好像有個火燒的烙印。

「天啊，你讓她進到我們家。進到我的公寓裡面。」

「我已經做好準備了。」

「怎麼做？」她的雙唇顫動著。她似乎沒有生氣，不如說是非常不安。

她不明白這一切，因為她不**想**理解。**這就是愛情**，米蘭這麼想。愛情讓我們只看到我們所想要看到的東西，直到無法再否認事實為止。通常這時已經為時已晚了。

「君特幫我弄來了一把槍，裝有嚇人用的子彈。我確保琳恩會看到我把武器藏在我的床頭櫃裡。」

「你在開玩笑吧！」

米蘭只是默默地點了點頭。「我那時候還不是很確定，所以我必須引誘她。」

「也就是說，她是因為這樣才沒有死的。」她說道。「那把手槍根本就沒有真的裝上子彈。」

安德拉多麼努力試著在他的所作所為中看到好的事物，這讓米蘭很心碎。愛情讓人如此盲目。

「噢，不是這樣的。那把手槍確實有裝上子彈，安德拉。你知道，我本來想要請君特在那把槍裡裝填無法擊發的空包彈。只是，我很希望……」

……很希望她受傷。傷勢不要嚴重到她會死掉，而是嚴重到會讓她一生受到影響的傷。嚴重到她永遠無法再傷害任何一個人，因為她要用她所有的力氣，來彌補一個比她內心作惡更強大、更決定性的缺失。

這樣才會負負得正。

米蘭沒有將這些事情說出口，因為思考這個令人驚駭的事實是一回事；和所愛之人分享這種可怕的真相又是另一回事。儘管這一切是如此，但是他只是說了：「我希望她像我一樣。」

「我不明白。」安德拉眼中泛著淚水說。

「你是一個很棒、很有愛、善良又熱情的人。」

「不。我是一個跟這些個性完全相反的人。」

爸爸說得沒錯。這些時間以來。

「看著我。你所知道的我是一個騙子、一名暴徒、一個藏屍的人、一個折磨人的人，而且沒錯，這些給了我一些東西。」他回頭看向垂柳旁蘭佩爾特家族的墓地，現在那周圍已經沒有人。浩克和君特都已經離開了。

「沒有一個正常人會放一個瘋子進到家裡來的。我本來可以視而不見，或是報警的，但是卡爾索夫想要阻止的事情就這樣發生了。一旦我什麼都不想，而且也不再與自我對抗的話，那股邪惡就會奪回我內心那塊繼承邪惡的地方。我會變得脾氣暴躁，會想要打我自己、無緣無故地打人，還有……」

「停下來。停下來！」安德拉大吼，幾乎是要尖叫了。她顫抖著，而且啜泣地說：「我愛你，米蘭。你所說的那些沒有一件可以改變這一點。」

她跑進他的懷裡。「我愛你。」

米蘭脫下了她的毛帽，不小心讓它掉到了地上。他親吻著她的耳朵。「但是，如果是我證明給你看呢？」他輕聲說道。

「證明什麼？」

「邪惡是存在的，而且會代代相傳。」

「不。」

「不！」

她抽身離開他，然後捶打著他的胸膛。一次。兩次。

「你沒辦法否認這一點。我爺爺生前是個精神病患，而且我有他的基因。」

打了第三下。

「那又如何？人有自由意志可以抵抗。可以抵抗最大的困難，也可以對抗自己。你已經一再證明了這一點。還是說你已經接受你自己的不識字了？不。是不識字這一點驅使了你發揮能力的最大極限啊。」

她的最後一拳打在他的胸口上，接著她用袖子擦了擦鼻子。她沒有再哭了。她只是累壞了，就像米蘭一樣。

「要是我失敗了呢？要是我輸掉了這一場對抗自己的戰鬥呢？」他問她。

「那也沒辦法了。」

六個字。如此簡單、直接了當的句子，就將他從泥沼裡拉了出來。米蘭投入安德拉的懷中，同時感覺到他體內所有過去的傷口突然痛了起來。被困在髒衣物豎井裡的脫臼肩膀、多處骨折的顱骨、胸口上的槍傷，還有被強暴造成的內臟拉扯。這是一場由痛苦交織而成的交響樂，讓他無法移動他的手一毫米。他離安德拉肩胛骨很遠的的褲子口袋裡，放著他本來要交給安德拉的一封信。

一封道別信。

這封信是他一個小時以前才從信箱裡面撈出來的。他翻拍了那封信，然後用手機掃描下來，讓軟體把它唸出來。

整封信由許多外來字組成句子而寫成，但是在信的尾端只有關鍵的幾個字。就在最後一段的最底部。

「我愛你。」這句話安德拉肯定說了不下十次，也不用去想自己撫摸的人是誰。

而米蘭就讓她繼續這麼做，然後決定不對她說出真相。

不在墓園裡，不在走到車子的路上，也不是回去露易莎正在等待著他們的家。看電視，而不是寫回家作業。

然後他們一起吃晚餐，然後聊學校、假期規劃，還有協助文盲全新開始的成人課程。米蘭點點頭，笑了起來，然後試著告訴自己，他們可以成功的。

就在餐桌上的蠟燭慢慢燃燒殆盡，傍晚要轉入夜晚時，米蘭做了一個決定。

他道歉，讓兩位女士留在沙發上，然後走到廁所去。他在這裡撕毀了那封下午在墓園的時候，本來想要給安德拉的信。現在，他將那封信以及真相一起沖到柏林的下水道裡了。

陽性。

他把兩個樣本寄了出去。他的頭髮以及琳恩的頭髮。她的頭髮是他在交換禮物之前，從她的梳子上偷來的。

鑑定結果：陽性。

他再怎麼樣也無法想像，這個字在他的人生當中也會有這麼負面的意義。**親子關係的可能性為百分之九十八點七**。如果是有人下注反對的話，機率大概就跟單純插入卻因為前列腺液懷孕的機率一樣大。

米蘭洗著手，看著自己疲憊、憔悴的臉，覺得在他一生中已經遇過比百分之一點三還要更糟的機率了。他帶著這種想法走回客廳去，撫摸著安德拉的頭髮，對著她和露易莎微笑，然後假裝他們像是一家人。

好像他們真的有機會一樣。

創作背景與謝詞

我沒有統計過，但是我最常被問到的問題肯定是，我花了多少時間在研究上。（問我是不是瘋了，還有我老婆晚上在我旁邊怎麼睡得著。後者可以用睡得「像個嬰兒」來回答。最近我們浴室裡有一罐假血，桑德拉大概會在搖滾演唱會拿它來裝飾自己的打扮；然後我應該是瞪大眼睛直到旁邊那個人呼吸平緩才會睡著的人……但我又離題了）。

研究（至少對我來說）並沒有必須遵循的標準化工作流程。事實上，根據我的的經驗，我的大部分研究工作都是在我進行不同任務時進行的。例如，有一次被我的健身狂人好友卡爾—海因茨—拉施克邀請去看一場拳擊比賽。他兒子勒羅伊（卡勒訓練的）參加了一場職業拳擊賽。因為我和教練的關係很好，所以坐在第一排，旁邊坐了一個有著非常顯眼刺青的年輕人。我和每個作者一樣都很好奇，所以我問他們在波茨坦的拳擊館做什麼，他們的工作是什麼？他們饒富興味地看著我，嘴裡說著「刺青什麼的」。我立刻切換到研究模式追問他們：「聽說刺青工作室不能隨便開，如果要開的話，必須在柏林布蘭登堡交大量的保護費，你們也是這樣嗎？」他們搖了搖頭，看著我的眼神彷彿我是問他們有沒有聽過一種叫做「屁部刺青」的流行。

在兩場戰鬥之間的休息時間，我遇到了我的好友弗魯蒂（就像海底神兵的狄賽爾和二十三號乘客活生生的例子一樣），他拍了拍我的肩膀說：「嘿，你把你自己弄到第一排病人旁邊啊。」我問他這話是什麼意思，他補充說：「嗯，你沒有從那些刺青認出來嗎？那是地獄天使的成員。」

我心想：「噢，天啊，你剛才真的問這些地獄天使成員是做什麼的嗎？他們有交保護費嗎？」我想說的是：我本來是想看一場拳擊比賽，在拳擊的環境中進行一些研究，但最後我帶著搖滾區的聯絡方式回家了，因為那些人對坐在旁邊的白痴作家很感興趣，他們給了我名片，以備我以後需要「現場」的消息，或是一個屁部刺青。

我在二〇一七年的法蘭克福書展上，也有類似的經歷。我期待在書展上見到作者同行和出版商，更期待見到讀者們。沒想到在阿法自助（Alfa-Selbsthilfe）的攤位上，我竟然接觸到了不識字的人。

書展上的文盲？乍聽之下很矛盾，結果卻真的讓我大開眼界。根據最新的研究，德國有超過六百二十萬個「輕度文盲」，也就是所謂的功能性文盲。（這比一週看一次書的人更多！）他們的閱讀、寫作能力不足以融入我們習慣的社會和職業生活。例如，他們看不懂售票機上的訊息看板、在戶政事務所看不懂表格，或者在餐廳裡看不懂菜單。更不用說包裝內頁、說明書、報紙文章、雜誌、書籍、信件、在社群網站上發文或投稿。很難想像我們的文字世界為這些人帶來多少困難。

有百分之六十二點三的文盲人口運用高度創新的策略，來克服工作中的困難。在《禮物》這本書中，米蘭為了做好服務生的工作，並且在過程中不暴露出狀況所使用的方法，是基於一個真實的故事。

我必須強調，米蘭近乎失明的嚴重文盲是個例外。受影響的人之中，只有極少數和他一樣連一句話都看不懂。但是大多數人只靠自己一個人的話，會完全看不懂現在這一段話。和米蘭一樣，他們也生活在羞恥和害怕被人當成瘋子、傻瓜、病人或一無是處的人的恐懼中。然而，文盲不是一種疾病，造成文盲的原因不是單一的，也絕對不是智商不足的證明。

提姆─提洛・費爾默（Tim-Thilo Fellmer）就是最好的證明。他和很多人一樣，就學期間狀況很糟。老師的壓力過大、班級人數過多、師資匱乏。如果太晚解決家庭和小學的過勞問題，不太可能在之後的學年裡補上。因此在十一年後，儘管提姆─提洛已經從中學畢業，仍然無法正常讀寫。如今的他，在經過長期磨難，他不僅費盡心思學會了這些事情，現在也是一位作家，甚至是一位出版商。而我就是在法蘭克福書展上認識了這位令人敬佩的人，他的人生故事聽起來就像好萊塢的童話故事。作為一個曾經受影響的人，他想在書展上引起人們對德國文盲問題的關注。

於是我立刻明白了三件事。首先，文盲是小說的理想主角。我很少遇到比在阿法自助平台上更英勇的人。這些過去和現在仍受影響的人們，為了在文字世界中堅持自己，他們在知識追求上表現得淋漓盡致。第二，我想支持志工的工作，我很高興能成為阿法自助平台的贊助人，該組織致力於幫助人們積極維護自己的受教權和接受培訓的權利。第三……嗯，我忘了。

如果你對這個話題感興趣，想知道更多的資訊或者想支持協會的工作，你可以在我的網站 www.sebastianfit-zek.de 上找到更多的資料和捐款賬號。

根據我們的傳統，現在到了感謝的環節。首先我想利用這個傳統，用我不斷後退的髮際線向各位讀者們鞠躬致謝，這同樣也變成傳統了。接下來，我必須代表所有的讀者再次提到提姆—提洛．費爾默。他閱讀了小說的初稿，並以他從前的文盲經驗提供了寶貴的資訊，讓這份初稿得到了很大的改進。很高興我們能見面，提姆，而且我郵件中的拼寫錯誤也讓你笑出來了。

那麼，這次的致謝傳統也就到此為止了。《禮物》對我來說是一本非常特別的書，因為它從一個全新的角度向我這個作者展示了我非常熱愛的書信世界。所以，還有什麼比用這種驚悚的精神來寫剩下的致謝更自然的呢？暗號，只有在極度困難的情況下才能破解？但至少這是按字母順序排列的！

好吧，就用下列的文字來玩玩看吧。謝謝你……

K19A9W9B1K39A14W1B1K40A9W14B2K62A14W50B2-K64A8W2B2K69A25W14B1K70A51W

11B2K8A4W14B4

K12A34W8B2K69A14W3B1-K50A29W3B1K73A52W3B2K35A3W4B1K70A31W4B2K35A18W1
6B7K29A30W2B3

K30A4W9B1K35A3W19B7K48A42W7-K49A2W22B1K50A18W3B2

K62A24W41B1K64A8W2B2K9A4W9B9K14A32W5B1-
K44A32W72B1K59A26W15B1K60A29W17B2

K73A36W4B1K40A36W7B3K15A5W4-K10A17W11K8A18W26B2K75A61W34B2

K5A12W9B3K16A1W5B1K19A6W14B1K7A27W7B2-K10A17W11K8A18W26B2K75A61W34B2

K73A2W10B2K69A49W3B2K70A52W11B3-K10A17W11K8A18W26B2K75A61W34B2

K30A5W31B2K40A17W12B1K48A1W10B1-K39A18W18B1K71A42W11B4K60A29W17B2

K2A49W2B1K7A24W5B1K12A24W4B4-K17A4W47B1K19A13W13B2K4A29W4B5K5A6W6B3
K22A13W8B4K45A1W18B3

K2A7W10B1K7A10W12B2K12A11W11B3-K27A20W10B1K56A4W6B1K5A12W12B2K44A40W
8B2K71A1W46B1

K21A14W10B1K12A27W26B4-K13A48W10B1K34A21W8B1K32A34W9B1K68A37W5B1

K13A26W22B1K35A6W5B4K2A23W26B2K3A3W53B1-
K13A26W22B1K23A14W20B2K8A16W1B2 K23A14W20B2K9A17W11B1K48A35W15B2K15A4W

9B1

K53A1W28B2K53A14W16B2K54A10W1B3-K55A15W43B1K59A3W3B2K68A23W9B2

K58A21W3B2K5A3W18B2-K30A9W7B3K19A41W2B2

K38A42W12B3K7A26W11B1K27A9W10B2K58A12W2B1-K17A4W46-K39A14W1B4K39A14W

1B5K56A22W5B2K49A14W16B3K21A27W6B1K56A22W5B2

K17A19W15B3K29A30W2B5K12A34W9B2K6A19W14B2-K46A25W14B2K46A31W2B2K55A3

2W15B1

K4A9W64B1K70A52W11B3-K62A42W1B1K67A2W4B2

K54A10W4B1K46A5W6B4-K62A42W1B1K67A2W4B2

K2A9W4B2K12A35W1B2K69A13W15B2-K72A35W21B2K4A29W4B2

K19A28W3B1K4A30W1B5-K32A34W9B1K32A34W9B3-K62A18W59B2K14A26W4K12A24W4

B4K16A19W7B2K19A1W1B4

K1A14W2B1K16A17W5B1K7A39W1B2-K44A26W2B1K17A8W1B3

K41A24W24B2K71A1W46B3K28A4W72B2K19A16W25B4-K44A26W2B1K17A8W1B3

K2A37W10B2K69A39W5B3K72A11W6B2K75A28W1B3-K44A26W2B1K17A8W1B3

K1A14W2B1K16A17W5B1K7A39W1B2-K34A10W1B1K4A31W7B1K6A17W24B2K52A50W2

0B3

K13A32W13B2K48A18W18B3K52A7W10B1-K15A24W22B2K15A10W5B2K17A5W8B2K19A9W5B3

K75A10W2B3K34A26W1B6K36A8W39K71A1W46B3K19A1W1B1-K24A19W1B2K24A19W1B4K32A33W27B1-K24A20W13B2K7A26W11B2K35A40W10B2K1A21W6B2

K20A11W11B1K57A38W1B3-K62A14W5B1K31A5W2B2K57A32W26B1K57A83W5B1K59A29W6B2K52A60W1B2

K69A14W3B1K25A15W3B2K9A28W2B1K50A24W4B3-K6A13W2B1K49A13W11B1K52A60W1B4

K1A17W16B2K62A2W7B1K4A9W64B1K70A52W11B3-K1A10W6B1K8A11W1B1K42A1W4B4

K7A24W28B1K12A34W8B2-K1A10W6B1K8A11W1B1K42A1W4B4

K25A11W5B2K26A2W2B2K7A24W28B3-K66A14W2B1K69A52W2B1K48A42W7B1-K53A24W2B1K2A49W2B1K73A52W3B2

K17A3W11B2K17A3W11B4K19A21W1B3-K74A17W6B1K3A16W1B2

K9A17W8B1K56A4W6B1K34A23W4B4-K38A30W8B2K31A31W2B1K32A34W7B3K35A6W5B4

K17A21W1B1K35A15W3B1-K35A6W5B1K18A16W2B1K17A3W11B4

K44A32W72B1K17A3W11B4K71A5W30B3- K2A7W10B1K32A34W9B1K41A5W1B1K41A5W1B2

K15A24W22B2K16A21W2B2K50A29W3B1K50A29W3B2K55A34W1B3-K69A35W7B1K5A6W15B1K39A4W2B1K18A49W5B2

K49A14W16B3K45A1W10B2K12A34W8B2

K37A1W1B1K35A3W19B4K35A3W19B1K38A28W10B2-K40A1W6B3K58A21W3B2K62A11W20B1K17A3W11B4K35A6W5B4K41A5W1B2

K39A18W18B2K44A42W1B6K15A5W4-K35A16W7B1K44A57W1B5K36A15W2B1K60A2W11B2K60A11W11B2

K39A18W18B2K44A57W1B6K40A26W4B3-K41A3W30B2K46A31W2B4K35A6W5B4K41A5W1B2

K48A48W12B2K1A14W2B1K19A1W1B2-K35A24W32B3K66A19W16B4K69A10W1B2K70A60W3B2K71A1W46B1

好了，我想就這樣了。如果我忘記了某個人，也沒有關係。有哪個可憐的瘋子真的費盡心思檢查了這一盤字母數字沙拉，看它們是否真的在裡面？非常重要，所以要用通俗易懂的語言來表達：當然，一如既往地我要感謝所有的書商、圖書館的工作人員和所有其他機構，他們在展覽會、節日和讀書會上，盡了最大努力讓人們接觸到世界上最美麗的媒介。

我們下一本書再見，也歡迎來信到fitzek@sebastianfitzek.de

你們的瑟巴斯提昂・費策克

柏林，五月初，攝氏4度

昨天我換上了冬胎，真好

國家圖書館出版品預行編目資料

禮物 / 瑟巴斯提昂．費策克（Sebastian Fitzek）著；方子恆 譯. --
初版. -- 臺北市：商周出版：英屬蓋曼群島商家庭傳媒股份有限
公司城邦分公司發行, 2021.01
面： 公分. --
譯自：Das Geschenk
ISBN 978-986-477-977-2（平裝）

875.57 109021309

禮物

原著書名 / Das Geschenk
作者 / 瑟巴斯提昂．費策克（Sebastian Fitzek）
譯者 / 方子恆
企劃選書 / 林宏濤
責任編輯 / 張詠翔

版權 / 黃淑敏、劉鎔慈
行銷業務 / 周丹蘋、黃崇華、周佑潔
總編輯 / 楊如玉
總經理 / 彭之琬
事業群總經理 / 黃淑貞
發行人 / 何飛鵬
法律顧問 / 元禾法律事務所 王子文律師
出版 / 商周出版
城邦文化事業股份有限公司
臺北市中山區民生東路二段141號9樓
電話：(02) 2500-7008 傳眞：(02) 2500-7759
E-mail：bwp.service@cite.com.tw
Blog：http://bwp25007008.pixnet.net/blog
發行 / 英屬蓋曼群島商家庭傳媒股份有限公司城邦分公司
臺北市中山區民生東路二段141號2樓
書虫客服服務專線：(02) 2500-7718．(02) 2500-7719
24小時傳眞服務：(02) 2500-1990．(02) 2500-1991
服務時間：週一至週五09:30-12:00．13:30-17:00
郵撥帳號：19863813 戶名：書虫股份有限公司
讀者服務信箱E-mail：service@readingclub.com.tw
歡迎光臨城邦讀書花園 網址：www.cite.com.tw
香港發行所 / 城邦（香港）出版集團有限公司
香港灣仔駱克道193號東超商業中心1樓
電話：(852) 2508-6231 傳眞：(852) 2578-9337
E-mail：hkcite@biznetvigator.com
馬新發行所 / 城邦(馬新)出版集團 Cité (M) Sdn. Bhd.
41, Jalan Radin Anum, Bandar Baru Sri Petaling,
57000 Kuala Lumpur, Malaysia
電話：(603) 9057-8822 傳眞：(603) 9057-6622
Email：cite@cite.com.my

封面設計 / 李東記
排版 / 新鑫電腦排版工作室
印刷 / 韋懋印刷有限公司
經銷商 / 聯合發行股份有限公司
電話：(02) 2917-8022 傳眞：(02) 2911-0053
地址：新北市231新店區寶橋路235巷6弄6號2樓

■2021年01月初版
定價 430 元

Printed in Taiwan
城邦讀書花園
www.cite.com.tw

ISBN 978-986-477-977-2

廣 告 回 函
北區郵政管理登記證
台北廣字第000791號
郵資已付，免貼郵票

104台北市民生東路二段141號2樓

英屬蓋曼群島商家庭傳媒股份有限公司　城邦分公司

請沿虛線對摺，謝謝！

書號：BL5086	**書名：**禮物	**編碼：**

請於此處用膠水黏貼

商周出版

讀者回函卡

感謝您購買我們出版的書籍！請費心填寫此回函卡，我們將不定期寄上城邦集團最新的出版訊息。

不定期好禮相贈！
立即加入：商周出版
Facebook 粉絲團

姓名：＿＿＿＿＿＿＿＿＿＿＿＿ 性別：☐男 ☐女

生日：西元＿＿＿＿年＿＿＿＿月＿＿＿＿日

地址：＿＿＿＿＿＿＿＿＿＿＿＿

聯絡電話：＿＿＿＿＿＿＿＿ 傳真：＿＿＿＿＿＿＿＿

E-mail ：

學歷：☐ 1. 小學 ☐ 2. 國中 ☐ 3. 高中 ☐ 4. 大學 ☐ 5. 研究所以上

職業：☐ 1. 學生 ☐ 2. 軍公教 ☐ 3. 服務 ☐ 4. 金融 ☐ 5. 製造 ☐ 6. 資訊
☐ 7. 傳播 ☐ 8. 自由業 ☐ 9. 農漁牧 ☐ 10. 家管 ☐ 11. 退休
☐ 12. 其他＿＿＿＿＿＿＿＿

您從何種方式得知本書消息？

☐ 1. 書店 ☐ 2. 網路 ☐ 3. 報紙 ☐ 4. 雜誌 ☐ 5. 廣播 ☐ 6. 電視
☐ 7. 親友推薦 ☐ 8. 其他＿＿＿＿＿＿＿＿

您通常以何種方式購書？

☐ 1. 書店 ☐ 2. 網路 ☐ 3. 傳真訂購 ☐ 4. 郵局劃撥 ☐ 5. 其他＿＿＿＿

您喜歡閱讀那些類別的書籍？

☐ 1. 財經商業 ☐ 2. 自然科學 ☐ 3. 歷史 ☐ 4. 法律 ☐ 5. 文學
☐ 6. 休閒旅遊 ☐ 7. 小說 ☐ 8. 人物傳記 ☐ 9. 生活、勵志 ☐ 10. 其他

對我們的建議：＿＿＿＿＿＿＿＿＿＿＿＿

請於此處用膠水黏貼